Our Beautiful Nightmares

Hrsg. Nadine Koch

AF211545

Our Beautiful Nightmares

Tauche ein in die Abgründe
deiner *Seele.*

Impressum

Erstauflage 2024
© 2024 Nadine Koch
Herausgeberin: Nadine Koch
AutorInnen: Nadine Koch, Nina S. Moineau, Chris J. Betten,
Jace Moran, Thomas Haimerl, Josephine Panster
Lektorat: Jace Moran, Elize Ellison
Korrektorin: Diane Spatz
Umschlaggestaltung: Elci J. Sagittarius / @elmooarts
Illustrationen: Nadine Koch, Michelle Oresic, Jace Moran
Verlag: BoD • Books on Demand GmbH, In de Tarpen 42,
22848 Norderstedt
Druck: Libri Plureos GmbH, Friedensallee 273, 22763 Hamburg
Alle Rechte vorbehalten.

ISBN: 978-3-7597-5024-2

Für alle, deren Albträume mit dem Aufwachen nicht verschwinden ...

Wir sehen euch.

Playlist

Sweet Dreams – *Marilyn Manson*

Numb – *Linking Park*

Look What You made Me Do –*Taylor Swift*

The Ghost – *Niviro*

Me and the Devil – *Soap & Skin*

The Kids Aren't Alright – *The Offspring*

Guns for Hire – *Woodkid*

O Children – *Nick Cave & The Bad Seeds*

At the Bottom of Everything – *Bright Eyes*

Hand of Doom – *Black Sabbath*

Jealousy – *Siiickbrain*

911 – *Ellise*

Blood // Water – *Grandson*

Devil Saint – *Luma, Yuppycul*

The Secret History – *The Chamber Orchestra of London, Kerry Muzzey, Andrew Skeet*

Forgotten Odes – *Eternal Eclipse*

Royalty – *Neoni, Egzod, Maestro Chives*

Hayloft II – *Mother Mother*

The Day I Tried To Live – *Soundgarden*

The Day The World Went Away – *Nine Inch Nails*

Bones – *Rachel Sermanni*

I Appear Missing – *Queens of the Stone Age*

Sleep Paralysis Demon – *Ethan Bortnick*

Schlaflied – *Die Ärzte*

Inhaltsverzeichnis

1. Vorwort   S. 10

2. Prolog   S. 12

3. Teil 1: Das Portal   S. 15

4. Teil 2: Salz und Metall   S. 63

5. Teil 3: Find me if you dare   S. 109

6. Teil 4: Fremdkörper   S. 159

7. Teil 5: Love, Asmodei   S. 195

8. Teil 6: Heimkehr   S. 247

9. Epilog   S. 295

10. Danksagung   S. 300

11. Content Notes   S. 302

12. Über Uns   S. 304

Vorwort

Liebe*r Leser*in,

vielen Dank, dass du dich für unser Buch entschieden hast. Bevor es losgeht ein Hinweis von uns:

Our Beautiful Nightmares ist ein fiktionaler Horror-/Dark-Fantasy-Mosaik-Roman, der sensible Themen behandelt. Du findest die **Content Notes** sowie eine Möglichkeit, uns bei Fragen vor dem Lesen zu kontaktieren, auf Seite 302.

Des Weiteren möchten wir darauf aufmerksam machen, dass wir weder die gewaltvollen Darstellungen in diesem Buch, noch die teils aggressiven sowie sadistischen Einstellungen und Taten der Buchcharaktere unterstützen. Gewalt jeglicher Form und Ausmaße ist nie eine Lösung.

Solltest du dich in einer schwierigen Situation befinden und nicht weiter wissen, kann dir die Telefonseelsorge weiterhelfen (Tel.: 0800/1110111).

Viel Spaß und pass auf dich auf!

Chris, Jace, Jo, Nadine, Nina und Tom

"Und so öffnet sich eine Tür in das Wesen eines Menschen. Was hindurch kommt, bin ich. Vor mir, der Geist, so roh und unangetastet wie eine leere Leinwand."

~ *Der Traumwächter*

Prolog

Ein Traum ist die Kunst des menschlichen Gehirns, selbst im Schlaf ungeahnte Tiefen zu ergründen und Abenteuer zu erleben. Kreativität abseits von bewussten Vorgängen und Grenzen, außerhalb der Kontrolle der Schlafenden. In diesem Stadium des Geistes entstehen Geschichten, die im Moment des Aufwachens jeden Sinn zu verlieren scheinen. Dabei sind es nicht die Träume, denen es an Logik fehlt. Es ist der menschliche Verstand, der meine Kunst nicht greifen kann. Dieser Zustand absoluter Vulnerabilität legt frei, was ein Individuum im Alltag beschäftigt, beschäftigt hat und noch beschäftigen wird. In dieser Zwischenwelt gibt es keine Regeln – keine Grenzen.

Wie von selbst öffnet sich eine Tür in das Wesen der Menschen. Was hindurch kommt, bin ich, und was ich vor mir sehe, ist der Geist, so roh und unangetastet wie eine leere Leinwand. Mein Pinsel ist in Blut, Angst und Tod getränkt. Meine Pinselstriche bilden Kontraste, Schattierungen und immer neue Konstellationen. Mit einem Lächeln auf den Lippen beobachte ich, wie meine Leinwand jede Nacht eine neue Form annimmt. Weinrot, tiefschwarz und dunkelviolett. Wunderschön, und doch so vergänglich. Am Morgen wird sie sich aufgelöst haben. Zersetzt von den ersten Sonnenstrahlen, als wären sie Gift.

Doch etwas klingt nach dem Wachwerden noch nach. Selbst, wenn die Schrecken der Nacht sich längst verflüchtigt haben, steht den Träumenden der kalte Schweiß auf der Stirn. Ihre Augen zucken hin und her und ihre Brust hebt und senkt sich viel zu schnell.

Die Angst, dass das Gesehene Wirklichkeit wird.

Warum? Fragt ihr euch in diesem Moment, *wieso erfindet mein Unterbewusstsein so schrecklich absurde Dinge?*

Die Antwort ist: **Weil ich es will.**

Es ist meine Bestimmung, Teil der natürlichen Ordnung und muss irreversibel geschehen. Eure Albträume sind meine Berufung! Wenn ihr das Ausmaß meiner Handlungen verstehen wollt, müsst ihr mir folgen …

Lasst mich euch in meine Welt entführen.

Die Welt eurer *wunderschönen* Albträume.

Teil 1

Das Portal

Nadine Koch

Für mich ist das Konstruieren von Albträumen eine Meisterdisziplin. Ich muss sie auf die jeweilige Person und ihr Leben zuschneiden. Das Wichtigste dabei ist die nahtlose Verbindung zur realen Welt. Ein Traum, in dem der Träumende erkennt, dass er schläft, verliert augenblicklich seine Wirkung. Im Regelfall schaffe ich eine Kulisse, die einer realen Vorlage gleicht.

Einen Ort den die Zielperson besonders häufig besucht, beispielsweise das eigene Zuhause oder der Arbeitsplatz, lassen sich perfekt für einen gelungenen Start verwenden. Ich gestalte ihn nach meinen eigenen Regeln um, forme aus dem Vertrauten eine persönliche Hölle.

Ich bin gewissermaßen Architekt, Drehbuchautor und Künstler.

Ich bediene mich an eurer Gedanken und Ängste, triggere sie bis zum Äußersten und setze dann noch eins drauf.

Wenn du dann immer noch nicht schweißgebadet vor mir liegst, mein Verlangen nicht gestillt ist, dann greife ich auf etwas zurück, was selbst ich grausam finde. Die uralten Wesen aus der Zwischenwelt. Ein Ort, an dem *das* lebt, was ihr so fürchtet. Eine Welt, in der selbst ich nicht immer kontrollieren kann, was geschieht. Damit herumzuspielen ist töricht und doch kann ich dem nicht widerstehen. Seht selbst:

Kommissar Regnar

In seiner ganzen Karriere hatte Kriminalhauptkommissar Regnar kein solches Massaker gesehen. Der gesamte Boden war in Blut getränkt, als hätte ein Künstler eine Leinwand mit Wasserfarben bespritzt und hier und da einen ganzen Eimer verkippt. Die Fenster waren teilweise eingeschlagen, die Türen mit Kratzspuren versehen. Tische und Stühle mussten mit viel Kraft verschoben oder umgeworfen worden sein, denn tiefe Furchen zeichneten sich auf dem Fliesenboden ab. Die Opfer lagen, genauso wie ihre Gliedmaßen, verstreut im Raum. Ein beißend-süßlicher Geruch hing über dem Schauplatz und hatte die meisten seiner Kollegen dazu gebracht, eine Maske aufzusetzen. Selbst in einem Schlachthaus wäre er gerade lieber gewesen, als in diesem Starbucks. »Was um Himmelswillen ist hier nur geschehen?«, fragte er seinen Assistenten, der mit weit aufgerissenen Augen die zerfetzten Körper betrachtete.

»Es gleicht einem Albtraum«, brachte er tonlos hervor und tippte auf sein Klemmbrett. »Laut Bericht waren neun Personen anwesend.« Der junge Polizist zeigte mit dem Stift auf die Leichenteile. »Ich möchte wetten, dass wir nur acht davon identifizieren können.« Der Hauptkommissar nickte langsam. Das würde das schlimmste Puzzle seines Lebens werden.

10 Stunden zuvor

Holly

Wo kommen diese verdammten Kopfschmerzen her, fragte sich Holly und zog die Bettdecke noch etwas höher über ihr Gesicht. Sie fühlte sich, als hätte sie einen ordentlichen Kater, ohne am Vorabend auch nur einen Tropfen Alkohol getrunken zu haben. Schnaubend blickte sie auf ihr Handy. Es war halb sieben. Das stetig drückende Gefühl auf ihrer Schädeldecke wurde stärker und zerfraß ihre restliche Motivation. *Ich kann mich heute nicht schon wieder krankmelden. Kathrin schmeißt mich sonst definitiv raus.* Unbarmherzig dröhnte der Ersatz-Wecker aus der Dunkelheit und zwang Holly, sich in Bewegung zu setzen. Mürrisch streckte sie ihren Arm aus, um den schrillen Ton mit einem Schlag zum Verstummen zu bringen. *Du wirst den Tag überstehen, wie jeden anderen auch. Du kannst nicht kündigen, solange du deine Studiengebühren nicht bezahlt hast. Also los!* Die innerliche Motivationsrede half nur bedingt, zu gern hätte sie sich zurück in die weichen Kissen fallen lassen, um den Samstagmorgen zu überspringen. Doch kein Jammern dieser Welt würde ihr die Last abnehmen, also drückte sie sich nach oben, stand auf und begutachtete ihren winzigen Kleiderschrank.

Die Miete für das kleine Zimmer war viel zu teuer, doch etwas Besseres hatte sie in München nicht gefunden. Gefühlt jede zweite preiswerte WG-Anzeige wurde von lüsternen Junggesellen auf der Suche nach einer

Freundschaft Plus inseriert und fiel damit raus. Die seriösen Angebote waren dafür verflucht teuer, doch mit der Annonce von Louisa, Patrick und Kilian hatte sie einen echten Glückstreffer gelandet. Kleines Zimmer hin oder her, die drei waren zu ihrer Familie geworden. Louisa, die immer müde und vor Ehrgeiz strotzende Medizinstudentin, Patrick, der angehende Doktor für Nanotechnologie und Kilian, der eher verschlossene Chemiker. Alle drei saßen oft bis in die Morgenstunden vor ihren Laptops und quälten sich durch hunderte Seiten Lernstoff. Holly schüttelte innerlich den Kopf. Niemals könnte sie sich solch eine Fülle an Informationen merken, ihr eigenes Lehramtsstudium forderte bereits die Grenzen ihres Gedächtnisses heraus.

Im Halbdunkel tastete sie nach der Tür und öffnete sie gerade in dem Moment, als Kilian wie ein Schatten vorbeihuschte. Ohne eine Begrüßung verschwand er in sein Zimmer. Holly bemerkte die tiefen Augenringe in seinem bleichen Gesicht. *Er ist definitiv kein Morgenmensch.* Sie schmunzelte und stapfte den kleinen Gang hinunter zum Badezimmer. Ein Blick in den Spiegel reichte, um festzustellen, dass auch sie tiefe Krater unter ihren Augen trug. *Die letzte Nacht war definitiv zu kurz gewesen.* Im ersten Semester hatte sie noch gedacht, dass unter der Woche studieren und am Wochenende arbeiten, locker funktionieren würde. Die anfängliche Naivität war schnell der harten Realität gewichen. Inzwischen sah sie sich wöchentlich mit ihrer persönlichen Hölle konfrontiert: Unzufriedene Kunden im Starbucks.

»Ist da auch wirklich Sojamilch drin?«

»Ihr Service ist eine Katastrophe! Ich warte schon mindestens zehn Minuten.«

»Wissen Sie eigentlich, wie man eine Kaffeemaschine bedient?«

Sie war der seelische Boxsack für die Choleriker unter den Konsumenten. Nur selten ging ein Dienst vorbei, ohne dass sie mindestens einmal als *dumme Starbucks Tante* beschimpft wurde.

Resigniert klatschte Holly etwas kaltes Wasser in ihr Gesicht und griff nach ihrer Zahnbürste.

Zwanzig Minuten später war ihre morgendliche Müdigkeit überschminkt, das braune lange Haar frisiert und ein ordentliches Outfit angezogen. *Wenn ich untergehe, dann elegant.* Holly grinste ihr Spiegelbild an, doch erneut zuckte ein stechender Schmerz durch ihren Hinterkopf. Sie stöhnte auf und legte eine Hand in ihren Nacken. *Ist das eine Beule?* Mit zusammengepressten Lippen strich sie über die schmerzende Stelle. Der Handspiegel verriet ihr, dass ein kleiner rosa Strich ihren Nacken zierte. Genervt griff sie nach einer Schmerztablette und würgte sie mit Wasser herunter.

»Pah. Widerlich«, stellte sie mit gerümpfter Nase fest und trat in den Hausflur. Gerade als sie die Wohnungstür öffnen wollte, ertönte hinter ihr ein anerkennender Pfiff.

»Oh, là, là, willst du eine Gehaltserhöhung?« Gespielt verärgert drehte Holly sich um und warf Patrick einen vernichtenden Blick zu. »Das sagt *Mr. Jogginghose.* Du weißt einfach nichts über Mode!«

»Und ich will auch nichts darüber wissen«, feixte er und legte sich theatralisch eine Handfläche auf die Stirn. »Mein schlimmster Albtraum sind Krawatten. Mögen sie niemals um meinen Hals baumeln.« Mit einem übertriebenen Seufzer hob er seine Kaffeetasse an die Lippen und verschwand im Wohnzimmer. Lächelnd wandte Holly sich ab und trat in den Flur. Patrick war einer ihrer Lieblingsmenschen. Herrlich sarkastisch und humorvoll, eben ein echtes Unikat. Genau das Gegenteil von dem, was man sich unter einem Doktoranden in Nanotechnologie vorstellte.

Zehn Minuten später stand Holly vor dem Eingang des grünen Kaffeeladens. »Dann wollen wir mal …« Schweren Herzens schleppte sie sich am Tresen vorbei in den Mitarbeiterbereich. »Morgen«, begrüßte sie emotionslos ihre Chefin.

»Hmm«, murrte Kathrin aus ihrem Büro und hob müde eine Hand zum Gruß. Sie war meistens unter Dauerstress, da nahm Holly diese wenig herzliche Begrüßung nicht persönlich. Ein Scheppern verriet ihr, dass auch Rieke schon vor Ort sein musste.

»Kaffee?«, fragte Holly so laut, dass es ihre Kollegin hören musste und zog zwei Tassen aus dem Schrank.

»Sehr gern!«, trällerte Rieke, die gerade mit einer Kiste voller Becher aus dem Lager kam. Selbst mit ihrem grünen

Starbucks Kittel sah sie noch aus wie das deutsche Double von Halle Bailey. Schnaufend stellte sie die Ware unter den Tresen und strich ihre schwarzen Locken aus der Stirn. »Heute bitte, was Süßes!«, sagte sie und schenkte ihr ein müdes Lächeln.

»Kommt sofort.« Mit geübtem Griff bediente Holly die riesige Kaffeemaschine, bis das heiße Wundermittel gegen Müdigkeit sich dampfend in die Tasse ergoss. Wortlos mischte sie einige Zutaten hinzu und streckte Rieke einen Caramel Macchiato entgegen. Lächelnd nippte diese genüsslich daran und schleckte den Schaum von ihren vollen Lippen. »Hmmm, perfekt. Bei dir wie immer?«

»Ja, danke!« Sie tauschten wortlos die Plätze. Vor über einem Jahr hatten sie dieses Ritual eingeführt und waren mehr als glücklich damit. *Zwei Leidensgenossinnen mit ihrer Henkersmahlzeit*, dachte Holly sarkastisch und ihr Blick wanderte durch den noch leeren Verkaufsraum. *Noch zwei Minuten, bis die Ruhe von der ersten Horde griesgrämiger Menschen zerstört wird.*

»Einen schönen guten Morgen, Ihre Bestellung bitte.« Der Kunde an der Theke ignorierte ihre freundliche Begrüßung und erwiderte in einem unnötig schroffen Tonfall: »Ich weiß ja nicht, wie sie darauf kommen, dass mein Morgen schön war!« Holly blieb stumm. Sie hatte bereits in der ersten Stunde ein Dutzend Kunden bedient und die Hälfte davon hatte mit voller Kraft an ihrem Geduldsfaden gezogen.

Von Sonderwünschen, schreienden Kleinkindern, bis hin zu dem täglichen »Scherznamen« für die Beschriftung der Becher war alles dabei gewesen. Nun folgte jedoch ihr absoluter Endgegner: *der Besserwisser*. Alles, was man machte, machte man natürlich falsch. Sein Glas war immer halb leer und daran waren alle anderen schuld. Mental nicht bereit für eine endlose Diskussion, schloss Holly für einen Moment die Augen, atmete tief durch und setzte ein professionelles Lächeln auf. Mit gespieltem Interesse fragte sie: »Oh, das ist natürlich schade. Was hätten Sie denn gern für einen Kaffee?« *Du Vollidiot.*

Der Kunde lachte. »Also, wenn Sie mich so fragen … gar keinen!«

Angestrengt, nicht vor Wut das Gesicht zu verziehen, fuhr sie fort: »Wie kann ich dann weiterhelfen?«

»Ich will ein Frühstück.«

»Welches genau?«

»Ja, habt ihr kein *ganz normales* Frühstück?«

Holly ballte ihre Hände zu Fäusten. Schweißtropfen hatten sich auf ihrer Stirn gebildet und ein grauer Schleier des Schmerzes lag über ihren Schläfen. *War das eine Migräne?*

»Was ist für Sie denn ein *normales* Frühstück?« Der Kunde verschränkte die Arme vor der Brust.

»Ja, das müssten *Sie* doch wissen! Bin ich die Bedienung oder was?«

Die Unnötigkeit des Gesprächs löste in Hollys Brust eine warme, wabernde Wolke aus Wut aus. Sie presste die Lippen zusammen und ein dunkles Funkeln trat in ihre karamellfarbenen Augen. Ruckartig zeigte sie auf die

Auslage in der Theke. »Hier! Suchen Sie sich was aus oder lesen Sie hinter mir die Tafel!« *Oder sind Sie dafür zu dumm?*, fügte sie in Gedanken hinzu.

Mit einem Gesichtsausdruck, als wollte er Holly mit seinem Blick skalpieren, trat er an das Glas und tippte mit seinem Zeigefinger dagegen. »Das da!«, murrte er und hinterließ einen Fettfleck über dem belegten Bagel.

»Sonst noch etwas?«

»Ja, Kaffee!«

Mit diesen Worten zerriss Hollys Geduldsfaden und sie blaffte über den Tresen: »Sehe ich so aus, als könnte ich Ihre Gedanken lesen? Wir haben dutzende Sorten in unterschiedlichen Größen. Drücken Sie sich gefälligst präziser aus!« Kaum war der Satz ausgesprochen, verklang die Wut in Hollys Körper und das Gefühl der Reue trat ein. *War ich das gerade?* Die anwesenden Gäste an den Tischen und hinter dem Mann in der Schlange starrten sie völlig perplex an. Eine Stille des Unbehagens legte sich über den Laden wie ein Nebelschleier. Der Mann vor ihr mit seinem schütteren Haar und den tiefen Augenringen war ebenfalls für einen Moment wie zu Eis erstarrt. Doch einen Wimpernschlag später plusterte er sich mit hochrotem Kopf vor der Theke auf und fuchtelte mit seinen Pranken umher. »So reden Sie nicht mit mir! Wo ist Ihr Vorgesetzter? Ich lasse mich doch nicht beleidigen!«

Durch einen inneren Drang, der nicht zu bremsen war, griff Holly nach einem Becher Iced Coffee, den Rieke bereits abgefüllt hatte, und holte aus. Die hellbraune Flüssigkeit klatschte dem Gast mitten ins Gesicht.

»Sind Sie wahnsinnig?!«, kreischte er und stolperte rückwärts gegen den Kunden hinter ihm.

Angewidert wischte er sich den Milchschaum aus seinem Bart und tastete nach den Servietten auf dem Nachbartisch. Die Gäste, die in Spritzrichtung standen, stoben hektisch auseinander. Wütende Blicke aus jeder Ecke des Raumes lagen auf Holly.

»Also sowas!«, eine Kundin verließ kopfschüttelnd den Laden und zwei weitere folgten ihr. Ein junger Mann mit Anzug fuchtelte mit seiner Krawatte umher und schimpfte: »Ich kann so doch nicht zu meinem Vorstellungsgespräch!« Zwischenzeitlich hatte der unfreundliche Mann vor der Theke seinen Schock überwunden und setzte zum Brüllen an. In einer Lautstärke, die Holly fast das Trommelfell zerriss, verkündete er: »Ich werde Sie verklagen! Sie und diesen Laden! Das ist Körperverletzung! Oder wissen Sie was?! Ich rufe gleich die Polizei!« Zitternd vor Wut zog er aus seiner nassen Hosentasche ein Smartphone und begann zu tippen. Panisch blickte Holly zu Rieke, die stocksteif hinter ihr an der Kaffeemaschine stand. Unverständnis lag in ihren Augen und sie formte stumm ein: »Was war das denn?«

Innerlich völlig leer starrte Holly zurück. Irgendetwas tief in ihr war anders als sonst. Sie fühlte sich wie ferngesteuert und hilflos ihren Emotionen ausgesetzt, sodass jeder ihrer Gedanken unwirklich schien. *Ist das real?* Der pochende Schmerz in ihrem Hinterkopf war mit der Wucht einer Explosion zurückgekehrt und forderte ihre gesamte Aufmerksamkeit. Sie sah den schimpfenden Mann vor sich, wie durch eine milchige Scheibe. Immer wieder verschwamm der Raum und dunkle Schatten tanzten vor ihren Augen. Seine Worte drangen nur dumpf an ihr Ohr. Ein Stummfilm, der erst stoppte, als Rieke sie an den Schultern packte und herumriss. »Hast du einen Schlaganfall?« Das Gesicht und die dunklen Augen ihrer liebsten Kollegin waren voller Sorge. »Willst du dich hinlegen?«

Holly schüttelte den Kopf. Angestrengt schloss sie die Augen und taumelte rückwärts. Instinktiv griff Rieke nach ihr und stützte sie mit beiden Armen. Doch Hollys Beine gaben trotzdem nach. Rasend schnell breitete sich der Schmerz von ihrem Kopf in ihrem ganzen Körper aus und übertönte alles andere. Sie wollte schreien, doch irgendetwas hielt sie innerlich zurück. Ein unsichtbares Gummiband, das ihre Lippen geschlossen hielt. *Was zum Teufel passiert mit mir?* Plötzlich gesellte sich zu dem Schlag ihres Herzens ein weiterer Takt. *Tick Tack Tick Tack.* Das Ticken einer weit entfernten Uhr. *Drehe ich jetzt durch?* Ein kaltes Lachen verlor sich in ihrer Kehle und eine Stimme, die nicht ihre eigene war, flüsterte durch ihren Mund: »Deine Zeit läuft ab.«

»Bitte was?«, fragte Rieke mit weit aufgerissenen Augen. »Soll das ein Scherz sein? Du machst mir Angst!«

Aber Holly konnte ihr nicht mehr antworten, zu groß war das wellenartige Stechen in ihrem Körper. Ihr Herz raste und ein quälendes Gefühl der Angst schnürte ihre Brust zu. *Ich will, dass es aufhört, egal wie!* Dunkle Gedanken vernebelten ihren Verstand. Mit verschwommener Sicht tastete sie nach Riekes Kragen und zog sie näher an ihre Lippen. Kurz vor der Ohnmacht stehend, hauchte sie: »Etwas Schlimmes wird passieren!« Danach wurde es dunkel um sie herum. Ganz weit entfernt, in den Untiefen ihres Hinterkopfes, erklang die Uhr erneut: *Tick Tack. Tick Tack.*

Kathrin

Genervt riss Kathrin den Kopfhörer ihres Headsets herunter und klatschte ihn mit voller Wucht auf den Tisch. *Was treiben die da draußen?* Mit gespitzten Ohren schob sie ihren Drehstuhl so weit wie möglich von ihrem Arbeitsplatz fort und atmete tief durch. Der Tumult im Verkaufsraum wurde lauter. Kathrin schloss die Augen und schüttelte ihren Kopf, als würde das Problem in ihrem Haar hängen. »Kann man nicht einmal ohne Unterbrechungen arbeiten?« Schnaubend stand sie auf und lauschte mit hochgezogener Augenbraue an ihrer Türe. Sie konnte nicht herausfiltern, um was es ging, nur, dass mehrere Personen lautstark involviert waren. Gequält atmete sie aus. Als Filialleiterin verdiente man eindeutig nicht genug Geld, bei dieser neuen Generation an Arbeitnehmern. Immer war irgendetwas. Vor zwanzig Jahren war sie selbst in ihrem Alter gewesen, aber mit der Arbeitseinstellung: Was der Chef sagt, wird gemacht und nicht: *Ich arbeite nur so, wie es meiner inneren Work-Life-Balance passt, also am besten gar nicht.* Gedankenverloren legte sie ihre Hand auf den leicht gewölbten Bauch. Man sah es noch nicht, wenn man es nicht wusste, aber bald würde wegen ihrer abenteuerlichen Internetbekanntschaft ein neues Leben entstehen. *Mr. Ich-steh'-auf-ältere-Frauen* wusste noch nichts von seinem Glück und sie war sich unsicher, ob er mental überhaupt in der Lage war, die Neuigkeiten zu verarbeiten, ohne dabei aus den Latschen zu kippen. Bei dem Gedanken daran musste sie schmunzeln.

»Du machst mir hoffentlich mal weniger Kummer«, sagte sie liebevoll zu ihrem Bauch und richtete sich auf. Wie lange sie es wohl noch verstecken könnte? Irgendwann musste sie zwangsläufig allen Bescheid sagen und sich um eine Nachfolge kümmern, aber das war eine Angelegenheit, um die sich ihr Zukunfts-Ich sorgen sollte. *Ein Problem nach dem anderen.* Sie öffnete ihre Bürotür und vernahm als erstes Riekes panische Stimme: »Rufen Sie einen Krankenwagen!«

Kathrin stockte mitten in der Bewegung. Für eine Millisekunde brachte sie der Hilferuf aus dem Konzept, doch sie wäre nicht sie selbst, wenn sie nicht bei jeder Situation einen klaren Kopf behalten würde. Routiniert öffnete sie den kleinen weißen Schrank im Mitarbeiterbereich, zog einen Erste-Hilfe-Kasten hervor und ging langen Schrittes in den Verkaufsraum. Der Anblick war erschreckend. Holly lag regungslos hinter dem Tresen, mit geschlossenen Augen und von sich gestreckten Gliedmaßen. Davor kniete Rieke und bemühte sich, die Vitalfunktionen ihrer Kollegin zu kontrollieren.

»Atmet sie?«, fragte Kathrin völlig rational und begab sich auf Augenhöhe mit ihrer Mitarbeiterin. Tränen traten aus Riekes geweiteten Augen, aber sie nickte langsam. »E- es ging alles so schnell!«

»Ist der Krankenwagen unterwegs?«, fragte sie und beugte sich prüfend über Hollys schlaffen Körper. *Der Brustkorb hebt und senkt sich. Gut.*

»Habt ihr einen Arzt gerufen?«, wiederholte Kathrin die Frage etwas schärfer und legte eine Hand unter den Kopf ihrer Mitarbeiterin. Sanft hob sie ihn an und prüfte, ob beim Aufschlag eine Wunde entstanden war. *Keine äußeren Verletzungen. Sehr gut!* Wie in ihrem letzten Auffrischungsseminar zog sie die Bewusstlose langsam in eine stabile Seitenlage.

»Ich habe hier kein Netz!«, erklärte ein Gast mittleren Alters mit schütterem Haar und Kaffeeflecken auf dem Hemd.

»Dann gehen Sie vor die Tür!«, blaffte Kathrin ihn an und verdrehte die Augen. Waren manche Menschen wirklich so schwer von Begriff? Der Mann riss die Augen auf, als wäre ihm diese Möglichkeit bislang nicht in den Sinn gekommen und verließ fluchtartig den Laden. Kopfschüttelnd überprüfte sie noch einmal, ob Holly atmete und wandte sich dann an Rieke, die immer noch stocksteif neben ihr kniete.

»Was ist passiert?«

»I-ich weiß es nicht.« Die gesamte Farbe war aus ihrem Gesicht gewichen. »Sie hatte einen Wutanfall und ist danach umgekippt.«

»Wir müssen sie warm halten, bis die Sanitäter kommen!« Geschickt zog sie die goldene Decke aus dem Erste-Hilfe-Kasten und stopfte sie über und unter Hollys eiskalten Körper. Prüfend tastete sie an ihren Rippen nach der Atmung. Nur langsam hob und senkte sich ihr Brustkorb. Auf. Eins, zwei, drei. Ab. Eins, zwei, …

Danach war er still. *Fuck.*

»Hol den Defi«, brüllte Kathrin ihre Mitarbeiterin an. Wie vom Blitz getroffen, riss es Rieke aus ihrer Schockstarre. Wackelig stolperte sie durch die Tür in den Mitarbeiterbereich und kam Sekunden später mit dem Gerät zurück.

»Öffnen!«

Rieke kniete sich stumm neben Hollys reglosen Körper. Ihre Lippen bebten. Unter Schluchzen öffnete sie den Deckel des Defibrillators.

»I-ich weiß nicht, wie der funktioniert!« Dicke Tränen rannen über ihre Wangen am Kinn hinab.

»Du musst ihn einschalten.« Gestresst drückte Kathrin selbst auf den Startknopf und riss Hollys Bluse entzwei, um die Pads anzubringen. »Ist jemand hier Arzt?«, brüllte sie durch den Raum, ohne die Gäste dabei anzusehen, und erntete eine bedrückende Stille. *Hätte ja sein können.* Mit einem letzten prüfenden Blick auf die nicht vorhandene Atmung stützte sie ihre Arme auf Hollys Brust und begann zu drücken. *1,2,3 …* Schweiß trat auf ihre Stirn. »Ist der Notruf schon abgesetzt?« *10,11,12 …* »Wo ist der Gast, der den Krankenwagen rufen sollte?« Keine Antwort. *Verdammter Mist, ist der Kunde wirklich abgehauen? 18,19,20 …*

»Rieke, ruf du den Notruf an!« Mechanisch nickend, griff ihre sonst so lebensfrohe Mitarbeiterin nach dem Handy und entsperrte mit zitternden Fingern das Display. Ihre Augenbrauen zogen sich sorgenvoll zusammen. »I-ich kann nicht -« Panisch wischte sie mit dem Finger hin und her. »D-da ist eine Fehlermeldung.«

»Was?«, fragte Kathrin völlig irritiert. »Der Notruf geht immer!« *28,29,30!* Vorsichtig legte sie Hollys Kopf in den Nacken und drückte ihre Lippen auf ihre. *Zweimal beatmen, dreißigmal drücken. 1,2,3 …* »Sie da!« Völlig außer Atem rief Kathrin den jungen Mann im Anzug zu sich. »Notruf, jetzt!« Mehr Worte brachte sie im stetigen Takt der Wiederbelebung nicht zustande. Doch auch der eher protzig wirkende Gast sah verwirrt auf sein sündhaft teures iPhone. »Bei mir geht auch nichts. Hier steht -« Er runzelte die Stirn. »Bitte warten, das Portal wird aufgebaut.«

Das kann nur ein Albtraum sein. »Hat denn niemand hier Empfang?!« *14,15,16 …* Kathrins Arme brannten und ein Knoten der Hilflosigkeit legte sich auf ihr Herz. *Sie darf nicht sterben. 22,23,24 …* »Bitte -« Ein Schluchzen kam über ihre rot geschminkten Lippen. »Ruft bitte Hilfe.«

In diesem Moment ertönte ein ohrenbetäubendes Heulen, das die Wände des Ladens zum Vibrieren brachte.

»S-sind das die Sanitäter?«, fragte Rieke mit brüchiger Stimme und starrte Kathrin mit rot unterlaufenen Augen an.

»Das ist ein Katastrophenalarm!«, schrie sie und riss ihre Arme zurück, um sich beide Hände gegen die Ohrmuscheln zu drücken. Ein unerträglicher Schmerz war mit Einsetzen der Sirene durch ihre Gehirnwindungen geschossen. Angestrengt versuchte sie, nicht zu schreien und biss sich krampfhaft auf die Unterlippe. Etwas Anderes, das ihr eine Heidenangst bereitete, hallte durch ihren Kopf – wie ein tödliches Versprechen.

Tick Tack Tick Tack.

10 Minuten zuvor

Kilian

Roland konnte es nicht fassen. Wie hatte er sich nur so täuschen können? Er hätte seine neue Bohrmaschine darauf verwettet, ach was, seine ganze Werkstatt, dass seine Jungs heute Erfolg hatten. Aber nein, nichts als pure Enttäuschung. Der Sicherheitschef des BBK grunzte genervt und starrte auf den kleinen Bildschirm neben seinen Hauptmonitoren. »Jah, wie jeht? Noch drei Minuten, das ist noch machbar!«, feuerte er die kleinen Personen auf dem alten Röhrenbildschirm an, den er vor ein paar Wochen durch den Sicherheitsbereich geschmuggelt hatte. Die rot gekleideten Männer liefen wie wild gewordene Tiere über das grüne Spielfeld, verloren jedoch den Ball nur wenige Meter vor dem Tor. »Selke du Pfeife, watt war dat denn? Dat kann ja meine Oma besser!?« Verzweifelt schlug er die Hände über dem Kopf zusammen. »So wird dat nix, Jungs! .. Legt ma' 'ne Schippe drauf, hier.« Euphorisch, immer dem Ballwechsel seiner Lieblingsmannschaft folgend, bemerkte er nicht, dass die dicke Stahltür hinter ihm eine Handbreit offen stand und der Geruch von Verwesung hindurch waberte. Auch sah er den Schatten nicht, der sich langsam hinter ihm aufbaute und etwas metallisch Glänzendes in die Höhe hob.

»Tooooor! Tooooor!« Triumphierend sprang Roland aus seinem alten Bürostuhl, riss die Faust in die Luft und drehte sich freudestrahlend zur Seite. Sein Lachen gefror in der Sekunde, als der Abzug gedrückt wurde. Mit einem Ploppen, nicht lauter als das Öffnen einer Weinflasche, schoss eine Kugel aus dem Lauf und bohrte sich direkt in die Stirn des Sicherheitschefs. Wie ein nasser Sack fiel er zu Boden, auf seinen Gesichtszügen die Spuren seines letzten Lächelns.

»Was für ein Schuss!«, brüllte der Kommentator im Fernsehen und Kilian musste ihm zustimmen. Ein glatter Durchschuss. Vorsichtig darauf bedacht, seine Stiefel nicht in das austretende Blut zu setzen, zog er eine MicroSD-Karte aus seinem Ärmel und trat an den Schreibtisch. Wie ausgemacht, platzierte er sie anstelle der eigentlichen Speicherkarte am Hauptrechner und schob das Original ein.

»Gut gemacht. Komm jetzt zurück zur Basis, falls das Zielobjekt nicht wie gewünscht reagiert«, erklang die Stimme seiner Partnerin in seinem Ohr und er nickte. »Zu Befehl.« Leise wie ein Windhauch, bewegte er sich durch den Raum zurück in den Flur des BBK. Man sollte doch meinen, dass ein Hochsicherheitsbereich bessere Schutzvorrichtungen hat. Es war fast zu leicht gewesen, sie alle auszuschalten, um in den Kontrollraum zu gelangen. Doch sein Hochmut verblasste, als ein ohrenbetäubendes Heulen durch die Gänge hallte und das Licht im Gebäude durch den Notstrom ersetzt wurde. »Konntest du nicht warten, bis ich draußen bin?!«, blaffte er die Frau in seinem Kopfhörer an und huschte durch die dicken Stahltüren, in einen weniger geschützten Bereich. Sein Blick fiel auf das halbe Dutzend Wachmänner, das in ihren Blutlachen am Boden lag. »Der Alarm wird die Verstärkung alarmieren«, fluchte er und rannte zu dem Luftschacht, durch den er gekommen war. »Na dann beeil dich!«, sagte die Stimme in seinem rechten Ohr emotionslos, bevor es still wurde. *Auf mich allein gestellt, wie immer.* Wütend sprang er hoch und klammerte sich an den steilen Wänden des Schachtes fest. *Wenn ich diesen Auftrag hinter mir habe, werde ich umschulen. Schornsteinfeger wäre vielleicht etwas,* dachte er sarkastisch und erklomm das Rohr in die Freiheit.

Kathrin

Der Katastrophenalarm dröhnte aus allen Lautsprechern der Stadt und das Ticken in ihrem Kopf wurde stetig lauter.

»Hört ihr das auch?«, brüllte sie gegen die Sirenen an und starrte auf Rieke, die völlig passiv da saß und auf Holly blickte.

»Wie kann man das nicht hören?!«, brüllte ein Gast zurück und drückte seine Finger ebenfalls auf die Ohrmuscheln

»Holly?«, piepste Rieke und erinnerte Kathrin daran, dass sie keine Zeit für Kopfschmerzen hatte. Sofort stützte sie sich wieder auf den leblosen Körper. *1,2,3…*

»Die Tür ist versperrt!«, rief eine dunkelhaarige Frau in Jeans und Tanktop und rüttelte an dem Knauf. »Was soll das hier?« Panik lag in ihrer Stimme und die anderen Gäste drängten sofort zur Tür. Einige griffen nach dem Knauf und zogen daran.

»Wir sind eingesperrt?!« Der Umgangston wurde schlagartig aggressiv. »Sie öffnen jetzt sofort die Tür!«, brüllte der iPhone-Besitzer über die Theke. »Einer von euch muss doch einen Schlüssel haben, oder?!«

Kathrins Gedanken kreisten. Es war völlig unmöglich, dass sie eingesperrt waren. Der Generalschlüssel lag sicher in ihrem Büro. *18,19,20 …*

»Hol. Meine. Tasche«, befahl sie kurzatmig und nickte in Richtung ihres Büros. Rieke sprang sofort auf, stolperte fast über ihre eigenen Beine und eilte dann nach hinten.

»Tauschen!«, gab Kathrin eine weitere Anweisung, diesmal an den jungen Mann im Anzug gewandt.

»Ich?« Ungläubigkeit lag in seiner Stimme. »Ich weiß nicht, wie das geht.«

»Ja, *Sie*. Jetzt!« Kathrins Ton ließ keine Widerrede zu. »Hinknien. Hände zusammen! Wir tauschen nach der Beatmung.« Nach zwei kräftigen Luftstößen rutschte sie zur Seite und der nun nicht mehr so selbstsichere Gast beugte sich mit seinem Oberkörper über Holly.

»Genau so und jetzt drücken!«, erklärte Kathrin mit fester Stimme und korrigierte seine Körperhaltung. »Ich bin Kathrin und wie heißt du?«, fragte sie, um ihm ein wenig Sicherheit zu schenken.

»Noell.«

»Gut, Noell, du schaffst das. Dreißigmal drücken! Ich schau' nach der Tür.« Auf wackeligen Beinen richtete sie sich auf und nahm der heraneilenden Rieke die Tasche aus der Hand. Wie vermutet, lag der Schlüssel unberührt in dem Seitenfach. »Rieke, du beatmest! Und Finger weg, wenn der Defi ausschlägt!« Hektisch lief sie an ihr und dem Verkaufstresen vorbei zur Glastür. Mit einer unguten Vorahnung steckte sie den Schlüssel ins Schloss und drehte ihn nach rechts. Es klickte. Jetzt war die Tür offiziell zugesperrt. Sie schluckte schwer und drehte nach links. *Das wäre offen.* Doch ein beherztes Ziehen machte das Drama komplett: Es gab keinen Weg hinaus. *Was zur Hölle geht hier vor sich?*

Holly

Hollys Welt war schwarz und undurchdringlich. Eine angenehme Wärme hatte sich wie eine Decke um ihren Geist gelegt, der aus dem Tal der Schmerzen in die Unendlichkeit flog. *Fühlt sich so sterben an oder ist das nur ein Traum?* Kaum war der Gedanke manifestiert, griff etwas Kaltes nach ihr. Lange Finger gruben sich tief in sie hinein und zogen mit aller Kraft an ihrer Seele. Holly wollte schreien, doch ohne ihren Körper entfuhr ihr kein Laut. *Ich bin gefangen.* Das weit entfernte Lachen einer Frau ertönte und vertrieb die letzte Wärme aus ihrer Existenz. Das Schwarz um sie herum veränderte sich zu Schattierungen unterschiedlicher Dunkelheiten. Formen wurden sichtbar und eine verschwommene Gestalt erhob sich aus dem Nichts.

»Du wirst mir gute Dienste leisss-ten!« Kalte, weiße Augen öffneten sich nur wenige Zentimeter vor Hollys Wahrnehmung. »Dein Körper isss-t mein!« Ein helles Lachen zerschnitt die Kälte und plötzlich spürte Holly wieder eine Verbindung zu ihren Gliedmaßen. Schmerz durchzuckte ihren Kopf. *Nein, nein, nein! Nicht noch einmal!*

»Sss-obald eine weitere Sss-eele mit mir den Platz tauscht, werde ich frei sein! Es ist bald sss-oweit, das kann ich spüren. Hörst du das Portal zwischen unseren Welten?«, zischte die formlose Gestalt und wirbelte um Holly herum. »E-sss ist fa-ssst da.« *Tick Tack. Tick Tack.*

Kathrin

Kathrins Blick wanderte von der verriegelten Tür über die panischen Gäste hin zu Rieke und Noell, die neben Hollys leblosem Körper knieten. *Ist das real?* Aus einem inneren Drang heraus schlug sie ihre flache Hand mit voller Wucht gegen ihre Wange. *Klatsch.* Eine kurze Welle des Schmerzes breitete sich auf ihrer Haut aus. Sollte die Filmmethode zum Testen von Albträumen wirken, dann war sie definitiv wach. Zitternd atmete sie tief ein und schloss für einen Moment die Augen, um sich auf das Wichtigste zu konzentrieren. Fast automatisch zuckte ihre Hand zu ihrem Bauch und strich über die winzige Kugel. *So viel Stress ist nicht gut für das Baby,* übertönte die innere Stimme ihrer Mutter die immer noch dröhnende Sirene. »Okay, okay!«, sagte sie, um sich Gehör zu verschaffen. »Wir müssen jetzt Ruhe bewahren!«

»Ruhe?«, blaffte sie eine ältere Dame mit lila Lidschatten an. »Sie öffnen jetzt diese verdammte Tür, sonst zeige ich Ihnen mal, wie ruhig ich bin!« Wütend schwang sie ihre farblich passende Krokodil-Optik-Handtasche in Kathrins Richtung.

»Ich muss zu meiner Familie!«, brüllte ein Gast mit starkem Akzent und Vollbart über die Köpfe der anderen hinweg. »Meine Frau hat gerade erst entbunden!«

»Sie dürfen uns hier nicht festhalten.« Ein Mädchen mit glattem schwarzem Haar zeigte vorwurfsvoll auf Kathrin. »Das hatten wir im Unterricht! Das ist Freiheitsentzug!«

Beschwichtigend hob Kathrin die Hände. »Ich halte niemanden fest!« Zum Beweis ließ sie den Schlüssel stecken und trat zur Seite. »Probiert es halt selbst. Die Tür ist nicht abgeschlossen!« Prompt griff die Krokodil-Taschen-Lady nach dem Schlüssel, drehte ihn hin und her und rüttelte an der Tür. »Sie klemmt!«

»Dann müssen wir sie eintreten!« Mit ausgestreckten Armen kämpfte sich der Mann mit Bart nach vorn und trat gegen das Glas. Es vibrierte nicht mal.

»Ein Stuhl!«, brüllte er und gestikulierte in der Luft herum.

Ein hagerer Mann mit rotem Haar und Brille schnappte sich einen der runden Tische. »Der hat Eisenbeine. Das ist besser!«

»Geht ihm aus dem Weg!« Kathrin zog die schimpfende Frau zur Seite und auch die anderen Kunden bildeten eine Gasse. Dann passierten mehrere Dinge gleichzeitig: Der hagere junge Mann rannte mit der Tischplatte vor der Brust auf die verschlossene Türe zu, traf das Glas und wurde unerwartet heftig zurückgeworfen. Die Luft im Raum knisterte, die Deckenlampen flimmerten und alle Smartphones begannen denselben Signalton zu spielen.

Und hinter dem Tresen ertönte ein überraschter Aufschrei, als der Defibrillator ohne Ankündigung auslöste und 750 Volt durch Riekes Körper schossen.

»NEIN!« Mehr konnte Kathrin nicht rufen, denn ein ohrenbetäubender Knall, wie von einer gezündeten Handgranate, übertönte alles Weitere. Ohne Vorwarnung wurden alle im Raum von einer Druckwelle erfasst und von den Füßen gerissen. Wie eine leblose Puppe flog Kathrin durch die Luft und landete unsanft auf den grauen Bodenfliesen. Der dumpfe Aufschlag ließ sie aufkeuchen. Ihre Beine schmerzten augenblicklich und das Pochen in ihrem Kopf wurde immer stärker. Der Grund für ihren Sturz war ein waberndes Portal, das vor dem Ausgang schwebte. »Das ist unmöglich«, murmelte sie und rappelte sich auf. Adrenalin schoss durch ihre Adern, als sie den Countdown in der Luft schweben sah – 4:49 min. *Tick Tack. Tick Tack.*

Kathrin rappelte sich auf, hustete und begann leise zu weinen, als sie das Ausmaß der Explosion sah. Der gesamte Raum war völlig zerstört. Glas und Holzsplitter lagen kreuz und quer auf dem Boden verteilt. Trümmerteile von Tischen und Wänden begruben einige Gäste, die sich mühsam zu befreien versuchten. Dicker Staub wirbelte durch den Raum, der jetzt nur noch einem Schlachtfeld glich. Ausgeleuchtet wurde das Grauen durch das türkisfarbene Portal, welches sich vor dem Ausgang aufgebaut hatte. Darüber leuchtete in giftig gelber Farbe der unheilvolle Countdown: 4:13 min.

»Rieke?«, flüsterte Kathrin und schniefte. Mit dem Gefühl einer grauenvollen Vorahnung blickte sie hinter die Überreste der Theke. Zwei Füße lagen unter einem Berg voll Schutt. Kathrins Herz setzte für eine Sekunde aus, dann stürzte sie auf die Unfallstelle zu und begann zu graben. Stein um Stein legte sie den verschütteten Körper frei. »Nein, nein, nein!« Ihre übriggebliebene Selbstbeherrschung zersprang und Panik breitete sich in jeder Zelle ihres Körpers aus. Heiße Tränen liefen ihr Gesicht entlang, als sie das blutverschmierte Gesicht von Rieke freilegte. Ihre Augen waren leicht geöffnet, ihre schwarzen Locken umrahmten das bronzefarbene Gesicht, das völlig ausdruckslos zur Decke starrte. Ein Schrei, der tief in ihrer Kehle gesessen hatte, löste sich und erschütterte die Wände. Schluchzend beugte sie sich über die Leiche ihrer Mitarbeiterin. »Das hast du nicht verdient.« Zitternd strich sie eine Locke aus ihrem noch warmen Gesicht. Eine zweite Welle an Furcht überkam sie bei dem Gedanken, wie viele Leben die Explosion genommen hatte. Suchend blickte Kathrin sich um. Ein wenig abseits, geschützt durch eine Säule, saß Noell mit dem Rücken zur Wand und hielt Holly krampfhaft wie eine Puppe im Arm. Auf allen Vieren kroch Kathrin zu ihnen hinüber. Der junge Mann bebte am ganzen Körper und starrte mit weit aufgerissenen Augen ins Leere. »L-Lass sie los. Du kannst ihr nicht mehr helfen«, flüsterte Kathrin, so sanft sie nur konnte und griff unter Hollys Arme, um sie aus seinem Griff zu ziehen. Doch Noell drückte sie fester an seine

Brust, als wäre sie das einzige auf der Welt, das ihn noch hielt. »Ich kann nicht.«

»Lass los«, hauchte Kathrin unter Tränen und legte eine Hand unter Hollys Kopf. Das weiche Haar auf ihrer Haut ließ sie fast den Verstand verlieren. *Zwei junge Frauen, zwei Töchter, deren Mütter nun alleine alt werden müssen.* Die Last auf ihrem Herzen schien unerträglich, doch sie schluckte den Drang, sich auf dem Boden zu einem Haufen zusammenzurollen, herunter und funktionierte für den Moment.

»Ich habe sie nicht mehr greifen können«, sagte Noell wimmernd. »Ich wollte sie zur Seite ziehen.« Seine Lippen bebten bei jeder Silbe. Die Schuld in seinen Augen war unerträglich … »Sie würde noch leben, wenn ich …« Seine Stimme brach und endlich ließ er Holly los. Vorsichtig legte Kathrin ihre zweite, reglose Mitarbeiterin auf den Boden, unterdrückte einen Heulkrampf und rutschte stattdessen zu Noell, um ihn zu beruhigen. Sie strich den völlig fremden Mann durch das dunkle Haar und sagte ihm, dass alles gut sei. *Lüge. Es wird nie wieder alles gut.*

»Was ist passiert?«, fragte Noell mit belegter Stimme und bewegte zum ersten Mal seinen Kopf. Als der Blick auf das grell leuchtende Portal fiel, zuckte er erschrocken zurück. »Wa-as ist das?«

»Ich weiß es nicht«, gab Kathrin wahrheitsgemäß zu und erhob sich langsam, um sich einen Überblick zu verschaffen. Mit ihr waren noch weitere Personen aufgestanden und betrachteten ängstlich das Portal mit seinem drohenden Countdown. Kathrin erkannte, dass die Frau mit der lila Handtasche, der Mann mit Bart und die schwarzhaarige junge Schülerin, ebenfalls überlebt hatten.

»Wir haben nur noch drei Minuten!«, rief eine weitere Kundin, die völlig verdreckt und mit einer Schürfwunde über dem rechten Auge ihr Handy in die Höhe hielt. »Hier steht, dass einer von uns da durch muss!«

Alarmiert tastete jeder zwischen den Trümmern nach seinem Smartphone. Auf sämtlichen Handy Displays war ein kleines schwarzes Pop-Up Fenster mit roter Schrift erschienen: »Katastrophenalarm - Todesgefahr. Portal umgehend betreten! Verbleibende Zeit: 2:49 min.« Die wirkliche Hiobsbotschaft blinkte im Kleingedruckten darunter auf: »Betritt niemand innerhalb der gesetzten Frist das Portal, wird dieses durch eine Explosion zerstört. Der Radius beträgt 5 km.«

»Wir sind alle tot, wenn keiner hindurchgeht!«, stellte die Schülerin fest und löste dadurch einen Moment der absoluten Stille zwischen ihnen aus. Nur die tosende Sirene hallte unverändert laut in ihren von der Explosion beschädigten Ohren.

»Ich habe einen Mann zu pflegen! Er stirbt ohne mich«, rief die schrullige Alte sofort zu ihrer Verteidigung und versteckte sich halb hinter einer umgestürzten Sitzgarnitur.

»Alt und pflegebedürftig? Der hat dann eh nicht mehr lange und wenn ich Sie so ansehe, haben Sie die besten Jahre auch schon hinter sich!«, erwiderte die unbekannte Frau mit dem Handy und deutete auf sich selbst. »Ich bin erst dreißig und habe verdammt noch mal mein ganzes Leben noch vor mir. Außerdem muss ich zu meinen Hunden!«

»Ja, definitiv«, stimmte die schwarzhaarige Schülerin ihrer Vorrednerin zu und stellte sich demonstrativ neben sie. »Ich hab' noch nicht mal eine eigene Wohnung. Ihr habt schon gelebt. Soll einer von euch Alten gehen!« Dabei zeigte sie sowohl auf die lilafarbene Kundin, als auch auf den Schnurrbartträger, der empört schnaubte. »Ich habe eine Frau und drei Kinder! Wisst ihr jungen Gören überhaupt, was das bedeutet? Wenn ich heute nicht nach Hause komme, müssen sie auf der Straße leben!« Vorwurfsvoll wedelte er mit seinem Zeigefinger in der Luft herum. »Ihr habt keinen Respekt vorm Alter!«

»Wir werden alle sterben, wenn keiner geht!«, wiederholte die Hundebesitzerin mit Nachdruck und schenkte ihre Aufmerksamkeit plötzlich Kathrin. »Was ist mit der? Die hat uns doch hier eingeschlossen.«

Reflexartig und noch bevor jemand anderes etwas dazu sagen konnte, rief Kathrin lauter als beabsichtigt. »Ich bin schwanger!« Demonstrativ legte sie eine Hand auf ihre winzige Kugel.

»Kannst du das beweisen?«, blaffte die fremde Frau zurück und verschränkte ihre Arme vor der Brust. Blinde Wut auf die hochnäsig wirkende Blondine kochte in Kathrin hoch und der mütterliche Instinkt, ihr ungeborenes Kind zu verteidigen, setzte schlagartig ein.

»Mein Baby ist drei Monate alt und auf mich angewiesen! Also definitiv ein besserer Grund als irgendwelche, ebenfalls nicht bewiesenen Hunde, die auch sehr gut ohne dich klarkommen würden!«, blaffte sie und erinnerte Kathrin an eine sehr beleidigt dreinschauende Barbiepuppe.

»Meine Hunde sind dreimal so viel wert wie dein Drecksbalg!«

Das war zu viel. Mit einem bestialischen Schrei stürzte sich Kathrin auf die Möchtegern-Barbie und riss an ihrem blonden Haar. Doch die langen Nägel der Kundschaft rammten sich ohne Gnade in ihre Haut. Sie schrie auf und taumelte nach hinten. »Na warte, dir zeige ich es!« Aber bevor Kathrin auch nur zu einem weiteren Angriff ansetzen konnte, fiel ihr Blick auf das Portal. Noell stand nur eine Armlänge davon entfernt und starrte in den Strudel aus blau und gelb, der in einer schier endlosen Schleife in die Dunkelheit führte. Hinter ihm schlich sich der bärtige Gast an und hob seine Arme in Brusthöhe.

»Nicht!«, brüllte Kathrin, als er Noell mit voller Wucht nach vorne schubste. Wie in Zeitlupe sah sie, wie Noell taumelte, in Richtung Portal kippte und sich im letzten Moment wieder fing. Sofort griff ihn der Gast erneut an. »Lass ihn in Ruhe!« Panisch lief sie auf den Angreifer zu, zog an seiner Jacke und lehnte sich mit aller Kraft dagegen. Aber die zwei Männer kämpften weiter um die Oberhand. »Du hast überlegt«, presste der Schnurrbartträger hervor und taxierte Noell mit einem Schlag auf den Kopf. »Dann ist es nur fair, wenn du gehst!« Mit seinem gesamten Gewicht setzte er sich auf Noells Brustkorb, drückte die Hände auf seine Kehle und drückte zu.

»Du bringst ihn um!«, schrie Kathrin hysterisch und zog hilflos an den Ärmeln des Mannes. »Helft mir!«, flehte sie die anderen an, doch niemand schien sich einmischen zu wollen. »Wir losen es aus! Wir lassen den Zufall entscheiden. Wir losen!«, wimmerte sie und zog noch kräftiger, aber die Finger lösten sich nicht von Noells Kehle. Seine Augen rollten nach hinten und seine Gliedmaßen erschlafften.

»Du Mörder!«, platzte es aus Kathrin heraus, aber der Unbekannte zuckte nur kurz mit den Schultern. »Er ist nur bewusstlos! Wir haben keine Zeit mehr. Er oder wir. Das ist für mich keine schwere Entscheidung.«

Kathrin starrte auf den Countdown. *15, 14, 13 …*

»Helft mir mal, ihn reinzuwerfen«, grunzte er und kniete sich neben Noells bewusstlosen Körper. Wie zu erwarten, war die Hundelady sofort zur Stelle und griff ohne mit der Wimper zu zucken nach seinen Beinen. *10, 9, 8 …*

Fassungslos starrte Kathrin in die übrigen zwei Frauengesichter, die einfach wegsahen und nicht einmal den Versuch unternahmen, an diesem Verbrechen etwas zu ändern. *7, 6, 5 …*

Mit dieser Schuld will ich nicht leben! Sie dachte an Holly, Rieke, Noell und ihr ungeborenes Kind. *4, 3, 2 …*

In letzter Sekunde drückte sie sich an dem Dreiergespann vorbei und sprang mit der Hand auf ihrem Bauch in das rotierende Portal.

Holly

Ein greller Lichtblitz vertrieb die Kälte um sie herum und Holly atmete gequält aus. Das Schattenwesen hatte von ihr abgelassen und war schlagartig verschwunden. Nur langsam beruhigte sich ihr kräftig pumpendes Herz und sie horchte angespannt in die Stille. Innerhalb von wenigen Minuten hatte sie so viele schreckliche Dinge gesehen und unendliche Schmerzen gespürt, dass sie sich am liebsten ihre eigenen Gliedmaßen ausgerissen hätte. Selbst hinter ihren geschlossenen Lidern hatte der Wahnsinn nicht aufgehört. Die dunkle Gestalt war in sie eingedrungen, um dort nach den schlimmsten Abgründen ihrer Vergangenheit zu wühlen. Albtraum um Albtraum hatte sich aneinander gereiht und sie fast um den Verstand gebracht. Wenn das der Tod ist, war er schlimmer als jeder Tag auf Erden. *Es ist vorbei.* Versuchte sie, sich selbst zu beruhigen. *Das Monster ist fort.* Zurück blieb die endlose Schwärze, in der sie lag, wie auf einer Straße mitten im Nirgendwo, abgeschnitten von der Außenwelt. *Wie lange es wohl dauert, bis es zurückkommt? Wird es überhaupt zurückkehren oder werde ich bis in alle Ewigkeit hier liegen? Kann man sterben, wenn man schon tot ist?* Schlagartig wurden ihre Gedanken unterbrochen, als ein greller Schrei die Stille zerriss. *Ich kenne diese Stimme!*

»Kathrin?!«, rief Holly in die endlose Leere und bemühte sich, auf die Beine zu kommen. Wankend stapfte sie ein paar Schritte durch die Dunkelheit. Erneut hallte der ihr so bekannte Schrei durch die Schwärze. Holly musste sie um jeden Preis finden. Zusammen, da war sie sich sicher, würden sie hier rauskommen.

»Ich komme, Kathrin!«, brüllte Holly so laut wie nur irgendwie möglich und setzte einen Fuß in Richtung der Hilferufe. Ihr Tritt ging ins Leere. Die Welt kippte wie ein Kartenhaus zur Seite und nahm ihr jeglichen Halt. Ihr Magen krampfte sich zusammen, als ihr Körper in die völlige Endlosigkeit fiel.

Noell

Benommen kämpfte Noell gegen das Gefühl der Ohnmacht an. Doch der unbändige Schmerz in seiner Kehle drohte ihn zurück in die Dunkelheit zu ziehen. Das pochende Gefühl strahlte in jeden Winkel seines Körpers aus und lähmte seine Gliedmaßen. Selbst zu blinzeln kostete ihn alle Kraft, die er aufbringen konnte. Röchelnd atmete er ein und begann prompt zu husten. Sein Brustkorb hob sich zitternd und beförderte eine Wagenladung Schleim hervor, die aus seinem Mund zu Boden tropfte.

»Helft mir, ihn zur Seite zu drehen, sonst erstickt er!«, hörte er eine sanfte Stimme rechts neben seinem Kopf und sogleich griffen zwei Hände nach ihm. Langsam wurde er in eine andere Position gerollt. »So ist es gut, immer raus damit«, flüsterte die Frau neben seinem Ohr und strich sanft über seine Schulter. »Die Sanitäter müssten jeden Moment da sein.«

Bei dem Wort *Sanitäter* rasten die Erinnerungen der letzten halben Stunde wie ein D-Zug über ihn hinweg: Die Herzdruckmassage, die Explosion, die toten Bedienungen, das Portal und der Zweikampf mit dem bärtigen Mann. Er stöhnte. Sein Kopf konnte nicht glauben, dass all diese Dinge wirklich passiert waren. Doch es musste wahr sein, denn als seine Benommenheit nachließ, erblickte Noell den völlig zerstörten Raum. Er spürte die kalten Betonoptikfliesen unter sich und roch etwas Metallisches ganz in seiner Nähe. Staub und Schutt bedeckten den Großteil des Bodens, doch dazwischen glänzten rote Flecken – Blut. »Was ist …«, begann er zu fragen und bewegte sich ein wenig, um einen Überblick zu ergattern. »Kathrin!« Angst lag in seiner Stimme, als er ihren regungslosen Körper zwischen den Trümmern entdeckte. *Bitte sei nicht tot. Bitte atme.* Wenn sie das war, was er dachte, dann hatte er das Blut dreier Frauen an seinen Händen kleben. Von einem plötzlichen Adrenalinschub erfasst, robbte er auf dem Bauch zu ihr hinüber und tastete nach ihrem dünnen Handgelenk. *Kein Puls.*

»Nein!« Er wollte sich aufrichten.

»Du musst liegen bleiben!«, murmelte das schwarzhaarige Mädchen und kniete sich neben Noell auf den Boden. »Sie ist an deiner Stelle durch das Portal gesprungen und leblos auf der anderen Seite herausgefallen. Dafür ist, wie versprochen, nichts mehr explodiert«, fügte sie leise hinzu und blickte beschämt zu Boden.

Sie wollten mich opfern, aber Kathrin hat uns alle gerettet! »Wo ist der Mistkerl?!«, presste Noell zwischen seinen aufgeplatzten Lippen hervor und ballte die Hände zu Fäusten.

»Er ist schuld an ihrem Tod!« Mit aller Kraft stemmte er sich vom Boden weg und drückte sich schnaufend in eine aufrechte Position. Schweißtropfen bildeten sich auf seiner Stirn und schwarze Linien durchzogen sein Blickfeld. *Nicht das Bewusstsein verlieren!* Kochende Wut über die völlig eskalierte Situation trieb ihn an.

»Du solltest nicht -« setzte die Schülerin an, doch Noell winkte ab.

»Ihr Schweine!«, brüllte er durch den Laden und suchte die Trümmer nach bekannten Gesichtern ab. Die schrullige Alte lugte hinter einer umgestürzten Couchgarnitur hervor, die Möchtegern-Barbie klopfte Staub von ihrem Kleid und der rothaarige Mann lag blutüberströmt und schwer atmend in einer Ecke.

»Wo ist dieser Feigling, der mich von hinten erwürgen wollte?« – Stille. Keiner antwortete, bis ein knackendes Geräusch alle gleichzeitig zusammenzucken ließ.

»Du meinsss-t den hier?«, zischte eine unwirklich klingende Frauenstimme zu seiner Rechten und er wirbelte herum. Im hohen Bogen flog ein runder Gegenstand über den halb zerstörten Tresen. »Ich war sss-o frei ihn dir zu halbieren.«

Der Kopf des bärtigen Mannes landete mit einem ekelhaften *Flatsch* vor Noells Füßen und bespritzte seine Anzughose mit Blut. Das schwarzhaarige Mädchen hechtete aus dem Weg und schrie aus voller Kehle, als auch der restliche Körper des Mannes folgte. Ein verdrehter Haufen Mensch landete vor ihren Füßen. Wie benommen starrte Noell den Leichnam des Gastes an, mit dem er vor wenigen Minuten noch gerangelt hatte. Seine Kleidung war zerfetzt und blutgetränkt, seine Haut mit Kratzspuren übersehen und hätte der Kopf nicht gefehlt, wäre er durch das riesige Loch in seiner Brust ebenfalls gestorben. *Fehlt da sein Herz?!* Noell schluckte schwer und sein Magen drehte sich um. Der Anblick war unerträglich und doch konnte er sich keinen Millimeter davon abwenden. Seine gesamte Konzentration lag auf dem Schatten hinter der Theke, der sich langsam in Bewegung setzte. *Tick Tack. Tick Tack.* Das Geräusch einer Uhr näherte sich und als der Schatten vom spärlichen Licht der letzten überlebenden Glühbirne beleuchtet wurde, klappte Noells Kinnlade nach unten. Vor ihm stand eine der toten Bedienungen. Sie lächelte hämisch und hielt etwas klebrig glänzendes in ihrer Hand. Hinter ihm begann die Schülerin zu weinen und jemand würgte.

»Ohne Her-zzz sind Menschen viel be-ssser erträglich«, zischte die Bedienung und warf Noell das triefende Organ entgegen. In Zeitlupe sah er es durch die Luft wirbeln, bis es wie ein nasser Schwamm auf seinem Hemd landete und das Weiß dunkelrot tränkte. Angewidert stolperte er zurück und starrte in die weichen Gesichtszüge der Frau, mit der alles begonnen hatte.

»Das ist nicht möglich«, stotterte er und trat noch ein paar Meter zurück. »Du warst tot! Wir konnten dich nicht reanimieren.«

»Da-sss stimmt.« Die Frau kam ihm mit zwei langen Schritten entgegen.

Noell erkannte in ihren Augen keine Farbe mehr – sie waren pechschwarz.

»Holly Beck, die kleine Kellnerin mit den gro-sssen Träumen ist nicht mehr hier.« Ein böser Schatten legte sich auf ihr Gesicht. »Dafür bin ich jet-zzzt hier!« Aus ihrer Kehle drang ein unmenschliches Knurren, als sie sich auf Noell stürzte und ihn zu Boden riss. Der Aufprall presste ihm die Luft aus den Lungen und er verlor die Orientierung. Das Letzte, was er wahrnahm, waren die kalten Finger, die sich um seinen Nacken legten. Sein Herz raste, als er einen warmen Atem an seiner Wange spürte. »Tick Tack«, hauchte die Kreatur in sein Ohr, bevor sie seinen Kopf zur Seite riss und das Genick brach.

»Sss-o, wer will al-sss nächstes?«

Gegenwart

Kommissar Regnar

»Herr Kommissar? Die flüchtige Person ist Holly Beck!« Der junge Polizist zeigte seinem Vorgesetzten ein Bild von einer kleinen Frau mit braunem Haar und einem weichen Lächeln auf den vollen Lippen.

»Sind sie sich da sicher?«, fragte Hauptkommissar Regnar und begutachte die Verdächtige, die überhaupt nicht zu einem achtfachen Mord mit dieser Brutalität passen wollte. Ein nettes Lächeln versteckte häufig die dunkelsten Geheimnisse.

»Ja, ich bin mir hundertprozentig sicher.«

»Dann fahren wir zu ihrer Adresse. Wo wohnt Frau Beck?« Mit einem Seitenblick erhaschte er das Geburtsdatum. *Herrgott, sie ist erst neunzehn.*

»Admiralbogen am Haidpark«

»Gut, geben sie eine Fahndung raus, wir schauen uns ihre Wohnung etwas genauer an!« Schnell durchquerte er den blutigen Schauplatz und blieb mit seinem Blick an einem Augapfel hängen, der mit aller Gewalt in die Kaffeemaschine gedrückt worden war. Die nächsten Monate würde er nur noch Tee trinken.

Patrick

Gähnend saß Patrick in seinem WG-Zimmer auf dem Bett und scrollte durch sein Handy. Eine Benachrichtigung ploppte auf - die täglichen News. *Katastrophenalarm und Massenmord hält München in Atem.* Alarmiert schoss er in die Höhe. »Hey Leute, habt ihr das schon gesehen?« Über seinem sonst so fröhlichen Gemüt lag Sorge. »Louisa? Kilian?«, rief er in dem Moment, als er seine Zimmertüre öffnete, doch seine Worte blieben ihm im Halse stecken.

»Hallo mein Hüb-ssscher«, zischte Holly und lehnte sich lässig gegen den weißen Türrahmen, als wäre es ganz normal, dass sie aussah, als hätte sie in menschlichen Innereien gebadet. Erschrocken taumelte Patrick zurück und stolperte über die Füße seines Bürostuhles.

»Ho-olly? Was ist passiert?«, fragte er und ein angsterfülltes Zittern lag in seiner Stimme.

»Sss-ag du es mir!«, blaffte Holly ihn an und legte ihren Kopf leicht schief. Sie entblößte ihre spitzen Zähne, an denen sich rote Schlieren bildeten. Lässig schlenderte sie in den Raum und leckte sich genüsslich die aufgeplatzten Lippen. »Du wirsss-t jetzt deinen Chip aus meinem Nacken entfernen, oder ich probiere mal, wie viele Rippen ich dir rausss reisss-en kann, bevor du sss-tirbst«, zischte sie und durchquerte den Raum schneller, als Patrick blinzeln konnte. Ihre kalten, blutigen Hände griffen nach seinem Kragen und hoben ihn ohne Mühe einen Meter in die Höhe. Schweiß bildete sich auf seiner Stirn und er wimmerte. »I-ich weiß nicht-«

Wütend kratze sie mit ihren Nägeln einmal quer über sein Gesicht, seine Haut platzte auf und ein brennender Schmerz nahm ihm die Luft zu sprechen.

»Behaupte nicht, du wüss-test nicht-sss davon! DU hasss-t diesen Chip konsss-truiert und ihn deiner erbärmlichen kleinen Mitbewohnerin über Nacht eingepflanzt. War e-sss nicht so?« Hollys Lächeln wurde breiter. »Ihr wolltet mich kontrollieren?« Wahnsinn trat in das hübsche Gesicht. »Niemand kann mich kontrollieren!« Sie war nun so nah, dass rötliche Speicheltropfen seine Wangen übersäten. Panisch kniff er die Augen zusammen und zog ruckartig an den Handgelenken seiner Angreiferin, doch sie wich keinen Zentimeter von ihm ab. »I-ich ha-abe ihn nur entwickelt! Louisa hat ihn eingepflanzt.« Eine Welle der Angst durchzog seinen Brustkorb und Tränen sammelten sich in seinen Augenwinkeln. »Bitte«, fiepte er und suchte in den pechschwarzen Augen nach etwas Menschlichem. »Ich will nicht sterben.«

»Das hätte-ssst du dir vorher überlegen müssen!«

»Aber wir haben dir geholfen! Ohne uns wärst du nicht zurückgekehrt«, quiekte Patrick verzweifelt und strampelte mit seinen Beinen in der Luft. »Wir sind auf deiner Seite!« Angstschweiß tropfte von seiner Stirn, als er sah, wie Holly nach der Schere auf seinem Schreibtisch griff.

»Neeeeein!«, kreischte er. Doch zu spät, das kalte Metall hatte sich bereits in seine Seite gebohrt. Warmes, dunkles Blut quoll aus der Fleischwunde und schickte einen Orkan der Schmerzen an sein Nervensystem. Er wandte sich wie ein Fisch am Haken in Hollys eisernen Griff.

»Kontrollieren wolltet ihr mich!« Sie stach ein zweites Mal zu. »Besss-itzen wolltet ihr mich.« Ein drittes Mal. »Aber zu dumm wart ihr, um zu erkennen, dass ein einfacher Computer-Chip keine Macht über mich hat!« Das vierte Mal bohrte sie die Schere direkt in die Kuhle an seinem Hals. Genüsslich drehte sie den Schaft so tief in sein weiches Fleisch, dass er vollständig verschwand. Patrick röchelte gequält, als Blut aus seinem Mund den Hals hinab floss. »Dafür musss-t du jetzt sterben.« Das Zappeln hörte auf. Sie warf ihn wie einen Wäschesack zu Boden und leckte genüsslich ihre Fingerkuppen ab. Breit grinsend kehrte sie dem toten Studenten den Rücken zu und trat genau in der Sekunde in den Flur, als die Haustür aufgestemmt wurde. Zwei Polizisten in Vollmontur stürmten herein und richteten ihre Waffen auf Holly.

»Hände hoch und auf den Boden legen!«, schrie Hauptkommissar Regnar und visierte ihren Brustkorb an. »Sie sind festgenommen!«

Das kalte, dreckige Lachen einer Wahnsinnigen dröhnte aus Hollys Mund. »Polizzz-isten töte ich am liebsss-ten. Die wehren sich länger.« Ohne Vorwarnung stürzte sie auf den jüngeren der beiden Männer und riss ihm die Pistole aus der Hand. Noch im selben Atemzug zielte sie auf Kommissar Regnar, der sich in letzter Sekunde zur Seite warf. Die Kugel donnerte mit einem Knall in die Zimmerwand. Holly gab ihm keine Zeit zum Nachdenken, sie schoss dreimal hintereinander und traf den Kommissar ins Schienbein. Er zuckte zusammen, stolperte gegen die Kommode und fiel auf den Rücken.

»Da-sss wars!«, verkündete sie kichernd und zielte. *Bam. Bam. Bam.* Die drei Schüsse hallten noch nach, während sich die Kugeln bereits tief in weiches Gewebe bohrten. Der Geruch von verbranntem Schwarzpulver vermischte sich mit dem von frischem Blut. Holly senkte die Waffe und ihr Grinsen verblasste. Die Einschusslöcher zierten ihre eigene Bluse.

»Wa-sss?« Ungläubig sah sie von dem am Boden liegenden Kommissar hoch und blickte in die ausdruckslosen Augen von Kilian. Auch er hielt eine Pistole in Händen, deren Lauf direkt auf Hollys Herz gerichtet war. Ein letztes Mal verzog sich ihr Gesicht zu einer lächelnden Fratze, dann gaben ihre Beine nach und sie fiel in sich zusammen.

Kilian atmete tief aus und steckte seine Waffe wieder ein.

»Junge, das war sehr gefährlich!«, tadelte ihn der Hauptkommissar und nahm dankend seine ausgestreckte Hand entgegen, um sich aufzurappeln. Schnaufend kam er zum Stehen. »Alles klar bei dir?«, fragte er seinen Kollegen und zog ihn am Arm in die Höhe.

»Ja!« Bleich um die Nase beugte er sich prüfend zu Holly hinab. »Kein Puls«, stellte er fest und wandte sich dann an Kilian. »Sie können sehr gut zielen. Das hat uns wahrscheinlich das Leben gerettet.«

»Keine Ursache«, gab Kilian knapp zurück und schaute hinter sich in das offene Wohnzimmer. Versteckt hinter dem Türrahmen lugte Louisa hervor und tauschte wortlos einen Gedanken mit ihm aus. Kilian nickte kaum merklich und beugte sich dann ebenfalls zu Holly hinab. Suchend tastete er ihren Nacken und den Hals ab. Eine Sekunde lang verdunkelte sich seine Miene, dann zog er blitzschnell ein Skalpell hervor und schnitt sauber in das Fleisch. Unbemerkt von den Polizisten, zog er den MikroChip aus ihrer Haut, wodurch Holly prompt die Augen aufschlug und rasselnd einatmete. Sie hustete und griff sich mit schmerzverzerrtem Gesicht an die Brust. »K-kilian? Was ist passiert? Blut … warum ist alles voller Blut?«, fragte sie mit kaum hörbarer Stimme. Die echte Holly blickte an sich herab und erkannte die drei Schusswunden an ihrem Oberkörper. Tränen sammelten sich in ihren Augen, die wieder ihre ursprüngliche Farbe angenommen hatten. Sofort griff Kommissar Regnar nach seinen Handschellen, zog grob an Hollys Handgelenken und fesselte sie hinter ihrem Rücken. »Holly Beck, wegen des Mordes an acht

Menschen sind Sie hiermit festgenommen. Sie haben das Recht zu schweigen ...«

Völlig neben sich stehend, legte Holly den Kopf auf den blutverschmierten Fußboden ab und wimmerte: »Es war dort so kalt. So unendlich kalt. Ich konnte Kathrin nicht finden, es war zu dunkel!«

Kilian trat ein paar Schritte zurück. »Sie muss verrückt geworden sein!«, verkündete er und ließ sein Werkzeug samt dem Computer-Chip in seiner Hosentasche verschwinden.

»Ich rufe einen Krankenwagen«, verkündete der jüngere Polizist und zog sein Handy hervor.

»Kathrin«, flüsterte Holly mit letzter Kraft. »Ruft für sie auch einen. Sie ist mit mir zurückgekehrt.«

Zwölf Stunden später

Kathrin

Das Erste, was Kathrin spürte, als die Schmerzen nachließen, war etwas Enges, das sich über ihren Mund spannte. Sie wollte es entfernen, doch ihre Finger fühlten sich völlig taub an. Ihr Kopf dröhnte und bei jedem Blinzeln stach ihr ein grelles weißes Licht in die Augen. *Wo bin ich?* Der beißende Geruch von Desinfektionsmittel und etwas Süßem kroch ihr in die Nase. Zu ihrer Linken wiederholte sich immer wieder ein unangenehmer Piepton und zog ganz tief an einer Erinnerung. Wo hatte sie das schon mal gehört? *Ich bin in einem Krankenhaus!* Langsam erkannte Kathrin die Deckenlampe wieder, unter der sie in der örtlichen Kreisklinik vor ein paar Wochen schon mal gelegen hatte. Reflexartig zuckte ihre Hand zu ihrem kleinen Kugelbauch. *Ich lebe. Wir leben!* Ein sanftes Lächeln umspielte ihre Lippen und sie versuchte sich an die Ereignisse der letzten Stunden zu erinnern. Doch da war nichts außer Leere. *Ich bin zur Arbeit gegangen und dann?* Sie war sich ganz sicher, dass danach etwas Furchtbares passiert war. *Aber was? Warum bin ich erleichtert zu leben? Ein Unfall?*

Die Tür des Aufwachraumes schwang auf und eine große blonde Ärztin kam freudig lächelnd auf sie zu.

»Oh, gut, Sie sind wach, hervorragend!« Mit einem geschickten Handgriff löste sie die Beatmungsmaske von Kathrins Gesicht und leuchtete mit einer kleinen Lampe direkt in ihre Augen. »Wie geht es Ihnen?«, fragte die Ärztin und machte sich eine kleine Notiz auf dem Klemmbrett.

»Wie geht es meinem Baby?«, stellte Kathrin sofort eine Gegenfrage.

»Alles soweit in Ordnung. Sie hatten wirklich Glück. Ihre Mitarbeiterin ist mittlerweile in Gewahrsam genommen.«

»Meine Mitarbeiterin ist was? Warum?«

Die Ärztin hob eine Augenbraue. »Holly Beck? Sie hat acht Menschen getötet und Sie wären auch fast eines ihrer Opfer geworden.«

»Das glaub' ich nicht!« Die lebensfrohe Studentin mit dem rundlichen Gesicht konnte ja noch nicht einmal eine

Spinne erschlagen, wie hätte sie acht Menschen töten sollen?

»Erinnern Sie sich nicht mehr an den Angriff?« Die Ärztin deutete auf die Tageszeitung neben ihrem Bett. In Großbuchstaben prangten auf der Titelseite die Worte: *Mörderin festgenommen. Holly Beck plädiert auf Unschuld.*

»Nein. Ich erinnere mich an gar nichts mehr«, gab Kathrin kleinlaut zu und starrte fassungslos auf das Bild von zwei Polizisten, die ihre Mitarbeiterin in Handschellen abführten. *Holly eine Mörderin? Warum kann ich mich nicht erinnern?*

»Hmm, eine partielle Amnesie ist nicht untypisch bei traumatischen Erlebnissen«, erklärte die Ärztin und tippte auf ihr Klemmbrett. »Wir werden Sie wohl eine Weile hier behalten.« Sie lächelte warm und begab sich Richtung Ausgang. »Vielleicht ist es auch besser, wenn Sie sich nicht mehr erinnern, es soll ein ganz schönes Massaker gewesen sein.« Mit diesen Worten verschwand die Ärztin und hinterließ eine völlig verwirrte Kathrin. Neugierig blätterte sie in der Zeitung auf Seite fünf, um den ganzen Bericht zu lesen. Zeile für Zeile wurde sie unruhiger. Einige Sätze regten etwas tief in ihrer Seele an, doch sie konnte beim besten Willen nicht sagen, was.

»Eine junge Frau mit Wahnvorstellungen und deutlichen Ansätzen für Schizophrenie.«

So ein Schwachsinn, Holly war nicht verrückt.

»Die Angeklagte, Holly Beck, plädiert auf Unschuld. Laut eigener Aussage hatte sie sich an besagtem Tag in den Fängen einer formlosen Gestalt befunden, eine Art Schatten, der ihren Körper übernehmen wollte.«

Eine Gänsehaut breitete sich auf Kathrins Armen aus und ihr war so, als würde sie weit entfernt das Ticken einer Uhr hören. *Schwachsinn.* Sie schüttelte den Kopf und legte die Zeitung zurück auf ihren Nachttisch. Egal, was passiert war, sie hatte etwas damit zu tun. *Aber was?*

Louisa

Stolz auf ihre eigene Performance schloss Louisa das Krankenhauszimmer und eilte die Gänge zurück in die kleine Besenkammer am Ende der Station. Flink legte sie den Arztkittel ab, versteckte das gefälschte Namensschild und zerknüllte den Notizzettel auf ihrem Klemmbrett. Vorsichtig schlich sie aus dem Personalbereich zurück in den Besucherbereich des örtlichen Krankenhauses. Auf halbem Weg nach draußen tauchte Kilian lautlos neben ihr auf und hakte sich unter.

»Hat dich jemand gesehen?«, fragte er leise und bog mit ihr um die Ecke.

»Nein. Niemand hat den Wechsel mitbekommen.«

»Wo liegt die echte Ärztin?«

»Im Kühlhaus«, antwortete Louisa, ohne mit der Wimper zu zucken. In Ihrer Karriere als Auftragsmörderin hatte sie bereits schlimmere Aufträge erledigt.

Kilian schmunzelte. »Funktioniert der Chip?«

»Ja. Kathrin kann sich an nichts mehr erinnern.«

»Perfekt. Dann hat Holly nun keine Zeugen mehr, die sie entlasten könnten. Sie wird lebenslang im Gefängnis sitzen.« Feixend boxte Louisa ihrem Freund in die Rippen. »Dann brauchen wir wohl eine neue Mitbewohnerin. Soll ich die Anzeige diesmal schreiben oder willst du?«

Kilian seufzte. »Ich stell die Anzeige morgen rein. Aber diesmal keine Studenten. Ich will nicht noch mal ein halbes Jahr so tun, als würde ich die ganze Zeit lernen.«

Im Gleichschritt traten sie durch die großen Flügeltüren hinaus in die kalte Luft des beginnenden Tages.

Im Gefängnis

Langsam entfernte ich mich von Hollys Bett und verschmolz mit den Schatten in ihrer Zelle. Die Worte von den beiden Betrügern ließ ich tausendfach in ihrem Kopf widerhallen. *»Sie wird lebenslang im Gefängnis sitzen.«* Panisch schreckte sie hoch und starrte direkt auf den Punkt, wo ich mich versteckt hielt. Doch kein Mensch kann mich mit bloßem Auge erblicken. Ich war ihr so nah, dass ich ihren rasselnden Atem spürte und den Schweiß auf ihrer Stirn sehen konnte – ich roch ihre Angst. Sie wusste schon länger, dass mit ihren Mitbewohnern irgendetwas nicht gestimmt hatte. Sie waren zu freundlich, zu zuvorkommend, zu *unschuldig* gewesen … und jetzt hatte ich es ihr gezeigt. Die Gedanken in Bilder geformt. Ich sah die Erkenntnis in ihrem Gesicht wachsen und ein loderndes Gefühl der Zuversicht brannte in ihrer Mimik. Zitternd vor Wut sprang sie auf und riss ihre Bettdecke zur Seite, um zu der schweren eisernen Tür zu laufen, die sie von ihrer Freiheit trennte. »Wärter? Hey! Hört mich jemand?«

Ich schmunzelte in meiner dunklen Ecke und verfolgte mit Stolz ihre wie im Wahn ausgeführten Schläge auf die Zellentür. Endlich hörte sie jemand.

»Was um Himmels willen wollen Sie mitten in der Nacht?", schimpfte ein Angestellter der Justizvollzugsanstalt und öffnete ein kleines Sichtfenster.

Gierig zog Holly sich näher an die Tür und flüsterte: »Ich will meinen Anwalt sss-sprechen! Ich wei-sss jetzt, *wer* mich hier reingebracht hat!« Sie kicherte, es war ein Ausdruck ihres verwirrten Geistes, der mich in der Dunkelheit ebenfalls zum Lächeln brachte. Es war etwas Befriedigendes, meine Arbeit in ihr wachsen zu sehen. Diese Frau würde mich noch einige Male in ihren Träumen vorfinden, so viel war gewiss.

Teil 2

Salz und Metall

Jace Moran

Menschen begehen Fehler. Diese haben Konsequenzen und lösen eine Kettenreaktion aus, die sich nicht aufhalten lässt, so sehr man es auch versucht. So eine Abwärtsspirale an Ereignissen kann tödlich enden, wenn man die Warnsignale nicht frühzeitig erkennt. Und wisst ihr was? Der Tod und der Zustand des Schlafens unterscheiden sich nicht so sehr, wie ihr es gerne glauben wollt. Das Bewusstsein geht in eine andere Ebene über, losgelöst vom Körper und den irdischen Grenzen. Auf dieser Ebene werden alle Taten, die ein Mensch in seinem Leben begangen hat oder vielleicht noch begehen wird, eins. Sie werden zur Realität, Gegenwart und Wahrheit der Träumenden. Es kommt einer Warnung gleich, einer schrecklichen Vision. Grausames wird zur Qual, umso öfter es sich wiederholt. Einen geliebten Menschen sterben zu sehen, so lebensecht, dass man beim Aufwachen einen tatsächlichen Verlustschmerz durchleidet, panisch nach seinen Liebsten tastet und erleichtert feststellt, dass diese noch da sind. Anders hingegen sieht es aus, wenn eine Person tatsächlich gestorben ist und sich die Erinnerung an ihren Tod wieder und wieder im Kopf abspielt, verändert, erweitert, verdreht. Die leeren, toten Augen, das leblose Gesicht, all das Blut, in den dunkelsten Farben, tausendfach aufs Neue.

Ich höre dich seinen Namen rufen, immer und immer wieder rufst du verzweifelt seinen Namen …

»Aslan?«

Schluchzend fiel Noah auf die Knie. Vor ihm lag die Liebe seines Lebens. Ein stürmisches Chaos aus glühend heißen Tränen und eisig kalten Regentropfen strömte über Noahs Gesicht. Wann immer er blinzelte, sprang eine nasse Perle von seinen Wimpern auf seine Haut, kullerte über seine Wange und tropfte auf den von Kopf bis Fuß blessierten, blutüberströmten Körper in seinen Armen hinab.

Aslan sah mehr tot als lebendig aus – bleich, starr, einen seltsam glasigen Glanz in seinen dunkelgrünen Augen, jeder Zentimeter seiner freiliegenden Haut von Messerstichen, Blutergüssen und Würgemalen entstellt. Einzig und allein das herzzerreißende Röcheln, das tief aus seinen Lungen kam, die Manier, in der jeder seiner Atemzüge verzweifelter und hoffnungsloser wurde, verriet, dass Aslan noch am Leben war.

Noah schmeckte Salz auf seinen Lippen. Salz und Metall. Auf Höhe seiner Knie war seine Jeans in Fetzen gerissen und die Haut darunter aufgeschürft, doch seit er seinen Freund reglos auf dem Asphalt dieser düsteren Seitenstraße aufgefunden hatte, spielte das keine Rolle mehr. Die einzigen zwei Umstände, die noch eine Rolle spielten, waren das Flattern von Aslans Atem und das beständige Beben des Adrenalins, das in der Geschwindigkeit von abgefeuerten Pistolenkugeln durch Noahs Adern schoss.

Es war ein gewöhnlicher Dienstagvormittag. Zehn Uhr morgens, an einem tristen Novembertag. Graue Wolken hatten sich vor die Sonne geschoben und der undurchdringbare Nebelschleier des Regens verwandelte die

Fassaden der hohen Backsteingemäuer, die die schmale Gasse von beiden Seiten umzingelten, in bedrohliche Schattenschemen.

Mittlerweile war Aslan wieder zu sich gekommen, doch er hing schwer in Noahs Armen, unfähig, auch nur einen einzigen Muskel zu rühren. Das sonst so lebensfrohe Funkeln seiner Augen war dahingeschieden und der Qual und Verzweiflung gewichen.

»Bleib bei mir.«

Noahs Stimme brach. Seine Unterlippe bebte. Er hatte keine Ahnung, was er tun sollte. Überall war Blut. Aslan starb. Und verdammt, sie waren doch beide erst fünfzehn Jahre alt.

Aslan öffnete seinen Mund einen winzigen Spaltbreit. Er wollte etwas sagen, aber kein Laut drang aus seiner Kehle. Schniefend nahm Noah sein kaltes, entstelltes Gesicht in die Hände und beugte sich zu seinen Lippen herab, soweit er konnte. Doch es hatte keinen Zweck. Der Regen war zu laut und Aslan schon zu sehr weggetreten. Mehr als ein Stöhnen schaffte er nicht, aus seiner gepeinigten Kehle herauszuquälen.

»I-ch-, tut mir l-leid, ich k-kann dich n-nicht verstehen.«

Noah weinte. Jetzt weinte er so richtig. Mit bebendem Leib, zitternden Gliedern, Rotz, der aus seiner Nase schoss und einer zu einer schmerzerfüllten Grimasse verzerrten Miene. Ein Wirrwarr aus Emotionen pulsierte durch seinen Geist, setzte seine Seele in Brand und seinen Körper unter Strom, fegte seinen Kopf und sein Gedächtnis leer, lähmte seine Glieder und brachte den Vulkan in seinem Inneren zum Brodeln.

»Sie kommen.«

Mikas Stimme durchbrach sein Wehklagen wie ein Paukenschlag.

Langsam rieselte ein eiskalter Schauer über Noahs Rücken und überzog seinen Körper mit einer Gänsehaut. Dennoch reagierte er nicht auf die Worte seines großen Bruders. Es ging einfach nicht. Er konnte seinen Blick nicht von seiner Liebe abwenden – oder von dem, was von ihr übrig geblieben war – konnte nicht atmen und auch nicht sprechen, nicht hören oder sich bewegen, nur fühlen, schluchzen und leiden. Eine Sekunde verstrich, gleich waren es zwei. Dann trug der Wind das Heulen von sich nähernden Motoren an Noahs Ohren. Entsetzt hob er seinen Kopf.

Gnadenlos bohrten sich die herabprasselnden Regentropfen in seine Haut. Mittlerweile war Noah bis auf die Knochen durchnässt und seine Sicht verschwommen. Trotzdem konnte er erkennen, wie sich eine Gestalt aus den Schatten der nächstgelegenen Abzweigung erhob. Mit schnellen Schritten kam Mika auf ihn zugelaufen. Stolz, stramm und abgebrüht wie eh und je packte er seinen Schützling an der Schulter und schickte sich an, diesen auf die Füße zu ziehen.

»Wir müssen weg hier. Sofort.«

Heftig schüttelte Noah den Kopf und versuchte, sich aus den Fängen seines großen Bruders loszureißen. Er wollte nicht weg. Nicht von Aslan und erst recht nicht von dem kümmerlich verbliebenen Hoffnungsschimmer, dass all das hier nur seiner abscheulichen Fantasie entsprang. Dass er gleich aus diesem bösen Traum erwachen würde, in Wirklichkeit alles in Ordnung war und sie morgen wieder alle zusammen am Frühstückstisch sitzen und dumme Witze reißen würden. Mika, Aslan und er. Doch Noah wusste, dass diese Gedanken naiv und kindisch waren. Es gab keine Hoffnung mehr. Keine Chance mehr auf Glück. Dafür war das Blut zu rot. Der Regen zu kalt. Der Schmerz zu intensiv. Und die Tränen zu real.

Noahs Atem ging stoßweise. Wann immer seine Pupillen hektisch über Aslans zerschundenen Körper und sein blutüberströmtes Antlitz zuckten, fühlte es sich an, als würde sich ein unsichtbares Seil um seine Kehle schlingen, das ihm langsam, aber sicher, die Luft zum Atmen nahm.

»W-wir können ihn doch n-nicht einfach hier l-liegen lassen!«, stieß er hervor und wimmerte wie ein verletztes Tier.

Härte schlich sich in Mikas Gesichtszüge. Für einen vierundzwanzigjährigen Mann sah er schrecklich abgedroschen aus. Alles Jungenhafte und Unschuldige war schon vor langer Zeit aus seiner Miene verschwunden. Falten und Narben gruben sich durch seine Haut. Er war merklich älter geworden. Streng, skrupellos und unglücklich. Mika lächelte nie. Unter keinen Umständen. Alles, was er kannte, waren Stärke und Stolz.

Kompromisslos zerrte er Noah über den nassen Boden, weg von Aslan. »Er stirbt sowieso. Wenn du bei ihm bleibst, töten sie dich. Und das werde ich nicht zulassen. Niemals.«

Rötlich verfärbtes Wasser floss die Gasse und den Gully hinab und tränkte Noahs T-Shirt. Seine und Aslans Finger verloren den Kontakt zueinander. Je weiter sie sich voneinander entfernten, desto schlimmer blutete Noahs Herz. Der Fünfzehnjährige schrie, trat um sich und wand sich in den Armen seines Bruders, doch dieser zuckte nicht einmal mit der Wimper, hielt ihn wie in einem unnachgiebigen Schraubstockgriff fest.

Während Mika ihn vorwärts schubste und sie stolpernd über die brüchige Straßendecke rannten, ließ der triefende Regen ihre Haare auf ihrer Stirn und ihre Klamotten an ihren Körpern kleben. Bevor die Geschwister schlitternd um die nächste Ecke bogen und diese verhängnisvolle Gasse hinter sich ließen, schaute Noah noch ein letztes Mal zurück.

Da lag er, die Liebe seines Lebens, einsam und verlassen im strömenden Regen, inmitten einer beständig größer werdenden Blutlache, und tat seine letzten Atemzüge in dem Wissen, dass sein Freund ihn zum Sterben zurückließ.

Rastlos hallte das Brummen von Motorradmotoren in Noahs Ohren wider. Doch so wirklich hörte er sie nicht. Genauso wenig wie das Prasseln der Regentropfen, ihre gehetzten Atemzüge, das rasende Pochen seines Herzschlags oder das Donnern ihrer überstürzten Schritte. Das Einzige, was er hören konnte, war das unheilvolle Echo des herbeirasenden Todes: *Sie kommen.*

Zwei Jahre danach

*Mikas Lippen bewegen sich. Seine Mundwinkel zucken. Er brüllt,
er grinst, er flucht, er lacht. In seiner Rechten hat er eine Pistole.
Schüsse und Schreie zerreißen die Luft. Blut spritzt. Menschen ster-
ben. Und mein Herz — es pocht und es pocht und es pocht.
Bumm. Mum ist tot. Bumm. Dad ist tot. Bumm. Aslan ist tot.
Bumm. Mika ist tot. Bumm. Alle sind tot. Bumm. Ich bin tot.
Bumm, Bumm, Bumm.*

»Du hättest sie nicht alle töten müssen«, flüsterte Noah
tonlos.

Einzig und allein der blasse Schein einer gedimmten
Öllampe erhellte den Schlafraum der sich im siebten Stock
eines Betonbunkers befindlichen, leer stehenden Einlie-
gerwohnung und tauchte diese in eine dunkelgoldene Nuance. Im Schneidersitz saß Noah auf einer fleckigen,
durchgelegenen Matratze; der Lattenrost darunter war bereits an einigen Stellen durchgebrochen und morsch. Unzählige Staubpartikel schwirrten durch die Luft. Sie erinnerten Noah an die scharfkantigen Glassplitter, die vor ein
paar Stunden in der *Schänke*, der Stammkneipe der Black
Gore Gang, herumgeflogen waren. Mikas Pistolenschüsse
hatten die auf Hochglanz polierten Alkoholflaschen hinter dem Tresen explodieren lassen. Einer der Splitter hatte
sich infolgedessen in seine Wange gegraben und dort einen blutigen Schnitt hinterlassen. Aber das war rein gar

nichts. Die meisten anderen waren mit deutlich Schlimmerem gezeichnet worden. Und manche wiederum waren gar nicht davongekommen.

Tote Augen, starre Blicke. Lichtleer und entseelt, ähnlich einer Kerze, deren Flamme von einem kräftigen Windstoß ausgepustet worden ist. Ein dünnes Rinnsal Blut. Es läuft aus dem Mundwinkel heraus, das Kinn entlang und über die aufgeschnittene Kehle. So viele Schreie, so viel Schmerz.

Nervös kratzte Noah sich am Kopf. Schon seit mehreren Minuten hatte sein Blick auf seinem Bruder gelegen, doch erst jetzt hatte er sich getraut, ihn anzusprechen. Mika sah beinahe friedlich aus, wie er dort lag, in seinem blau karierten Schlafanzug auf dem Teppich neben dem Bett, unter ein paar schmutzigen Kissen und Decken vergraben, die Augen geschlossen und die Arme hinter dem Kopf verschränkt. So sah er gar nicht aus wie ein Mörder. Nicht mal wie ein Kleinkrimineller und schon gar nicht wie ein gemeingefährlicher Droc. Für Noah sah er einfach nur aus wie sein Bruder. Sein starker, stolzer, unglücklicher großer Bruder.

Ohne seine Augen zu öffnen oder auch nur einen Finger zu rühren, erwiderte Mika: »Was kümmert dich das?«

Laut und unverblümt schallte seine Stimme durch die Stille der Nacht.

Beunruhigt biss Noah sich auf die Innenseite seiner Wange, fröstelte und knibbelte mit den Fingern am Saum seiner Bettdecke herum. »Du bist mein Bruder.«

Das war alles, was er sagte. Vier kurze Worte, doch sie bedeuteten ihm die Welt. Schließlich hatte er nichts mehr außer Mika. Mika und die Drocs.

Der Ältere stieß einen langgezogenen, resignierten Seufzer aus. Nichts auf diesem Planeten hasste Noah mehr als dieses Geräusch. Es gab ihm das Gefühl, als wäre er nichts weiter als eine unerwünschte Last. Nur ein dummer kleiner Junge, der keinen Plan von gar nichts hatte, und den man am liebsten loswerden würde, wenn man es denn nur mit seinem Gewissen vereinbaren könnte.

»Ich habe schon Schlimmeres getan.«

»Ich weiß.« Noah konnte es sich nicht verkneifen, einen bitteren – beinahe schon anklagenden – Unterton in seiner Stimme mitschwingen zu lassen.

»Nein, tust du nicht.« Nun schlug Mika seine Augen doch auf, mit einem widerwilligen, aber bestimmten Schnauben.

So war er nun mal: Tat er etwas, dann stets voller Elan. Forsch. Furchtlos. Als gäbe es nichts und niemanden auf dieser Welt, was oder wer ihn jemals von seinem Weg abbringen könnte. Mit erschreckender Intensität fokussierten sich seine Augen auf seinen kleinen Bruder und bohrten sich dabei bis zu dessen Seele vor. Als könnte er in ihm lesen wie in einem Buch. Und wahrscheinlich konnte er das sogar.

»Wenn wir sie nicht töten, dann töten sie uns«, erklärte Mika ruhig und legte seinen Kopf schief. »Du weißt doch, wie die Dinge hier laufen, Noah. Du hast es selbst gesehen. Es am eigenen Leib erfahren. Von uns allen kannst du wohl am besten bezeugen, was für Monster die Black Gores sind.«

Strömender Regen. Brüchiger Asphalt. Ein Körper, so zerstört, dass er kaum mehr an den eines Menschen erinnert. Schock und Schmerz und Trauer und Hass. Aslan, auf der Straße, wie er leidet, wie er stirbt. Wie seine Muskeln erschlaffen. Wie er verzweifelt nach Atem ringt.

Motorheulen. Lederjacken, Schlagringe, Fesseln. Eiskaltes Wasser, Schläge. »Shh ...« Kalter Boden. Ein enger, kahler Raum. Kaum jemand entkommt ihm lebend. Und wenn es dann doch einer tut, wird er nie wieder derselbe sein. »Shh, du machst das gut ...« Eine Hand, die über seine Wange streicht. Fast zärtlich, beinahe liebevoll. Blut und Tränen auf den Lippen. Eisiges, kaltes Blau.

Eine kribbelnde Gänsehaut kroch über Noahs Arme und stellte all seine Härchen auf. Erinnerungen prasselten wie Hagelkörner auf ihn ein. Hart, stechend, qualvoll. Ihnen konnte er nicht entfliehen. Tagein, tagaus verfolgten sie ihn, wie ein zweiter Schatten. Düster und schaurig, und wann immer er den Fehler beging, sie auch nur für den Bruchteil einer Sekunde beiseiteschieben zu wollen, kehrten sie zurück, tausendfach schrecklicher als je zuvor.

Noahs Nasenflügel flatterten, seine Unterlippe bebte. Heftig schnappte er nach Luft, um dem unmittelbaren Drang zu widerstehen, in Tränen auszubrechen.

»Aber ... wieso?«

Am liebsten hätte er sich angesichts des Zitterns seiner Stimme selbst geschlagen. Mika konnte es nicht leiden, wenn sein kleiner Bruder ihm gegenüber Schwäche zeigte. Und Noah wiederum konnte es nicht leiden, wenn sich in dem Blick seines großen Bruders ebendiese scheußliche Mischung aus Missfallen, peinlicher Berührung und Frustration spiegelte, die er auch jetzt an den Tag legte.

Schnell sah Noah zur Seite. Während er Mikas Antwort lauschte, ließ er seinen Blick ziellos durch ihr spärlich beleuchtetes Nachtlager schweifen, über den Müll, den Dreck, die vielen Spinnweben und den Schimmel an den Wänden.

»So ist das nun mal. Die Black Gore Gang und die Drocs. So war es und so wird es immer sein. Jeder Krieg fordert Opfer. Und das hier ist der wohl älteste und hartnäckigste Krieg dieser Stadt.«

Schon vor Jahrzehnten hatte irgendein dummer Streit die Jugendlichen der städtischen Unterschicht in zwei verfeindete Lager unterteilt: die Black Gore Gang und die Drocs. Abgesehen davon, dass Erstere zahlenmäßig deutlich überlegen waren und sich durch Lederjacken, Schlagringe, Tattoos und Motorrädern zu erkennen gaben, während es sich bei den Drocs um abgewetzte Jeanswesten und schulterlange Haare handelte, unterschied sie noch ein weiteres Detail: der Grad ihrer Brutalität und Zerstörungswut. Zumindest war das früher so gewesen, bis die Drocs angefangen hatten, sich um ihrer eigenen Leben willen zu wehren.

Nach dem Tod ihrer Eltern wurden Mika und Noah von den Drocs aufgenommen und diese hatten stets dafür gesorgt, dass sie ein Dach über dem Kopf hatten. Ob auf einem Sofa in der Bude eines Mitstreiters oder in einem leer stehenden Gebäude wie diesem – keine einzige Nacht hatten die beiden Brüder frierend auf der Straße verbringen müssen. Als Gegenleistung erwarteten die Drocs lediglich Loyalität und gelegentliche Treuebeweise. Ein kleiner Überfall hier, eine unbedeutende Schlägerei da: Es war ein kleiner Preis für ihr Überleben und eine neue Familie.

Noah hatte die Schule geschmissen und Mika das Geschichtsstudium. Für den älteren der beiden Brüder war es ein besonders harter Schlag: Akademisch war Mika schon immer ein Überflieger gewesen. Jetzt aber arbeitete er an der Kasse, an der Tankstelle und im Lager, hatte drei Jobs gleichzeitig, ohne dass ihm auch nur einer davon Spaß bereitete, und schuftete sich tagein, tagaus kaputt, um seiner neu gewonnenen Vaterrolle gerecht zu werden und gleichzeitig Geld für sie beide auf den Tisch zu bringen.

Noah hasste es zu sehen, was aus seinem Bruder geworden war. Nichts und niemand konnte Mika glücklich stimmen. Der kleine Junge mit den großen Träumen war erwachsen geworden, und das auf die wohl grausamste Art.

Nachdenklich zog Noah die Knie ans Kinn und schlang die Arme um seinen eigenen Körper. Tatsächlich musste er all seinen Mut zusammennehmen, um die folgenden Worte in Laute umzuwandeln und auszusprechen. Er war es nicht gewohnt, Mika zu widersprechen. Oder überhaupt irgendwem.

»Aber ... wenn wir für jeden, den sie getötet haben, einen von ihnen töten und sie nach der gleichen Regel handeln, wird das alles nie ein Ende finden. Wir sind doch alle Menschen. Wir sprechen dieselbe Sprache. Kommen sogar aus derselben Stadt. Wir haben viel mehr mit ihnen gemeinsam, als uns von ihnen unterscheidet. Du weißt, ich hasse sie, für das, was sie uns angetan haben. Was sie uns antun. Aber nicht jeder von ihnen ist schlecht. Das kann einfach nicht sein. Das darf es nicht. Dieser Krieg – eigentlich hat der doch gar keinen Sinn. Wir müssen nur lernen, uns nicht mehr zu hassen. Dann gibt es keine Gewalt, keine Toten und auch kein Gut und Böse mehr.«

Erleichtert atmete Noah aus. Es tat gut, sich all diese Sorgen, Zweifel und Gewissensbisse ein für alle Mal von der Seele zu reden. Schon viel zu lange hatten sie in den Tiefen seines Herzens geschlummert, untergraben von all dem Gerede über Loyalität, der Zuneigung zu seinem Bruder und dem lodernden Hass gegen die Black Gore Gang und ihre Taten. Endlich hatte Noah das Gefühl, freier atmen zu können. Auch das unangenehme Druckgefühl in seiner Magengegend hatte sich gelindert. Unglücklicherweise schien seine Rede bei Mika nicht den gewünschten Effekt zu erzielen.

Stutzig starrte dieser ihn an. Seine Stirn hatte sich in Falten gelegt. Er schien wirklich nicht zu verstehen, worauf Noah hinauswollte, nicht einmal ansatzweise. Im Gegenteil – eher wirkte er, als würde er sich von den Sätzen seines Bruders angegriffen fühlen.

»Noah ... wir sind nicht wie die, nicht mal im Entferntesten. Uns geht es um Ehre, um Stolz. Die Drocs, die sind unsere Familie. Da gehören wir hin. Da dürfen wir *wir* sein. Für alles Gute muss man etwas Schlechtes in Kauf nehmen. Das sind die Spielregeln eines jeden Menschenlebens. Willst du wirklich in einer Welt leben, in der die Black Gore Gang frei herumläuft? In der wir mit denen Hand in Hand durchs Leben gehen? Scheiße, Mann, die haben Mum und Dad auf dem Gewissen. Und so viele andere. Denk nur an das, was sie dir angetan haben. Die sind Monster. Jeder Einzelne von ihnen.«

Das ritzende Geräusch, wenn eine Messerspitze sich in Hautfasern gräbt. Würgen. Ein Blinzeln. Kalte Hände, eiserne Griffe. Narben, überall auf dem Körper verteilt. Tiefe Stimmen. Gelächter. Dunkle Schatten, die niemals aufhören werden, ihn zu verfolgen. Schüsse, die die Luft zerreißen. Glas, das explodiert. Leere Gassen, strömender Regen. Verzweifelte Jungs, die einsam und allein zum Sterben zurückgelassen werden ...

Noah schrumpfte förmlich in sich zusammen, den Kopf gesenkt, doch sein Bruder fuhr unbeirrt fort, als würde er davon nichts mitbekommen. Seine Stimme war hart, seine Worte noch härter.

»Glaub mir, Noah, mit Monstern kann man keinen Frieden schließen. Sonst wird man nämlich selbst zu einem. So wie dein Aslan.«

Noah zuckte heftig zusammen. Es war alles andere als fair, Aslan in diesem Gespräch als Argument anzuführen. Angesichts der Tatsache, dass Mika auf einmal unangenehm berührt an seinem Ohrläppchen herumfummelte, wusste Noah, dass sein Bruder sich insgeheim für das Gesagte schämte. Entschuldigen würde er sich aber trotzdem nicht dafür. Das war einfach nicht sein Stil.

Drei Stunden zuvor

»Hey Kleiner, willst du mal sehen, was dein beschissener Dreckslover angerichtet hat?«

Anson Shaw, das wohl heißblütigste Mitglied der Drocs, kam mit feuerrotem Kopf und zerrissener Jeansweste durch die zerkratzte Wohnungstür und zielstrebig auf Noah zugestürmt. Der wild mit dem Zeigefinger fuchtelnde Dreiundzwanzigjährige wies ein blaues Auge, eine aufgeplatzte Lippe und eine blutige Verkrustung an seiner rechten Schulter auf und wirkte alles andere als erfreut.

»Deine schwanzlutschende Verräterschlampe hat mir im verfickten Park aufgelauert, als ich nur noch ein, zwei Anmachsprüche davon entfernt war, endlich Marys Nummer zu kriegen!«

Noah biss sich auf die Zunge, um sich davon abzuhalten, eine Bemerkung loszulassen, die für die Situation und seine körperliche Unversehrtheit nicht förderlich gewesen wäre. Gleichzeitig lief ihm ein eiskalter Schauer den Rücken hinab.

Aslan. Ein Schatten, der mit der Dunkelheit verschmilzt, aus Blei und Federn zugleich. Seit jenem verhängnisvollen Dienstagnachmittag im strömenden Regen hatte Noah ihn nie wieder gesehen. So richtig konnte er immer noch nicht glauben, dass sein Ex-Freund noch am Leben war. Und erst recht nicht, dass er sich allem Anschein nach der Black Gore Gang angeschlossen hatte. Nach allem, was sie ihm angetan hatten, ergab das einfach keinen Sinn.

Drohend und mit geballten Fäusten baute Anson Shaw sich vor dem jüngsten Mitglied der Drocs auf. Er war ungefähr doppelt so groß und breit gebaut als Noah selbst. Sicherlich wäre es ihm ein Leichtes gewesen, diesen mit einem wohl platzierten Kinnhaken bewusstlos zu schlagen. In den Augen seiner Drocs-Mitstreiter war Noah sowieso nichts weiter als ein erbärmlicher, wehrloser Welpe, der sich vor seinem eigenen Schatten fürchtete, nur Probleme machte und in seinem Leben schon ein paar Mal zu oft getreten worden war; dessen war er sich sicher. Ohne Mika hätten sie ihn nie als einen von ihnen akzeptiert. Wenn sie es denn überhaupt taten.

Kleine Äderchen pulsierten auf Anson Shaws Schläfe und seine Nasenflügel waren vor Ärger geweitet. Instinktiv wich Noah einen Schritt zurück.

»Dein kleiner Macker hat mich ganz schön übel zugerichtet, he? Würdest du's ihm eigentlich immer noch besorgen, jetzt wo er zur Black Gore Gang gehört?«

Aus Pierces und Bobbys Richtung, mit denen Noah eben noch Karten gespielt hatte, war gedämpftes Gelächter zu hören. Noah biss sich auf die Unterlippe. Eigentlich hatte er auf die Unterstützung der beiden gehofft. Innerhalb der Drocs waren sie die Einzigen, die er als wahre Freunde und Familie bezeichnen würde. Doch sobald das Aslan-Thema aufkam, hatte er weder Freunde noch Familie. Was das betraf, waren sie alle gegen ihn. Ausnahmslos. Hilfesuchend schoss Noahs Blick zu seinem Bruder, der an die Wand gegenüber von ihm gelehnt stand, doch dieser zog nur fragend eine Augenbraue hoch und rührte, abgesehen davon, keinen einzigen Muskel.

Noah öffnete seinen Mund, dann schloss er ihn wieder. Er wusste nicht, was er erwidern sollte. Was auch immer er jetzt sagte – sie würden es nutzen, um weiter über ihn herzuziehen.

»Hey, Anson, lass den Kleinen mal in Ruhe, ja? Er kann ja nichts dafür, dass er auf Zinker-Schwänze steht.«

Stan Cantrell, der Älteste der Runde, erntete mit seiner Aussage ein paar prustende Lacher und zog gelassen an seiner Zigarette.

Heiße Wut kochte in Noah auf. Einzig und allein Mikas warnende Blicke hielten ihn davon ab, aufzuspringen und etwas Dummes zu tun. Wie zum Beispiel, allen Anwesenden wilde Beleidigungen an den Kopf zu werfen oder flennend aus dem Zimmer zu stürmen.

»Yeah, wie auch immer ...« Demonstrativ verdrehte Anson Shaw die Augen, wandte sich von Noah ab und ließ sich, begleitet von einem lautstarken Ächzen, auf einen der gepolsterten Sessel fallen. Ein erwartungsvoller Glanz hatte sich in seinen Blick gelegt, als er sich an Mika wandte. »Hab von deiner Aktion in der Schänke gehört. Starke Sache, Mann. Wie viele hast du erwischt?«

»Schwer zu sagen. Zwei mindestens. Vielleicht mehr.« Mika machte eine kurze Pause und warf einen vielsagenden Blick in die Richtung seines Bruders. »Noah hat auch einen drangekriegt. Das hättet ihr sehen müssen. Hab ihn kaum wiedererkannt.«

Anerkennendes Raunen waberte durch den Raum. Sogar von dem Arschloch Anson Shaw. Krampfhaft starrte Noah auf seine Zehenspitzen. Es war eine Lüge, aber was sollte Mika den Drocs schon sagen? Dass sein kleiner

Bruder vor Angst mal wieder kurz davor gewesen war, sich einzupissen? Dass er sich beim ersten Anzeichen von Gefahr hinter dem Tresen verkrochen hatte, bis Mika ihn unter Gefährdung seines eigenen Lebens dahinter hervorgezogen und in Sicherheit gebracht hatte?

»Der Junge macht sich. Sehr schön.« Ein Hauch von Würdigung schwang in Stan Cantrells Stimme mit, als er aufstand und sich auf Noah zubewegte. Unsanft klopfte er ihm auf die Schulter, bevor er mit einem zufriedenen Lächeln in die Runde blickte und verkündete: »Vielleicht wird ja irgendwann doch noch mal ein Mann aus ihm!«

Ein bitterer Geschmack hatte sich in Noahs Mundhöhle ausgebreitet. »Wenn die Drocs wirklich unsere Familie sind, warum müssen wir uns dann ständig bei ihnen beweisen?«

Mika seufzte und verzog das Gesicht zu einer Grimasse. Zum ersten Mal an diesem Abend schien ihm keine gute Gegenrede einzufallen. Also zuckte er nur mit den Schultern und ließ sich rücklings zurück in die Kissen fallen.

»Schlaf jetzt, kleiner Bruder. Morgen ist ein neuer Tag. Und ich habe das Gefühl, dass es ein Guter sein wird.«

Mit diesen Worten drehte er sich auf die Seite, knipste die Lampe aus und ließ die Finsternis ein weiteres Mal über das Licht siegen.

Ein Piksen, mehr nicht. Tief durchatmend legte Noah die Nadel seines Bruders beiseite und lehnte sich zurück, während er genoss, wie das Heroin durch sein Blut zirkulierte und seine Sinne betäubte. Aslan tauchte vor seinem inneren Auge auf. Aslan, wie er leibt und lebt, in diesem tannennadelgrünen Pullover, den Noah so sehr an ihm mochte, die schwarzen Haare zu seinem Seitenscheitel gekämmt, mit einem glückseligen Lächeln auf den Lippen. Langsam, aber beständig kam er auf seinen Freund zu, reichte ihm seine Hand, verschränkte ihre Finger ineinander und zog ihn dicht an seine Brust. Eine warme Umarmung, sanfte Küsse, eine junge Liebe, dem Untergang geweiht ...

Keuchend schreckte Noah aus seinem Traum hoch. Kalter, klebriger Schweiß bedeckte seinen Körper. Seine Albträume waren nie so schrecklich wie die Realität. Deshalb tat es auch so weh, aus ihnen zu erwachen.

»Mika?«

Schlaftrunken murmelte Noah den Namen seines Bruders und fuhr sich dabei benommen über das Gesicht. Seine Stimme hörte sich kratzig und belegt an. Völlig übermüdet versuchte er, seinen rasenden Herzschlag zu beruhigen und gleichzeitig zu sich zu kommen.

Ein Blick auf den Teppich zu seiner Rechten brachte ihn dazu, seine Stirn in Falten zu legen: Mika war verschwunden, sein provisorisches Nachtlager ruhte still und verlassen in der Dunkelheit. Stattdessen stand die Tür zur Küche einen Spaltbreit offen, wodurch ein blasser

Lichtstrahl in das Schlafzimmer floss und die nächtliche Schwärze erhellte.

Noah seufzte. »Mika?«, rief er erneut, dieses Mal lauter, und drückte die Handballen gegen seine Augäpfel, um den Schlaf aus diesen zu reiben.

Keine Antwort.

Noah schlug die Decke zurück und ließ seine nackten Füße zur Seite des Bettes auf das kalte Parkett herab. Er fröstelte. Durch die geöffnete Fenstertür strömte eine kühle Brise in den Raum. Draußen, hinter dem Balkon, hingen die Sterne so träge am Firmament, als wäre ihre Lust daran längst erloschen.

Geistesabwesend streifte Noah sich seine Hose über, strich sich die Haare aus der Stirn und tappte dann dösig in Richtung des Lichtes.

»Mika, du solltest schlafen ...«

In wenigen Schritten war Noah bei der Tür. Wenn er ganz ehrlich war, wäre er am liebsten gar nicht erst aus dem Bett aufgestanden, aber obwohl er hundemüde war, stand sein Bruder für ihn an erster Stelle. Denn wer weiß, vielleicht hatte Mika sich gerade wieder einen Schuss gegeben und es dabei übertrieben. In letzter Zeit kam das ziemlich häufig vor. Das Heroin helfe ihm, sich besser zu fühlen, sagte er immer. Aber vielleicht half es ihm auch einfach nur, zu vergessen. Und manchmal, so hatte Noah das Gefühl, spritzte er sich absichtlich zu viel, um überhaupt nicht mehr denken zu müssen.

Behutsam schob Noah die Tür zur Küche auf. Die plötzliche Helligkeit blendete ihn so sehr, dass er fürs Erste nur Schemen ausmachen konnte. Schmerzende

Schläfen, wildes Blinzeln, ein Surren in den Ohren; doch tatsächlich, Mika war hier: Da saß er, ihm den Rücken zugedreht, auf einem der kaputten, grellgelben Plastikstühlen neben dem Esstisch.

»Mika, komm zurück ins Bett, du brauchst den Schlaf ...« Der Angesprochene reagierte nicht. Weder auf die auffordernden Worte noch auf die näher kommenden Schritte seines Bruders. Stattdessen saß er einfach nur da, still und regungslos, und blickte in die entgegengesetzte Richtung.

»Mika, bist du okay?«

Mittlerweile war Noah auf seiner Höhe angekommen. Mit gerunzelter Stirn legte er eine Hand auf der Schulter seines Bruders ab. Und dann geschah es: Just in dem Moment, in dem er Mika berührte, kippte dessen Kopf zur Seite, löste sich von seinem Hals und fiel nach unten, schlug mit einem dumpfen Geräusch auf den Küchenfliesen auf, kullerte ein paar Schrittlängen weit weg und hinterließ dabei eine scharlachrote Blutspur.

Noah schreckte zurück. Einen ganzen Satz weit. Und er schrie, panisch und schrill, bevor der Schock seine Kehle zuschnürte und er keuchend nach Luft japste. Mit einem Mal war sein Gehirn wie leer gefegt. Er konnte nicht denken. Nicht fühlen, nicht hören, nicht schmecken, nicht atmen, sich nicht einmal bewegen. Er konnte nur starren. Seinem Bruder in die Augen, diese leblosen, starr geöffneten Augen; der abgetrennte Kopf nur ein paar Zentimeter von seinen Füßen entfernt auf dem Boden.

Donnernde, polternde Schritte. Noah hörte sie kaum. Es war, als würde eine Schicht aus Watte seine Gehörgänge verstopfen.

»M-Mika?« Er war es nicht, der da sprach. Auch wenn er sich diesbezüglich im ersten Moment nicht ganz sicher war.

Spöttisches Gelächter drang an seine Ohren. Dann erneut ein ihn nachahmendes Stammeln: »Mika?«

Schatten fielen auf Noah, verdunkelten seine Sicht. Zwei Schatten. Die Kerle, die diese warfen, sagten etwas, im selben höhnischen Tonfall wie sie eben noch Mikas Namen ausgesprochen hatten, doch Noah konnte ihren Worten nicht folgen. Seine Schläfen pulsierten und sein Mund stand einen Spaltbreit offen. Auf seiner Zunge schmeckte er bittere Galle. Langsam, aber sicher wanderten seine Augen an den beiden Männern hinauf. Fixierten sich für ein paar Sekunden auf ihre fremden, hämischen Gesichter. Auf das Grinsen, das auf ihren Lippen lag. Dann zuckten seine Pupillen weiter. Wild, unkontrolliert, hektisch.

Lederjacken, Schlagringe, Tattoos. Auf den Fingerknöcheln Buchstaben in schwarzer Tinte: BLACK GORES. Aber das war nicht alles, was Noah ins Auge stach. Da gab es noch etwas anderes: Eine Machete, von deren Klinge Blut auf die Fliesen tropfte. Sie war mindestens fünfundzwanzig Zentimeter lang. Noahs Unterlippe zitterte. Die beiden Black Gores lachten. Boshaft, dreckig. Und sie kamen näher. Immer und immer näher.

Wie betäubt stolperte Noah rückwärts, rutschte auf der Blutlache aus, die sich rund um den Kopf seines Bruders auf dem Boden ausgebreitet hatte, taumelte und wäre beinahe hingefallen. Jede Faser seines Körpers zitterte.

Seine Muskeln waren zum Zerreißen gespannt. Kein einziger Laut verließ seine Lippen.

»Hör auf, bitte, hör auf!« Verzweifelte Tränen, scharlachrotes Blut. »Shh...« Eine Hand legt sich über den Mund, erstickt die Töne. »Shh, du machst das gut ...« Eisblaue Augen. Silbern aufblitzende Schlagringe. Gedämpftes Wimmern. Schwarzes Leder und Tattoos, bis nichts als Finsternis herrscht.

Noah hyperventilierte. Mulmiger Schwindel ergriff von ihm Besitz und seine Sicht löste sich in Bruchstücke auf. Wie ferngesteuert wich er zurück.

Wie kann es bloß sein, dass die Black Gores uns gefunden haben? Niemand wusste von diesem Unterschlupf. Niemand außer Noah, Mika und den restlichen Drocs. Und die würden sie niemals verraten.

Noahs Herz pochte, als gäbe es kein Morgen mehr. *Und wahrscheinlich*, durchzuckte ihn der Gedanke wie ein Blitz, *wahrscheinlich gibt es auch keinen mehr.*

Vor seinem inneren Auge baute sich Mika vor den Black Gores auf. Stellte sich schützend vor ihn und hob die Fäuste zum Kampf, ein entschlossener, furchtloser Ausdruck auf dem Gesicht. *Mika.*

Tränen kullerten Noahs Wangen hinab.

Die beiden Black Gores hatten ihn fast erreicht. Sie waren größer als er. Älter, stärker. Sie würden ihn umbringen. So wie sie Mika umgebracht hatten. So wie sie Mum umgebracht hatten. So wie sie Dad umgebracht hatten. So wie sie jeden umgebracht hatten, der ihnen jemals in die Quere gekommen war. Oder zumindest fast jeden.

Aslan. *Ein zerschundener Körper, dem Tode nahe in einer Gasse als Köder abgelegt.*

Er selbst. *Dreizehn Stunden eingesperrt in einem engen, kalten Raum, samt einem Monster mit eisblauen Augen.*

Sie waren Kinder, damals. Aslan und er. Gerade einmal fünfzehn Jahre alt. Wahrscheinlich hatte die Black Gore Gang sie deshalb nicht getötet. *Kinder tötet man nicht.* Das war ein ungeschriebenes Gesetz. Sowohl für sie als auch für die Drocs. Welch löbliche Moral, würden die Black Gores Kindern, so wie Aslan und Noah es einst waren, nicht weitaus Schlimmeres antun als den Tod.

Wenn er eines wusste, dann das: Nie würde er zulassen, dass ihm so etwas ein weiteres Mal geschah. Lieber würde er sterben. Sich eine Überdosis Heroin spritzen, sich vor einen fahrenden Zug werfen oder sich die Pulsadern aufschlitzen. Sich kampflos ergeben und tatenlos dabei zusehen, wie die beiden Black Gores seinen Körper mit ihren Messern bearbeiten. All das war ihm lieber, als wieder in dieser Kammer mit dem Monster zu landen.

Doch dann – ein seichter Windzug in seinen Haaren. Hinter seinem Rücken die geöffnete Balkontür, nur noch ein, zwei Schritte entfernt. Die Feuerleiter ...

Schlagartig riss Noah seine Augen auf. Vielleicht gab es doch noch eine Chance. Vielleicht lag doch noch eine Zukunft vor ihm.

Abrupt wirbelte Noah herum, sprintete über die Türschwelle auf den Balkon, kletterte auf die Notleiteranlage, hetzte diese so schnell er konnte hinab, Stockwerk für Stockwerk, und blickte dabei kein einziges Mal zurück. Seine Schritte erzeugten donnernde Laute auf dem instabilen Aluminium und seine verschwitzten Finger rutschten mehrfach beinahe an den silbernen Haltegriffen der

mehrzügigen Steigleitern ab, als er diese hektisch herun-
terkletterte. Tatsächlich brannte das Adrenalin so sehr in
seinem Inneren, dass er in keinem Moment realisierte,
dass die beiden Black Gores gar keine Anstalten machten,
ihm nach unten zu folgen. Es schien, als würde es ihm
wirklich gelingen, dem sicheren Tod zu entkommen.

Die Nacht war kalt und dunkel, doch immerhin brannten ein paar Straßenlaternen und auch der blasse Schein
des Mondes und vereinzelt blinkende Sterne spendeten
Licht. Mittlerweile war Noah am Fuß der Feuerleiter angekommen, die breite, menschenleere Hauptstraße vor
ihm, keuchend rannte er um die nächste Ecke und –

Bäm! Mit voller Wucht prallte er gegen den breiten Körper eines Mannes, der abrupt hinter der Häuserreihe her-
vorgetreten war und Noah nun so mühelos zu Boden
schubste, als gäbe es nichts Leichteres auf dieser Welt.
Wild mit den Armen rudernd stolperte der Siebzehnjährige rückwärts, verlor den Halt unter seinen Füßen und
krachte auf den kalten Untergrund der Straße. Mit einem
hässlichen Geräusch schlug sein Hinterkopf am Bordstein
auf. Für einen Moment sah Noah schwarze Sternchen vor
seinen Augen umherflimmern. Ein schmerzerfülltes Stöhnen drang aus seiner Kehle. Kieselsteinchen bohrten sich
in seine Haut und er schmeckte Blut auf seiner Zunge.

Keuchend drehte er sich auf die Seite, stützte sich mit
zittrigen Händen auf dem Boden ab und versuchte, sich
aufzurappeln. Doch er kam nicht weit. Grob drückte sich
ein schmutziger Stiefelabsatz gegen seinen Brustkorb und
presste ihn auf diese Weise zurück auf das harte Straßenpflaster. Hektisch stemmte sich Noah gegen den Fuß,

aber egal, wie viel Kraft er auch aufwendete, er bewegte sich keinen Millimeter. Doch dann hielt Noah mitten in der Bewegung inne.

Ein heftiges Blinzeln. Er kannte diesen Schuh. Die schneeweiße Sohle. Den ledernen Rahmen. Die auffällig hellblaue Schnürung. So oft hatte er sich bei dessen Anblick den Tod herbeigesehnt.

Auf jedem noch so kleinen Fleckchen von Noahs Körper breitete sich eine unheilvolle, kribbelnde Gänsehaut aus. Stück für Stück hob er seinen Blick und sah seinem Angreifer zum ersten Mal direkt ins Gesicht.

Eisblaue Augen stierten ihm entgegen. Entsetzt starrte Noah zurück. Seine Brauen aufs Ärgste zusammengezogen. Seine Gesichtszüge eingefroren. Hitze- und Kälteschauer wechselten sich in viel zu kurzen Abständen ab, klebriger Angstschweiß bedeckte seine Handinnenflächen und er zitterte, er zitterte so sehr.

»Was denn, Kleiner, willst du nach deiner Mami schreien?«, säuselte das Monster in seiner besten Babystimme und lachte auf. »Oder nur wieder Rotz und Wasser heulen?«

Noah keuchte. Die spitze Vorderkappe eines Schuhs sauste auf seine Schläfe herab, die Welt explodierte und dann war da auf einmal gar nichts mehr.

Zwei Jahre zuvor

Ein Schwall eiskaltes Wasser landete in Noahs Gesicht und riss diesen ruckartig aus der Besinnungslosigkeit. Instinktiv sprang er auf, kam angesichts des sofort einsetzenden Schwindels ins Stolpern und blickte sich hektisch nach allen Seiten um. Seine Sicht war verschwommen; der Raum, in dem er sich befand, eng und kahl, möbellos, mit grauen Wänden und einer von der Decke baumelnden Energiesparlampe. Der Untergrund unter seinen nackten Füßen war klirrend kalt. Ein eisiger Schauer rieselte über Noahs Rücken.

Ehe er auch nur die Chance hatte, sich zu sammeln, krallten sich grobe Finger um sein Kinn. Ein Mann, den er noch nie zuvor gesehen hatte, baute sich in seiner vollen Größe vor ihm auf. Aus stechend eisblauen Augen starrte er auf ihn herab. Sein Kopf war kahl geschoren, seine breiten Muskeln gespannt und er war mindestens zwanzig Jahre älter als Noah. Auf seinen Lippen lag ein feixendes Grinsen. Die Lederjacke, die er trug, die vielen zackigen Tattoos und die silbern funkelnden Schlagringe an seinen Händen verrieten unmissverständlich: Er war ein Black Gore.

Verzweifelt wehrte Noah sich gegen den Griff des Fremden, schlug und trat um sich, doch der Größere zuckte nicht einmal einen Zentimeter zurück, als Noahs Faust mit voller Wucht in der Höhe seiner Niere gegen seine Bauchdecke traf. Entsetzt weiteten sich Noahs

Augen. Es war fast so, als würde sich eine Wand vor ihm erheben und kein Mensch.

»Hör auf, dich zu wehren.« Die tiefe Stimme des Monsters durchschnitt die Luft wie eine messerscharfe Klinge.

Mitten in der Bewegung hielt Noah inne. Sein Herz raste. Starr blickte er in die eisigen Augen seines Gegenübers und wagte kaum zu atmen. Ein paar quälend lange Sekunden verstrichen, in denen sich ihre Blicke ineinander verhakten. Dann rammte der Black Gore ohne Vorwarnung sein Knie in Noahs Magengegend und brachte diesen würgend und nach Luft schnappend zu Fall. Hals über Kopf rutschte dieser fort von ihm und krabbelte in Windeseile rückwärts, so weit es ging, bis sein Rücken gegen die Wand stieß und es kein Entkommen mehr gab.

»Lass mich in Ruhe!«, presste er mit zitternder Stimme hervor, obwohl sein Mund staubtrocken war.

Härte versteinerte die Gesichtszüge des Monsters. In zwei schnellen Schritten hatte er die von Noah mühevoll aufgebaute Distanz zwischen ihnen überbrückt. Schmerzvoll riss er den Jungen an den Haaren auf die Füße und verpasste ihm daraufhin eine dermaßen schallende Ohrfeige, das sein Kopf zur Seite geschleudert wurde, ihm Tränen in die Augen schossen und seine Wange sich hellrosa verfärbte.

»Hab ich dir erlaubt, zu sprechen!?«

Eine zweite Schelle folgte und Noah presste seine Lippen zu einem schmalen Strich zusammen, um ja nicht den Fehler zu begehen, einen weiteren Laut über diese zu lassen. Im Würgegriff drängte das Monster ihn gegen die Wand, aber entgegen aller dringlichen Impulse in seinem

Inneren wehrte Noah sich nicht. Stattdessen hielt er seinen Kopf gesenkt, den Mund geschlossen und ließ die Arme nutzlos an seinem Körper herabhängen.

»Na also, geht doch ...«, raunte der Black Gore ihm ins Ohr, machte aber keinerlei Anstalten, den Griff um seine Kehle zu lösen. Im Gegenteil, er baute nur noch mehr Druck auf diese auf. Hilflos rang Noah nach Luft, das schwarze Haar fiel ihm unordentlich in die Stirn.

»Also, Kleiner«, fing das Monster an, zwinkerte ihm aus eisblauen Augen zu und rückte so nah zu ihm vor, das kaum mehr ein Blatt Papier zwischen ihre Körper gepasst hätte. Er war fiebrig warm, die Wand hinter Noah schrecklich kalt. Eine intensive Dunstschwade aus Schweiß, Alkohol und viel zu penetrantem Männer-Deo stieg in seine Nase. Am liebsten hätte er gekotzt. »Du bist jung, praktisch noch ein Baby, deshalb darf ich dich nicht töten. Kinder sind Tabu, was das betrifft, blablabla, das hast du ja bestimmt schon alles gehört. Aber du verstehst doch sicher, dass ich dich auch nicht einfach so zurück zu Mummy und Daddy nach Hause schicken darf, oder? Schließlich bist du ein waschechter Drocs-Wichser. Ursprünglich wollte ich dir ein paar deiner winzigen Baby-Gliedmaßen abschneiden, aber dann kam mir eine andere Idee. Eine bessere. Weißt du, ein kleines Vögelchen hat mir gezwitschert, dass du schwul bist. Ob du's glaubst oder nicht, ich auch. Also liegt's ja wohl auf der Hand, dass wir beide jetzt ein bisschen Spaß miteinander haben werden, hm?«

Ein dreckiges Grinsen folgte seinen Worten. Mit seiner freien Hand strich er aufreizend lahm über Noahs Brust.

Dieser spürte, wie die Panik langsam, aber sicher dabei war, all seine Sinne zu betäuben. Mit flatterndem Herzen versuchte er, den Größeren wegzudrücken, sich an ihm vorbeizudrängeln, zu entkommen oder wenigstens seinen Berührungen zu entfliehen. Dabei ballte er seine zittrigen Hände so vehement zu Fäusten, dass seine Fingerknöchel weiß hervortraten.

»Böser Junge ...«, säuselte der Größere höhnisch. Seine Mundwinkel zuckten. Noahs panische Fluchtversuche amüsierten ihn sichtlich.

Aber irgendwann schien er dann doch die Nase voll zu haben. Mit voller Wucht schlug er Noah ins Gesicht, woraufhin dieser schmerzerfüllt aufschrie und wie ein Sack Kartoffeln in sich zusammenfiel. Der Black Gore zuckte nicht einmal mit der Wimper. Unsanft drückte er Noah am Brustkorb gegen die Wand und hielt ihn auf diese Weise aufrecht. Verschwitzte Haare hingen diesem in die Stirn. Am Rande bekam Noah mit, wie Spucke in seinem Gesicht landete. Nun konnte er den Tränen keinen Einhalt mehr gebieten. In Scharen brannten sie in seinen Augen und kullerten seine Wangen hinab.

»Och«, machte das Monster, verzog in falscher Sorge eine Schnute und tätschelte über die Wange seines Gefangenen. »Was'n los, Kleiner? Weinst du etwa jetzt schon? Wir haben doch noch gar nicht richtig angefangen ...«

Noch während die Worte in der Kammer nachhallten, beugte er sich selbstgefällig grinsend vor und küsste Noah hart auf den Mund. Dieser erstarrte, versuchte, am ganzen Körper angespannt, seinen Kopf wegzudrehen, was der eiserne Griff des Monsters jedoch nicht zuließ.

Mit geschlossenen Augen schob der Mann seine Hände über Noahs Seiten, seine Hüfte, seinen Hintern und dann zu allem Überfluss auch noch die Zunge in Noahs Mund. Ihm wurde speiübel. Da er keine andere Möglichkeit sah, um sich zu helfen, setzte er schlicht und einfach seinen ersten Gedanken in die Tat um und biss zu, so fest er konnte. Blut quoll aus der Lippe des Gores in seinen Mund.

Abrupt löste sich das Monster von ihm, jaulte vor Schmerz auf und hielt sich beide Hände vor den Mund, während er Blut spuckte. Angesichts seines schmerzverzerrten Gesichtsausdrucks wurde Noah von einer Welle der Genugtuung durchflutet. Diese nahm ein abruptes Ende, als er den Blick des Monsters sah.

Noah bekam Angst. Riesige, riesige Angst.

»Du kleines Arschloch!« Ein Knurren, nicht mehr.

Seine eisblauen Augen blitzten vor Wut. Und dann prügelte er so lange auf Noah ein, bis dieser das Gefühl hatte, dass jeder einzelne Knochen in seinem Körper gebrochen und seine Sicht von Blut und Tränen so verschleiert war, dass er kaum mehr etwas erkennen konnte. Schwer atmend schüttelte das Monster seine blutüberströmte Hand aus, dehnte seinen Hals, indem er seinen Kopf hin und her wiegte, und ging schließlich vor Noah in die Hocke. Dieser war am Ende seiner Kräfte. Schluchzend war er in sich zusammengesackt, zitternd und so voller Qual und Furcht, dass es förmlich weh tun musste, seinen Blick zu erwidern. Der Glatzkopf legte eine Hand unter sein Kinn und hob dieses an, bis ihre Augen im Zentrum des gegenseitigen Sichtfeldes erschienen.

Eisblau traf auf Sepiabraun. Selbstgerechte Übermacht auf bittere Verzweiflung.

Ruhig, aber bestimmt erklärte das Monster: »Wenn du dich wehrst, tut es nur noch mehr weh.«

Kreidebleich starrte Noah ihn an. Jede Faser seines Körpers bibberte und bebte. Allmählich hyperventilierte er und dieser Zustand verschlimmerte sich nur noch, als der Black Gore in gespielter Sanftheit über seine Haare und seine Wange streichelte. Seine Berührungen schienen sich wie Säure in Noahs Haut zu ätzen und das selige Lächeln seines Gegenübers brachte ihn beinahe um den Verstand.

»Okay, Kleiner, ich möchte, dass du dich jetzt auf den Boden legst, hörst du?« Zeitverzögert kamen die Worte des Monsters bei Noah an. »Mit dem Bauch nach unten, ja, genau so. Gut, und jetzt die Hände auf den Rücken ...«

Ein rauer Strick schlang sich um Noahs Handgelenke. So vehement, dass blutige Striemen in seine Haut gerissen wurden. Noah spürte ihr Brennen kaum. Salzige Tränen liefen seine Wangen hinab. Ein glasiger Schleier vernebelte seinen Blick. Krampfhaft konzentrierte er diesen auf den einzigen Ausweg, den diese Kammer zu bieten hatte: Die hölzerne Tür, die sich nur ein paar Schritte von ihm entfernt befand und eingekeilt zwischen dem Boden und dem fiebrig warmen Körper des Black Gores dennoch unerreichbar wirkte. Ein verzweifelter Schluchzer drang aus Noahs Kehle.

»Shh«, wisperte das Monster. »Shh, du machst das gut ...«

Mit seiner gesamten Körpermasse drückte er ihn auf die kalten Fliesen. Ein paar Sekunden blieb er reglos auf ihm liegen und lauschte Noahs hektischen Atemzügen. Dann stützte er sich auf einen Ellenbogen neben seinem Kopf ab, verlagerte sein Gewicht und strich bedächtig über Noahs Boxershorts, bevor er diese quälend langsam von seinem Körper zog.

»Hör auf, bitte, hör auf!«, hörte der Junge sich flüstern. Entsetzt, wie betäubt. »Bitte nicht.«

»Shh ...«

Verschwitzte Finger schlossen sich um seinen Mund. Ein Klirren, ein Ratschen. Noah spürte, wie sich etwas Warmes, Hartes gegen seinen Hintern drückte. Ein gedämpftes Jammern verließ seine Lippen. In seinen Ohren rauschte das Blut. Jegliche Farbe verließ sein Gesicht. Seine Brust schmerzte. Und egal, wie sehr er es sich auch wünschte: Sein Herz wollte partout nicht aufhören zu schlagen.

Heiser lachte der Black Gore auf. Und dann stieß er in ihn. Wimmernd kniff Noah seine Augen zusammen. Auf seiner Zunge schmeckte er Salz und Metall.

Eine schallende Ohrfeige brachte Noah in die Wirklichkeit zurück. Etwas Warmes, Zähflüssiges lief aus seiner Nase und tropfte sein Gesicht herab, er schmeckte Blut auf seinen Lippen, noch bevor er seine Augen flatternd öffnete. Bis auf vage Schemen und Schatten erkannte er die ersten paar Sekunden nichts; so verschwommen war seine Sicht. Orientierungslos blinzelte er und versuchte erfolglos, seine Glieder zu bewegen und sich aufzurichten.

Der nächste Faustschlag wirbelte seinen Kopf zur Seite und ließ den Schmerz in seinem Inneren wie ein Lauffeuer explodieren. Würgend spuckte Noah Blut. Sein Atem ging nur noch stoßweise. Langsam, aber sicher zeichneten sich die Umrisse des Mannes, der vor ihm kniete und gerade zu seinem nächsten Schlag ausholte, klar und deutlich von der Düsterkeit der nächtlichen Straße ab. Ein glimmender Zigarettenstummel steckte im Mund des Monsters und seine Schlagringe reflektierten das Licht der Straßenlaternen, ehe sie mit Noahs Wange kollidierten und blutige Striemen in dessen Haut rissen. Das selige Lächeln, das der blauäugige Glatzkopf dabei an den Tag legte, brannte sich unwiderruflich in Noahs Gedächtnis ein, noch bevor die vertrauten schwarzen Sternchen vor seinem inneren Auge Funken sprühten und wie wild im Kreis herumtanzten. Kraftlos sackte er in sich zusammen. Obwohl es ihm kaum noch gelang, seine Lider offenzuhalten, versuchte er unter Aufbietung all seiner Kräfte, von dem Black Gore wegzurutschen. Er kam gerade mal ein paar Zentimeter weit.

»Hey, hey, hey!« Kalte Hände schlossen sich um seine Handgelenke. Die Stimme des Monsters erklang auf einmal erschreckend nah. »Bleib hier. Ich bin's! Scheiße, Kleiner, hast du mich etwa gar nicht vermisst?«

Noah wandte sich in seinem Griff. Erfolglos. Seine Lippen blieben versiegelt. Er antwortete nicht. Wahrscheinlich hätte er das in seinem jetzigen Zustand nicht einmal gekonnt. Panik schoss durch seine Adern. Eiskalte, kribbelnde Panik.

Seelenruhig beugte der Black Gore sich über ihn, legte eine Hand um seine Kehle und übte Druck auf diese aus. Wie damals, als wäre er wieder gefangen in diesem kalten, kahlen Raum. Nur, dass er dieses Mal nicht mehr entkommen würde. Noah starrte hinauf in eisblaue Augen und wünschte sich nichts sehnlicher, als tot zu sein.

»Ich für meinen Teil hab dich jedenfalls schon vermisst ... bist ganz schön groß geworden, hab dich erst gar nicht erkannt«, plauderte das Monster, während er seine Beine zwischen die von Noah schob und gleichzeitig mit seiner freien Hand an seinem Gürtel herumfummelte. »Tut mir leid für die ganzen Schläge. Aber du weißt ja, wie das ist: Ungehorsam muss bestraft werden.«

Er lächelte wölfisch.

»Weißt du, ich war ganz schön überrascht, als deine Freunde von den Drocs uns heute Mittag kontaktiert haben. Aber was sage ich denn da, *Freunde*?« Heiseres Gelächter, eine sich öffnende Gürtelschnalle. Verschwitzte Hände, die sich unter sein T-Shirt schoben und dann auch seinen Hosenbund. »Scheiße, Kleiner, die haben dich und deinen vefickten Wichser von einem Bruder verkauft, als wärt ihr Hundescheiße. Für ganze zwei Blocks Territorium und einen Waffenstillstand von zwei Wochen. Mehr war ihnen euer Leben wohl einfach nicht wert ...«

Wie versteinert lag Noah da. Eingekeilt zwischen seinem größten Albtraum und der rauen, kalten Straße. In seinem Gehirn ratterte es. Er konnte nicht glauben, was er da hörte. Ginge es nur um ihn, hätte er den Worten des

Monsters sofort und ohne Zweifel Glauben geschenkt. Aber Mika? Würden die Drocs seinen Bruder wirklich einfach so ans Messer liefern? Nach allem, was er für sie getan und wie er sich für sie aufgeopfert hatte? Andererseits – wenn nicht durch die Hilfe der Drocs, wie hatten die Black Gores sie sonst in ihrem geheimen Unterschlupf gefunden?

Bitterkeit füllte Noahs Mundhöhle aus. Der Verrat schmerzte stärker als die Wunden an seinem Körper. Alle Menschen, denen er je vertraut hatte, hatten ihn letztlich hintergangen oder waren tot. Doch bevor er selbst sterben durfte, musste sich das Monster wohl erst noch ein weiteres Mal an ihm vergehen. Es gab kein Entkommen. Oder doch?

Mit einem Mal fiel sein Blick auf das Messer, das im Hosenbund des Black Gores steckte. Jetzt, da dessen Gürtel, Knopf und Reißverschluss geöffnet waren, hing es locker zwischen dem Stoff der Jeans und seiner Unterhose. Noah ließ sich kein zweites Mal bitten. Blitzschnell streckte er seine Hand aus, packte das Messer am Griff und zog es zu sich.

Der Glatzkopf bekam das mit, zuckte jedoch nicht einmal mit der Wimper. Stattdessen lachte er. Lauthals, spöttisch.

»Fuck, Kleiner. Soll ich jetzt Angst vor dir haben, oder was?«, fragte er amüsiert und hob eine Augenbraue. Er verstärkte den Druck um Noahs Kehle und hörte auf, dessen Hose herabzuziehen; wahrscheinlich, um nach dem Messer zu greifen. »Weißt du mickriger Schisser überhaupt, wie man das-«

Plötzlich blieben ihm die Worte im Hals stecken. Noah hatte das Messer bis zum Anschlag in den Bauch des Mannes über ihm gerammt.

Ungläubig sah das Monster an sich herab. Sein Mund öffnete sich. Er keuchte. Blässe eroberte seinen Teint. Unvermittelt ließ er von Noahs Kehle ab. Er wankte und sah dabei schrecklich machtlos aus.

Noah kannte kein Erbarmen. Ruckartig zog er das Messer aus dem Fleisch seines Gegners. Die blutbefleckte Klinge glitzerte und sah im Mondlicht fast schwarz aus. All die Wut und der Ärger, die sich in seinem Inneren angestaut hatten, der Schock und die Verzweiflung wegen Mikas Tod und dem Verrat der Drocs, der Hass gegenüber der Black Gore Gang und allen voran dem Mann vor ihm – all diese Emotionen gipfelten in einem zerstörerischen Chaos aus Gnadenlosigkeit und dem Drang nach Rache. Noah presste seine Lippen zu einem schmalen Strich zusammen. Fest entschlossen verstärkte er seinen Griff. Dann stieß er wieder zu. Und wieder und wieder und wieder.

Der Black Gore schrie. Mit einem dumpfen Geräusch prallte er zu seiner Seite auf dem Boden auf. Blut spritzte. Jetzt war es an Noah, über ihm zu kauern. Und er hörte nicht auf, auf ihn einzustechen. In seinen Bauch, seine Brust, seine Kehle, selbst sein Gesicht verschonte er nicht. Zehn-, zwanzig-, dreißigmal. Selbst dann noch, als das Licht in seinen Augen bereits erloschen und sein Herzschlag zum Stillstand gekommen war. Noah konnte es nicht lassen. Es ging nicht. Schreiend, brüllend und schluchzend rammte er das Messer in seinen Leib, bohrte das eisige Blau aus seinen Augen, säbelte die Haut von seinen Lippen, durchtrennte seine Kehle, stach und stach und stach und stach zu, bis der Körper vor ihm von Kopf bis Fuß ins Rot getaucht war und außer losen Hautfetzen und Fleischstücken nichts mehr zu erkennen war.

Erst dann ließ Noah von ihm ab. Verschwitzt hing ihm das schwarze Haar in die Stirn. Klirrend kam das Messer auf dem blutüberströmten Straßenpflaster auf. Mit einem starren Ausdruck blickte der Siebzehnjährige an sich herab. Blut, überall Blut. Das des Monsters, Mikas, sein eigenes. Kraftlos sackte er in sich zusammen. Die Knie ans Kinn gezogen, die Arme um den Körper geschlungen. Seine Tränen waren versiegt. Zu viele hatte er in dieser Nacht bereits vergossen. Der Junge, der nie alleine das Haus verließ, sich vor seinem eigenen Schatten fürchtete und keiner einzigen Fliege etwas zuleide tun konnte, war zu einem kaltblütigen Mörder geworden.

Um Noah herum dämmerte es. Bald schon würde die Sonne aufgehen und die Finsternis der Nacht in warmes Licht auflösen. Obwohl es nach wie vor bitterkalt war, fror er nicht. Im Grunde genommen fühlte er gar nichts mehr außer abgestorbene Leere, die sich durch sein Inneres grub wie ein tödliches Virus. Abgekämpft schloss Noah seine Augen.

Die Zeit verging wie im Flug und gleichzeitig fühlte sich jede Millisekunde seltsam gedehnt an. Im Nachhinein vermochte Noah nicht mit Sicherheit zu sagen, wie lange er dort auf diesem Bordstein neben der Leiche seines schlimmsten Albtraums gesessen hatte. Es könnten Sekunden, Minuten oder gar Stunden vergangen sein, bis sich Schatten vor den glimmenden Lichtschein der Straßenlaternenlampen schoben und Noahs auf dem Bordstein kauernde Gestalt ins Dunkle tauchten. Schritte näherten sich. Mehrere Schritte. Dann verstummten sie. Noah sah nicht auf. Stur und starr stierte er auf seine Zehenspitzen hinab. Es war ihm egal, wer sich da nun vor ihm erhob. Um ehrlich zu sein, war ihm gerade einfach alles egal.

»Noah?«

Der Angesprochene rührte sich nicht.

»Noah, ich bin's.«

Verunsicherung schallte in der altvertrauten Stimme mit. Noah hob seinen Kopf und blickte der Liebe seines Lebens ins Gesicht. Zwei lange Jahre hatte er sich vor diesem Moment gefürchtet. Doch jetzt, da er eingetreten war, kam er ihm schrecklich belanglos vor. Noah fühlte nichts. Rein gar nichts. All seine Sinne waren betäubt. Es kam ihm nicht einmal so vor, als würde er gerade wirklich hier sitzen. Es kam ihm vor, als wäre das alles nur ein böser Traum.

Ausdruckslos starrte er in Aslans dunkelgrünes Augenpaar. Dort stand er, der Junge, der ihm einst die Welt bedeutet hatte, flankiert von den beiden Black Gores, die Mika umgebracht hatten, einen schwarz glänzenden Revolver in seiner Hand. Bestürzt zuckte sein Blick zwischen der Leiche des Monsters und seinem lädierten Ex-Freund hin und her.

Aslan war kaum mehr wiederzuerkennen. Er war merklich älter geworden und größer, sein Gesicht von unzähligen Narben durchgraben und seine Haare auf wenige

Millimeter kurz geschnitten. Wie ein waschechter Black Gore. Viel zu weit hing die schwarze Lederjacke um seine schmalen Schultern und wirkte dabei eher wie ein Kostüm als wie ein stolzes Identifikationssymbol.

»T-tut mir leid ...«

Aslans Stimme brach. Da war so viel Verzweiflung in seiner Miene. Er wollte nicht tun, was er nun tat. So viel war sicher.

Mit bebenden Händen hob er die Schusswaffe an, immer und immer weiter, bis ihr Lauf direkt auf Noahs Stirn gerichtet war.

Dieser zuckte nicht mal mit der Wimper. Ihm war klar, dass er hier sterben würde, allein auf dieser Straße, verraten von seinen Freunden und getötet von seiner Liebe. Aber warum sollte ihn das quälen? Für ihn gab es nichts auf dieser Welt, für das es sich noch lohnte, am Leben zu sein.

Vor Noahs innerem Auge verschmolz Aslans Gesicht mit denen der Drocs. Mit Anson Shaw, Stan Cantrell, Bobby und Pierce und all den anderen, die vorgegeben hatten, Noahs Freunde zu sein. Sie waren es, die Mika und ihn auf dem Gewissen hatten. Sie waren es, die nun die Pistole auf ihn richteten und ihm gleich das Leben aushauchen würden. Nicht Aslan, nicht die Black Gores, nicht einmal das Monster. Sie, die Drocs, die er für seine Familie gehalten hatte, die immer so viel von Loyalität und Treue geschwafelt hatten, hatten ihn und seinen Bruder verkauft, als wären sie wertloser als flüchtig bekannte Fremde für sie.

Ein Klicken ertönte. Aslan entsicherte den Revolver. Dabei zitterten seine Finger so stark, dass er die Waffe kaum gerade halten konnte.

»Wenn ich das jetzt nicht tue, werde ich niemals einer von ihnen sein.«

Reglos starrte Noah in Aslans Iriden. In dieses dunkle Grün, in dem er früher immer so bereitwillig ertrunken war. Bilder aus vergangenen Tagen zuckten vor seinem imaginären Sichtfeld vorbei. Aslans Lachen, wann immer sie miteinander gescherzt hatten; das abenteuerlustige, lebensfrohe Funkeln seiner Augen, wann immer sie gemeinsam etwas unternommen hatten. Wie er sich in seinen Armen das erste Mal in seinem Leben angekommen und erwünscht gefühlt hatte und wie sich die Welt durch seine Küsse endlich nicht mehr so bestialisch und farblos angefühlt hatte.

Wie auf ein stilles Kommando hin schoben sich graue Wolken vor den dämmernden Himmel und schickten einen urgewaltigen Regenschauer auf die Erde herab.

»Ist schon okay«, hörte Noah seine eigene Stimme durch die Stille wabern. Sein Mund bewegte sich, ohne dass er ihn bewusst steuerte. »Ich würde dasselbe tun.«

Es war eine Lüge. Aber wen kümmerte das schon? Aslan musste es nicht wissen. Er musste nicht wissen, dass Noah an diesem Tag in der Gasse für ihn gestorben wäre. Dass er sich von Mika losgerissen und im strömenden Regen zurückgerannt war, schluchzend, aber wild entschlossen, weil er es einfach nicht über sein Herz gebracht hatte, Aslan einsam und allein zum Sterben zurückzulassen. Er musste nicht wissen, dass Noah der Black Gore Gang dabei direkt in die Arme gelaufen war und in den darauffolgenden Stunden weitaus Schlimmeres als nur den Tod hatte durchleiden müssen. Dass er eingesperrt gewesen war, in einem engen, kalten Raum, samt einem Monster mit eisblauen Augen.

Aslan musste es nicht wissen. Besser, er würde es nie erfahren. Er hatte es nicht verdient, den Rest seines Lebens von diesem Wissen verfolgt und nie wieder glücklich werden zu können. Der Aslan, der jetzt vor ihm stand, war nichts weiter als ein kleiner, verängstigter Junge, der leben wollte. Und das konnte ihm keiner verdenken. Am wenigsten Noah selbst.

Allmählich wurden die beiden Black Gores ungeduldig. Auffordernde, hitzige Rufe dröhnten in Noahs Ohren wider. Ermutigend nickte er Aslan zu. Sein Herz zog sich schmerzhaft zusammen. Zumindest fühlte es sich so an.

Langsam, aber sicher weichte der Regen ihre Klamotten auf und wusch das Blut von seinem Körper. Die Reinigung fühlte sich wunderbar befreiend an. Noah legte seinen Kopf in den Nacken und beobachtete in aller Seelenruhe, wie die Regentropfen in Zeitlupe vom Himmel und auf sein Haupt herabzufallen schienen, bevor er seinen Blick zurück auf Aslan lenkte.

In dessen tannennadelgrünen Augen schwamm ein Meer aus Tränen. Er war kein Black Gore und auch kein Droc – er war nur ein Mensch, ein junger, verzweifelter Mensch, der in seinem Leben schon viel zu viel ertragen musste und trotzdem noch nicht bereit war, sich von diesem zu verabschieden.

Noah schloss seine Augen. Im Gegensatz zu Aslan war er bereit. Bereit zu sterben, all den Schmerz und Kummer seines Daseins hinter sich zu lassen und im Jenseits seine Familie wiederzusehen.

Die Liebe seines Lebens weinte. Er schrie. Dann drückte er ab. Und verdammt, sie waren doch beide erst siebzehn Jahre alt.

Was ein Jammer, dass sie so jung sind, da muss ich fast ein Freudentränchen verdrücken. Ob siebzehn, sieben oder siebzig – niemand ist vor mir und meiner dunklen Liebe sicher. Ich ernähre mich von jeder noch so kleinen Angst und mache daraus eine Geschichte, die sich für alle Ewigkeit in euer Gedächtnis brennt.

Sicher fragt ihr euch, was mein Anteil an diesem Meisterwerk ist: Mussten sich diese zwei Liebenden wirklich trennen? Oder wacht einer der beiden gerade keuchend aus seinem Albtraum auf?

Leider muss ich euch enttäuschen. Die Antwort bleibt versteckt zwischen den Zeilen.

Denn genau das ist die hohe Kunst meines Handwerks. Erst wenn niemand mehr unterscheiden kann, was real ist und was nicht, ist meine Aufgabe erfüllt. Erschreckend, nicht wahr? Traum für Traum ziehe ich dich tiefer in meine Welt und manchmal, nur manchmal, entkommst du ihr nie wieder …

Teil 3

Find me
if you dare

Chris J. Betten

Menschliche Studien belegen, dass jeder im Laufe seines Lebens mindestens einmal eine Schlafparalyse erleidet. Meiner Meinung nach ist das nicht annähernd genug, weshalb ich des Öfteren nachhelfe. Tatsächlich gibt es Faktoren, die das Auftreten einer Schlafparalyse begünstigen und die ich entsprechend gerne für meine Zwecke nutze. Darunter fallen beispielsweise Stress, Schlafentzug, affektive Störungen wie Depressionen oder Krampfanfälle. Warum ich dieses Phänomen so sehr genieße, lässt sich leicht erklären: Während einer Schlafparalyse ist eine Person zwar genug bei Bewusstsein, um denken sowie Angst und Schmerz empfinden zu können, aber nicht genug, um sich bewegen zu können. Der Kopf ist wach, aber der Körper schläft. Und jetzt kommt der beste Teil: Viele Betroffene berichten von einer Gestalt, die plötzlich in ihrem Zimmer auftaucht. Manchmal steht sie neben dem Bett, regungslos und still, und beobachtet, wie sich die Panik in den Augen der gelähmten Person breitmacht. Manchmal fügt sie den Opfern aktiv Schmerzen zu und drückt ihnen den Brustkorb ein, bis nichts als klägliches Luftschnappen die Stille durchdringt. Eure Wissenschaft hat Hypothesen aufgestellt, woher dieses sehr reale Leid kommen könnte. Bewiesen werden konnte keine davon. Dabei ist es so offensichtlich: Es sind genau diese seltenen Momente, in denen eure beschränkte Wahrnehmungsfähigkeit meine Anwesenheit erfassen kann und dabei all eure Sinne Alarm schlagen lässt. Als wärt ihr ein Reh im Scheinwerferlicht.

Doch lasst euch nicht täuschen: Eigentlich bin ich immer da. In den Schatten hinter eurem Stuhl, auf dem sich getragene Klamotten stapeln. Unter eurem Bett, wenn ihr eure Füße unter schützenden Decken versteckt, oder in eurem Kleiderschrank, der einen Spaltbreit offen steht, obwohl er vor zehn Minuten noch geschlossen war. Wenn euer Atem ruhig und gleichmäßig wird, ist es an der Zeit für mich, mit meiner Arbeit zu beginnen.

Vor ein paar Nächten, da war es wieder so weit. Er sah so friedlich aus, wie er dort lag. So unbeschwert und rein, als könnte ihm niemand auch nur ein Haar krümmen. Ein Lächeln riss meine Mundwinkel aufwärts und teilte mein Gesicht entzwei, als ich mit schiefgelegtem Kopf auf den Menschen zuschlich. *Solch faszinierend schwache Wesen...* Ich strich dem männlichen Exemplar sachte durch die Haare und flüsterte:

»Traust du dich, mich zu finden?«

Mit einem Ruck schreckte er aus dem Schlaf hoch. Schweiß stand ihm auf der Stirn und sein Herz pochte wie wild. Ein eiskalter Schauer jagte durch seinen Körper, als er mit weit aufgerissenen Augen in die Dunkelheit starrte.

Es war nur ein Traum, redete er sich selbst ein, um seine wilden Gedanken zu zähmen. *Ein ganz normaler Albtraum.*

Dennoch beruhigte sich sein Herz nicht. Es schlug unkontrollierbar weiter und raste, als wäre es auf der Flucht. Zitternd suchte er nach dem Lichtschalter seiner Nachttischschlampe. Seine Finger streiften die scharfen Kanten eines Tablettenblisters entlang, bevor sie endlich den Knipser fanden. Gelbes Licht flutete den Raum und warf längliche Schatten auf die gegenüberliegende Zimmerseite. Schiefe Grimassen erschienen in den Papierstapeln auf seinem Schreibtisch und die Jacken an seinem Kleiderschrank wirkten wie dunkel gekleidete Menschen. *Alles ist in Ordnung,* wiederholte er sein Mantra. *Alles ist in Ordnung.* Doch der Albtraum saß ihm in den Knochen, auch wenn seine Atmung sich mittlerweile beruhigt hatte. Unter anderen Umständen hätte er diesem nicht allzu viel Bedeutung geschenkt, doch dies war bereits sein vierter Albtraum in vier Nächten und allmählich verlor er den Verstand. Jedes Mal fühlte es sich so an, als würden die Wesen aus seinen Träumen direkt in seinem Zimmer stehen, ihn aus den Schatten heraus beobachten und – Er schüttelte den Kopf. Er durfte sich nicht schon wieder in diesen dämlichen Fantasien verirren. Wenn er Glück hatte, würde er noch ein oder zwei Stunden schlafen können, bevor sein Wecker klingelte. Gähnend lehnte er sich zurück. Tiefe Atemzüge füllten seine Lungen mit Luft und ließen keinen Platz für eine weitere Welle voller Panik. Er zog die Decke bis unters Kinn und starrte die unheilvollen Schatten nieder. Nach einigen Minuten hatte er die Kraft, das Licht auszuknipsen und schloß nach einem letzten prüfenden Blick in die Dunkelheit seine Augen. Erst als er wieder tief und fest schlief, bewegte sich eine seiner Jacken.

Spärliches Licht füllte den dunklen Wagen mit einer geheimnisvollen Atmosphäre. Dicke Regenwolken versperrten der Sonne den Weg und hüllten die Stadt in einen grauen Nebel.

»Ich hoffe, es regnet nicht«, murmelte Lia und schaute mit besorgtem Blick aus dem Fenster. Draußen traten Menschen auf Fahrrädern kräftig in die Pedale, um gegen den Wind anzukommen.

»Die Leiche liegt schon in der Pathologie und wir sind ja nicht aus Zucker. Die Spurensicherung wird auch schon fast fertig sein, vermutlich ist kaum noch einer da.« Drake hielt das Lenkrad mit beiden Händen fest und konzentrierte sich auf den stockenden Verkehr vor ihm. Sein dichtes, dunkles Haar war perfekt nach links gegelt, wie geleckt, hätte Lias Frau gesagt, während nur der oberste offene Knopf seines blauen Hemdes einen Blick auf seine durchtrainierte Brust preisgab.

Dennoch macht es keinen Spaß, im Regen den Unfallort zu untersuchen, dachte Lia, blieb gegenüber Drake aber stumm. Jedes ihrer Worte würde gegen sie verwendet werden. Bei Drake machte sie sich keine allzu großen Hoffnungen, dass er sie vor dem Chef verteidigen würde. So lehnte sie sich einfach gegen den Ledersitz und fuhr sich durch ihren Pferdeschwanz. Es war ein nervöser Tick, den sie seit ihrer Jugend entwickelt hatte. Ihr Bauchgefühl bestätigte dabei die böse Vorahnung, die sie hatte.

Der Kies knirschte unter den Reifen, als sie endlich auf das Gelände des Industrieparks fuhren. Die alten Backsteingebäude kesselten sie ein, ließen Lia sich ganz klein fühlen. Bedeutungslos. Wie sollten sie hier Spuren finden, wenn sie es vorher bei den anderen Fundorten schon nicht geschafft hatten?

Die feuchte Herbstluft schlug Lia entgegen, als sie aus dem Auto sprang und in ihrer Jackentasche wühlte. Geübt steckte sie sich eine Zigarette zwischen die Lippen. »Hast du Feuer?«, fragte sie ihren Partner mit großen Augen.

»Wolltest du nicht aufhören?« Abwertend reichte er ihr sein Feuerzeug.

»Sobald der Fall gelöst ist«, versprach sie, wusste aber genau, dass sie sich nicht daran halten würde. Dafür stand sie unter zu viel Stress. Allein der Gedanke daran, dass ihre ganze Karriere von diesem Fall abhing, schnürte ihr die Luft zu. Daher zog sie an der Zigarette und füllte ihre Lungen mit dem entspannenden Toxin.

»Ah, Sanders und Smith, da seid ihr ja, wurde auch Zeit.« Die Leiterin der Pathologie, Amanda Brown, bückte sich unter das Absperrband hindurch und stemmte die Hände in ihre Hüften. Ihre schwarzen Haare hatte sie zu einem strengen Zopf gebunden. »Habt ihr erst ausgeschlafen oder warum seid ihr so spät hier?«, fragte sie spöttisch, aber dennoch mit einem Lächeln auf den Lippen.

Lia zuckte mit den Schultern. »Wir waren noch Kaffee holen. Im Auto steht dein Pumpkin Mokka. Bedien dich.«

»Du bist ein Schatz«, hauchte Amanda mit einem warmen Lächeln und gab Lia einen Kuss auf die Wange. Das mochte Lia so sehr an ihrer Frau: Mit Kaffee konnte sie alle Streitigkeiten lösen. Vor allem Pumpkin-Spiced-Kaffeespezialitäten hatten es Amanda angetan. »Ihr habt die vorläufigen Ergebnisse? Morgen habt ihr den Bericht, aber bislang haben wir nichts anderes als bei den anderen acht. Ausgekratzte Augen, Sekret unter den eigenen Fingern. Der Tod trat keine vierzig Minuten vor Fund ein. Nur der Ort ist diesmal anders.«

Lia runzelte die Stirn. »Inwiefern anders?«

»Es ist so verwahrlost hier. Die anderen Orte waren meistens gut besucht. Eine Gasse direkt neben einer Bäckerei, ein Hausverwaltungskeller in einem Bürokomplex – doch das hier? Ein stillgelegter Industriepark, in dem kaum eine Menschenseele ist? Es wirkt fast wie ein Zufall, dass die Leiche überhaupt gefunden wurde.« Amanda schaute sich besorgt um. Ihre Stirn war zu diesen kleinen Falten gekraust, die sich seit dem Fund der ersten Leiche dauerhaft auf ihrem Gesicht eingenistet hatten. Auch wenn ihre Frau keine Ermittlerin war, beriet sie Lia immer wieder mit Ratschlägen und Denkanstößen.

»Wisst ihr schon etwas über die Leiche?«, fragte sie voller Tatendrang. In ihren Fingerspitzen kribbelte die Neugierde. Sie liebte dieses Gefühl.

»Er hieß Samuel Winter, fünfunddreißig Jahre alt, wohnte mit seiner Lebensgefährtin am Stadtrand, etwa 20 Minuten von hier«, gab Amanda die spärlichen Infos preis.

Drake kratzte sich nachdenklich am Kinn. »Mhm … das ist vielleicht ein Hinweis. Er ist der Zweite, der fünfunddreißig Jahre alt ist. Nummer vier war ebenfalls mitte vierzig.«

»Das wäre immerhin die erste und einzige Verbindung.« Lia zog einmal an ihrer Zigarette. Der weiße Qualm zog in Kringeln in den immer dunkler werdenden

Himmel hinauf. »Aber zwei von acht ist keine gute Quote für eine handfeste Spur.«

Umgeben von den hohen Backsteingebäuden wehte der aufkommende Wind den Geruch der modrigen Industriehallen mit sich. Lia zog den Duft tief ein und spürte trotz des verlassenen Zustandes das wilde Leben um sich herum. Die Efeuranken, die sich wie grüne Schlangen um die Mauern herum wanden. Die Moose, die viele Ecken abrundeten, als ob sie versuchten, die Scherben der Vergangenheit abzustumpfen. Die Tiere, deren Spuren versteckter waren, als die der Pflanzen. Lia konnte sie nicht hören, sollte sie auch nicht, aber sie waren hier. Lauernd, verborgen vor den Eindringlingen. Dennoch beobachtend und jeder Zeit bereit zuzuschlagen oder zu fliehen.

Könnten sie doch bloß reden, wünschte sie sich insgeheim. *Dann wäre der Fall bestimmt schon aufgeklärt.*

»Die Leiche lag auf der Zufahrtsstraße im Osten«, fuhr Amanda fort und riss Lia damit aus ihren Gedanken.

»Ein offener Platz?« Ungläubig verzog Lia ihr Gesicht. Würde sie hier eine Leiche verschwinden lassen wollen, würde sie eine der Hallen nehmen und keine Straße. Eigentlich sollte es sie nicht überraschen, dass der Täter nicht nach einem verständlichen Schema handelte, doch diesmal war es anders. Sie hatte so sehr gehofft, dieser Fall würde sich endlich als normaler Mordfall entpuppen und ihr nicht noch mehr Kopfzerbrechen bereiten. Ein entferntes Jaulen stimmte ihr anscheinend zu.

»Das spricht wieder für diesen Ort«, schloss Drake. »Die Leichen waren bislang alle einfach zu finden.

Die Abgeschiedenheit dieses Ortes macht nicht wirklich einen Unterschied.«

Zustimmend nickte Lia. Dennoch kam ihr der Gedanke, dass sie sich vielleicht nicht zu sehr auf den Ort versteifen sollten. Bis jetzt gab es noch keine andere Verbindung. Vielleicht war das alles aber auch nur das kranke Spiel eines Wahnsinnigen und sie irrten seit Wochen im Kreis.

Nachdenklich schaute sie sich um. Der Boden war teils mit Kies, teils mit alten Pflastersteinen bedeckt. In einigen Schlaglöchern hatten sich Pfützen gebildet und die Fensterscheiben der Hallen waren an manchen Stellen vollständig eingeschlagen worden. Ein Schauer zuckte über Lias Rücken, als sie ihre Umgebung auf sich wirken ließ, den Geruch erneut tief einatmete und sich all die Geschichten vorstellte, die diese modrigen Wände erzählen könnten. Dieser Ort war so viel mehr als alt, zerfallen und leer. Hier existierte so viel Leben. Sie musste es nur finden. Doch wo sollte sie bei diesen riesigen Komplexen anfangen? Lia neigte ihren Kopf, betrachtete jedes Gebäude einzeln und richtete ihren Blick auf eine Lücke zwischen den dichten Efeuranken. Wie ein weit entferntes Murmeln nahm sie eine Stimme wahr. Ein Flüstern, aber nur in ihrem Kopf, das ihren Körper sanft vibrieren ließ und Lia in seinen Bann zog. Sie kam ganz eindeutig aus der rechten Lagerhalle. Dort wo der Boden von alten Glasscherben übersät war und die Efeuranken wie ein Vorhang die Eingänge verdeckten. Unauffällig zwischen all den zerfallenden Gebäuden, doch auffällig genug, um gefunden zu werden.

Plötzlich drehte der Wind und blies Lia eine eiskalte Böe ins Gesicht, zog sie damit wieder zurück ins Hier und Jetzt. Doch dieses magische Kribbeln blieb. Fast so, als würde dieser Ort Lia zu sich rufen.

»Wurde das Gelände schon abgesucht?«, fragte Drake begleitet von einem entfernten Donnerschlag und blickte hoch zur beständig dunkler werdenden Wolkendecke. Der Wind pustete erneut stärker und ließ diesmal kaum nach. Die Schneise, die die Gebäude bildeten, verstärkten nur noch die sich anbahnenden Windmassen.

»Ja, aber es wurde noch nichts gefunden! Das Gelände ist zu groß, um es an einem Tag zu durchsuchen!«, brüllte Amanda gegen den aufkommenden Sturm und zog sich ihre Kapuze dichter über die Ohren.

»Wir sollten zurück!«, schrie Lia gegen den Wind und zuckte beim nächsten Donner zusammen - immer noch irritiert von dem Drang in ihr. »Ich fahre bei Amanda mit!«

Hastig eilten sie zu ihren Autos. Die Anderen hatten bereits alles zusammengepackt und verließen den Industriepark mit quietschenden Reifen.

Amanda knallte die Fahrertür hinter sich zu, als sie endlich im Wagen saßen.

»Wir fahren nicht Drake hinterher, oder?« Liebevoll betrachtet Amanda sie, während Lia ihren Blick von den Efeuranken nicht abwenden konnte.

»Auf gar keinen Fall«, erwiderte sie mit einem Schmunzeln. »Gib mir zehn Minuten. Ich will noch kurz in die Halle.«

»Du willst endgültig deinen Job verlieren, oder? Du weißt doch ganz genau, dass solche Aktionen dich überhaupt erst in diese Lage gebracht haben. Ohne deinen Partner solltest du keine waghalsigen Aktionen starten. Was ist, wenn dir was passiert?«

Tief atmete Lia die staubige Heizungsluft des Wageninnenraums ein. Sie wollte nicht mit ihrer Frau streiten. Aber sie musste unbedingt in diese Hallen. Irgendetwas in ihr, zog sie dort hinein. Eine verborgene Spur? Oder doch etwas Erschreckendes? Sie wusste es nicht, doch diese Ungewissheit nagte an ihr, kribbelte in ihren Fingerspitzen und drängte sie, es endlich herauszufinden.

»Ich weiß«, erwiderte sie berauscht vom Tatendrang. »Aber Drake ist... er würde das niemals machen. Mir kommt es manchmal so vor, als würde er wollen, dass ich versetzt werde. Aber wenn du magst, kannst du ja mitkommen. Ganz offiziell bist du schon meine Partnerin. In Gefahren und Abenteuern, schon vergessen?«

Amanda schnaubte und zog eine ihrer dunklen Augenbrauen hoch. »Ich bin mir ziemlich sicher, dass unser Eheschwur anders ging.« Eine Sturmböe peitschte gegen das Auto und untermauerte Amandas Worte.

Lias Lippen bogen sich zu einem schiefen Grinsen. »Aber darum liebst du mich doch so. Deine kleine Regelbrecherin.«

Augenrollend legte Amanda eine Hand auf Lias Oberschenkel. »Ich liebe dich, weil du mich ergänzt und mir zeigst, wie toll diese Welt sein kann.« Mit trockenen Lippen hinterließ Amdana die flüchtige Spur eines Kusses auf

Lias Wange. »Aber mich kriegen da keine zehn Pferde rein.«

»Typisch!«, neckte Lia sie »An Leichen herumschnippeln und menschliche Sekrete analysieren, aber sich zu fein sein für richtige Ermittlungsarbeiten.« Spielerisch verschränkte Lia die Arme vor ihrer Brust und starrte auf die regennasse Windschutzscheibe.

»Zehn Minuten«, brummte Amanda mit warnendem Nachdruck. »Sonst ruf ich Drake an.«

»Ich liebe dich auch.« Lia revanchierte sich für den flüchtigen Kuss, bevor sie aus dem Auto und in den mittlerweile tobenden Sturm sprang.

Der Wind schnitt ihr in die Haut wie Papier und die nasse Kälte ließ ihre Finger binnen Minuten taub werden. Doch Lia zog nur ihren Mantel fester um sich und marschierte eilig auf die rechte Halle zu. Das Flüstern war verschwunden, vermutlich genauso verloren im Sturm wie Lias sich überschlagenden Gedanken, doch der Drang, das Kribbeln in ihr, hatte sie noch nicht verlassen. So rannte sie über die rutschigen Bodenplatten und schob rasch die Ranken beiseite, als sie endlich den Eingang erreicht hatte.

Erst als sie mitten in der feuchten Halle stand, umgeben von stillgelegten Maschinen, überwuchert von Unkraut und Dreck, ließ dieser unersättliche Drang nach.

»Hallo?«, rief sie, nicht genau wissend, wonach sie eigentlich Ausschau halten sollte. »Ich bin Lia und suche nach einer Spur wegen des Mordes, der heute Morgen hier stattgefunden hat.«

Stille. Nicht mal ein Rascheln war in der Halle zu hören. Nur die entfernten Donnerschläge sorgten in rhythmischen Abständen für einen Riss in der Stille.

Sie konnte sich Drakes missachtenden Blick vorstellen, würde er hiervon etwas erfahren. Wie er seine Lippen zu einem schmalen Strich zusammenpresste und seine Stirn in Falten zog, die Augen gefüllt mit einer Mischung aus Enttäuschung und Geringschätzung. Sie verhielt sich nicht wie eine vernünftige Kommissarin. Aber das war ihr vollends bewusst. Ihre Methoden waren immer etwas außergewöhnlich, aber bislang hatte ihr Bauchgefühl sie immer richtig geleitet und gab ihr keinen Grund ihm diesmal zu misstrauen.

Daher schritt sie auf leisen Sohlen durch die Halle. Wartete keine Antwort ab und versuchte selbst die Geheimnisse dieses Ortes zu lüften. Kalter Wind wehte von außen herein und wirbelte eine alles bedeckende Staubschicht auf. Die von Rost und Ranken überzogenen Fließbänder knarrten und der Schall füllte die komplette Halle mit einer düsteren Atmosphäre. Bebend schlich Lia weiter durch das Gebäude und kletterte unter den Maschinen entlang. Immer wieder fuhren ihr Schauer durch die Knochen, wie kleine Warnhinweise, Vorboten von etwas Schaurigem. Doch mit jedem Schritt glaubte Lia selbst immer weniger daran, hier etwas zu finden. Es gab keine Verstecke, keine Türen oder andere Räume. Nur eine schier endlos lange Halle mit einem ebenso endlos langen Fließband.

Erneut fand ein eiskalter Windstoß seinen Weg in die Halle und wirbelte Blätter auf, die verstreut auf dem

Boden lagen. Abrupt schwand das sowieso schon spärliche Licht und hinterließ eine Dunkelheit, die Lia bis ins Mark erschütterte. *Warum reagierte sie gerade so?* Sie liebte Nervenkitzel, die Jagd nach dem Unbekannten. Darum war sie Polizistin geworden. Doch ihr Körper schien dies einfach vergessen zu haben. Tief atmete sie durch, um ihre Nerven zu beruhigen und zog ihre Taschenlampe hervor. Das Licht flackerte ein, zwei Mal, bevor es einen schwachen Schein auf die Halle warf. Vorsichtig lenkte sie den Lichtschein nach vorne und erschrak. Ihr Herz überschlug sich, ließ die blanke Panik in ihren ganzen Körper strömen und kalten Schweiß auf ihre Haut schießen.

Dunkle Gestalten standen direkt vor ihr. Die Kapuzen tief ins Gesicht gezogen und die Hände in den Taschen vergraben. Der Schein der Taschenlampe umhüllte sie wie Geister, ließ Lias Herz sich kaum beruhigen.

»Wer seid ihr?«, brachte sie wenig professionell mit einem viel zu starken Zittern in ihrer Stimme hervor.

»Sie haben gesagt, Sie suchen Spuren zu dem Mord«, entgegnete eine der Gestalten. Die tiefe Stimme hallte in Lias Ohren wider, hinterließ ein beruhigendes Gefühl in ihr. Es war nicht wie das Flüstern, das sie antrieb, sondern mehr wie eine Umarmung. Dennoch blieb sie auf Distanz und beäugte die zwei Menschen skeptisch.

»Ja«, gab sie gerade so von sich, den Schrecken immer noch tief in ihren Knochen spürend. Sie schüttelte sich und versuchte die Panik zu vertreiben. Dann ermahnte sie sich, fand ihre Sprache wieder und versuchte ihre Professionalität wieder zu erlangen, die sie seit dem Flüstern verloren hatte.

»Ist Ihnen gestern Nacht jemand aufgefallen? Haben Sie vielleicht den Tathergang gesehen?«

»Den Tathergang?«, wiederholte der Ältere verwirrt.

»Gestern Nacht ist vor den Hallen jemand ermordet worden.« Lia konzentrierte sich auf die beiden Personen vor sich. Versuchte sie zu analysieren, doch hinter den dicken Mänteln lagen vermutlich genauso viele Geheimnisse wie in diesen Hallen.

»Aber das war keine richtige Tat«, erklärte der Jüngere. »Es war nur eine Person in der Nacht hier. Stundenlang hat der Mann geredet, aber da war sonst niemand. Und dann hat er geschrien und sich selbst...« Er brach ab.

Fassungslos schaute Lia zwischen den beiden hin und her. Ihre Emotionen sprudelten über, doch sie bekam keine davon zu fassen. Dafür passierte alles zu schnell. Der Schock saß immer noch tief in ihr, während ihr Verstand verzweifelt versuchte zu verarbeiten, was sie gerade gehört hatte.

»Sind Sie sich da ganz sicher? Keiner, der eine Waffe hielt? Nicht mal in weiter Entfernung?«

»Nein, niemand«, bestätigte der Größere. »Er hat mehrere Stunden Selbstgespräche geführt und sich dann die Augen ausgekratzt.«

Kein Täter, kam es Lia in den Sinn. Die ganze Zeit waren sie sich so sicher gewesen, dass es einen Täter gab und jetzt? Jetzt hatte sie die ersten zwei Zeugen gefunden, die die bisherigen Ermittlungen komplett aus den Fugen rissen. Aber wie viel Wahrheit lag in deren Worten? Vielleicht war es einer von den beiden und sie deckten sich gegenseitig mit dieser Geschichte. Vielleicht war es aber wirklich so geschehen und sie drehten sich die letzten Wochen nur im Kreis. Was hatte Amanda ihr gesagt? *»... bislang haben wir nichts anderes als bei den anderen acht. Ausgekratzte Augen, Sekret unter den eigenen Fingern.«* Die beiden hätten wenigstens einen Teil der Ergebnisse bestätigt. Dennoch warf dies mehr Fragen auf, als es beantwortete.

»Haben Sie gesehen, ob er irgendetwas eingenommen hat? Pillen? Pulver? Hat er sich irgendetwas gespritzt?« Lia klammerte sich an ihren letzten Hoffnungsschimmer. Es wurden zwar bislang keine Rückstände von Drogen oder Giften in einem der Opfer gefunden, aber vielleicht hatten sie diesmal ja mehr Glück.

»Er hat wirklich nur dagestanden und geredet«, bestätigte er mit fester Stimme.

»Dagestanden? Ist er nicht rumgelaufen? Hin und her geschwankt?« Lias Kopf schwirrte. Das ergab alles keinen Sinn!

Synchron schüttelten beide ihre Köpfe.

»Nein, er stand wie festgenagelt da und hatte dabei die ganze Zeit über die Augen geschlossen. Fast so, als würde er schlafwandeln.«

»Schlafwandeln?«, echote Lia ungläubig. Das Knarzen der Fließbänder zerstreute ihre wirren Gedanken noch mehr. »Haben Sie versucht, mit ihm zu reden?«

»Ich war bei ihm«, gestand der Jüngere. »Aber er war nicht ansprechbar. Er schlief. Nur eben im Stehen.«

Lia schluckte schwer. Was hatte das alles zu bedeuten? Wie absurd war das bitte? Menschen kratzten sich im Schlaf nicht einfach die Augen aus und starben. Verzweifelt rang sie um Fassung, scheiterte jedoch kläglich.

Als Kommissarin war sie skurrile Mordfälle gewohnt, doch dieser ging ihr unter die Haut.

»Danke«, brachte sie mühsam hervor. »Falls ich irgendwas für Sie tun kann ….« Ihre Worte blieben in der Luft hängen.

»Sagen Sie niemandem, dass wir hier wohnen«, bat der Jüngere.

»Natürlich«, versprach Lia und nickte den beiden zu, bevor sie auf wackligen Knien aus der Halle lief. Immer noch nicht ganz realisierend, was sie gerade in Erfahrung gebracht hatte.

»Traust du dich, mich zu finden?«, flüsterte eine rauchige Stimme. Wie Nebel waberte sie in ihrem Kopf herum – überall, nicht einzufangen.

»Wer bist du?«, hauchte Lia in die Stille ihres Kopfes hinein, doch auf eine Antwort wartete sie vergebens.

Verloren irrte sie in der Dunkelheit herum. Tapste in den Ebenen ihres Kopfes hin und her – ohne Ziel.

»Ich weiß, dass du mich suchst«, ertönte die Stimme erneut. Sie klang nun weniger entfernt, fast so, als würde sie direkt vor ihr stehen. Doch in der Dunkelheit war niemand zu erkennen.

»Wo bist du?«, erkundigte sie sich diesmal.

»Das ist die Frage. Wo bin ich? Finde mich und gewinne.«

»Und was gewinne ich?«, fragte sie, nun deutlich neugierig. »Einen Wunsch«, antwortete die Stimme mysteriös.

»Du kannst dir alles wünschen, was dein Herz begehrt – aber bist du bereit, dafür alles zu geben?«

»Ich kann mir alles wünschen?«, hakte sie nach. »Was heißt *alles*?«

»Egal was, egal wie, egal wo. Gewinne und erhalte, was du dir am sehnlichsten wünschst.« Es fühlte sich an wie ein Spiel. Die Stimme tänzelte um sie herum, drehte sich im Kreis und ließ Lia trotzdem im Ungewissen.

»Und dafür muss ich dich finden?«

»So viele Fragen, aber nicht die richtigen.«

»Was sind denn die richtigen Fragen?« Sie war sich nicht sicher, ob sie die Stimme wirklich verstanden hatte.

»Wer weiß das schon?« *Machte sich die Stimme etwa über sie lustig?*

»Finde mich, wenn du dich traust, und gewinne. Du hast sieben Tage Zeit.«

Ruckartig wachte Lia auf. Schweiß lief ihr über die Stirn und ihr Atem ging viel zu hektisch. Amanda neben ihr schlummerte noch tief und fest. Hatte sie geträumt? War da ein Geräusch? Sie erinnerte sich kaum. Nebelschleier und mysteriöse Stimmen schwirrten durch ihren Kopf, doch sie konnte keinen Gedanken greifen. Wie Sand rieselten sie davon.

Aber wenn sie sich nicht erinnerte, warum reagierte ihr Körper dann so stark? Leise, um ihre Freundin nicht zu wecken, schlüpfte sie unter der Decke hervor.

Ihre nackten Füße hinterließen kaum ein Geräusch auf dem kalten Boden, während sie langsam in die Küche schlich.

Um sich etwas zu beruhigen, schenkte sie sich ein Glas kühlen Wassers ein und trank es in einem Zug.

Mit klareren Gedanken stemmte sie ihre Hände gegen die Küchenzeile und atmete tief durch. *Was ist das bloß für ein Traum gewesen?*

»Was wirst du nun in den Bericht schreiben? Deine Idee?« Amanda lag neben Lia im Bett und strich ihr sanft durchs Haar.

»Nein, Drake hat es ausdrücklich verboten.« Die Nase rümpfend, knüpfte Lia ihr Nachthemd zu. »Er treibt mich irgendwann noch in den Wahnsinn.«

»Ich weiß nicht, ob ich auf seiner oder deiner Seite wäre. Schließlich ist diese Theorie sehr … fragwürdig.«

»Das weiß ich selbst«, gab Lia zu und kniff in ihre Bettdecke. »Aber wir haben sonst keinerlei Ideen, und wenn ich in sechs Tagen keinen Bericht mit irgendeiner Spur vorlegen kann, fliege ich.« Diese Deadline schwebte förmlich vor ihrem inneren Auge. Wie ein großes, rotes Warnsignal. Sie brauchte ein Wunder, am besten sofort, um sowohl ihr Schicksal als auch das von den anderen potenziellen Opfern zu retten.

»Wir denken uns was aus. Vielleicht reden wir nochmal mit den Menschen in der Halle oder den Angehörigen der Opfer? Wir finden eine Lösung, Li. Zusammen, ja?«

Lia nickte und gab ihrer Frau einen flüchtigen Kuss auf die Lippen. Sie fühlte sich immer geborgen in den Armen ihrer Frau, doch heute war da diese Distanz. Sie nahm

selten Fälle mit nach Hause. Das war eine unausgespro-
chene Regel. Doch dieser Fall ging ihnen beiden unter die
Haut und ließ sie nicht mehr los.

»Ich liebe dich«, hauchte Lia an Amandas Wange.

»Liebe dich mehr«, erwiderte Amanda und knipste das
Licht ihrer Nachttischlampe aus.

Im Dunkeln zog die Pathologin ihre Frau in eine innige
Umarmung. Gab ihr den Halt, den sie so dringend
brauchte. Eine feste Konstante, auf die sie sich verlassen
konnte. Und mit Amandas Geruch in der Nase schlief sie
beruhigt ein.

»Traust du dich, mich zu finden?«

Schon wieder diese Stimme. Doch diesmal war die
Dunkelheit erträglicher und durchsichtiger als die letzten
Nächte. Auf dem Boden ihrer Gedanken leuchteten bläu-
liche Steinchen ihr den Weg. Sie wusste nicht, ob diese ihr
den richtigen Pfad wiesen, doch sie musste es versuchen.
Seit Tagen stand sie jede Nacht in diesem dunklen Nebel
und die Stimme verfolgte sie. Ließ sie nicht in Ruhe. Die
Steinchen waren die erste Veränderung seit drei Tagen.
Ihre nackten Füße folgten achtsam dem Weg, der immer
weicher wurde. Veränderte sich der Untergrund? Sie
hüpfte einmal testweise und sackte tatsächlich wenige
Zentimeter ein, bevor sich der Boden wieder nach oben
wölbte.

Irgendwie amüsierte sie das. Er war zwar nicht ganz so elastisch wie ein Trampolin, aber auf eine merkwürdige Art und Weise trotzdem lustig.

Vorsichtig tapste sie den Pfad entlang. Einen Fuß nach dem anderen, als würde sie über ein Drahtseil balancieren. Immer mit bedacht, dass der nächste Schritt ihr letzter sein könnte. Bis sie plötzlich weiter einsank und knietief im Boden stand.

Was zuerst lustig war, wurde immer mühsamer. Als würde sie durch nassen Sand waten.

Schnaufend kämpfte sie sich vorwärts. Die neuen Strapazen ihrer kleinen Odyssee machten es fast unmöglich, weiterhin ihre Vorsicht aufrechtzuerhalten. Sengende Schmerzen schnitten in ihren Oberschenkel und lähmten die Muskeln mit jedem Schritt etwas mehr. Das Licht der Steinchen flackerte zu dem stark unter ihren Füßen, bis es gänzlich erlosch. Fast so, als würden sie ihren Energiestand widerspiegeln. Sie fühlte sich ausgelaugt, vollkommen leer. Genauso wie die Steinchen. Dennoch wurde sie das Gefühl nicht los, dass etwas falsch war. *Bin ich irgendwo falsch abgebogen?*, fragte sie sich und wagte einen weiteren Schritt.

Doch wie die Haut auf einem Pudding riss der Boden unter ihr auf und sie stürzte mit dem Gesicht voran in eine warme, zähe Flüssigkeit.

Sie prustete und hustete, schrie stumm gegen die Massen an. Unkontrolliert strampelte sie mit allen Gliedmaßen, riss dabei noch mehr von der festen Oberfläche auf und spritzte dicke Tropfen in alle Richtungen. Während sie einen Schwall ausspucken, drang gleichzeitig neue

Flüssigkeit in ihre Lungen. Sie fühlte sich verloren, allein, aber gleichzeitig voller Panik und fesselnder Angst. Sie wollte hier noch nicht sterben. War noch nicht bereit dazu. Doch dann … stieß ihr Fuß unerwartet gegen etwas Festes. *War das der Boden?* Hoffnung keimte in ihr auf und der erste Schock verwandelte sich in reines Adrenalin, brachte ihr Gehirn auf Hochtouren. Lia tapste weiter mit einem Fuß tiefer in die Dunkelheit unter sich und fand tatsächlich festen Untergrund. *Ich kann hier stehen,* schoss die Erkenntnis wie ein Blitz durch ihre Gedanken. Hüfttief in dem erstickenden Gebräu steckend, konnte sie sich mit aller Kraft aufrichten.

Dankbar nach Luft ringend, füllten sich ihre Lungen mit Sauerstoff, blähten sich auf und stießen beim Ausatmen all die deplatzierte Flüssigkeit aus. Dann überfiel sie hysterisches Gelächter. Hatte sie gerade wirklich gedacht, sie ertrank in einer Pfütze?

Auf wackeligen Beinen watete sie zurück zu dem noch festen Teil des Bodens und zog sich auf die wabbelige Fläche.

»Und wie soll ich-«, bevor sie den Satz zu Ende sprechen konnte, hörte sie die Schreie. Links – rechts – überall. Dann merkte sie es. Diesen Juckreiz, der langsam an ihren Füßen begann und stetig höher kroch. Sie kratzte sich die Kniekehle, doch als sie die Hand hob, hing etwas Seltsames daran. Beige und rote Fetzen, die sich vor ihren Augen immer weiter auflösten und zu Boden tropften.

»Fuck!«, stieß sie entsetzt hervor. Das war definitiv keine Kleidung. Dann bahnten sich auch aus ihrer Kehle Schreie, während sie sich langsam immer mehr auflöste.

Erst war es die Haut, die sich von ihrem Fleisch abschälte. Danach das Muskelgewebe, bis ihre Knochen zum Vorschein kamen. Vor allem ihre Beine, die die längste Zeit mit der Flüssigkeit in Kontakt gekommen waren, zerfielen in einzelne Fasern, wie Fleisch, das zu lange gekocht wurde, und verteilten sich in einer klebrigen Masse auf dem Boden. Sie schrie, zu mehr war sie nicht in der Lage. Brennender Schmerz jagte durch ihre Nervenzellen und blockierte jede Synapse. Eine Flut aus nagender Qual hetzte über ihren ganzen Körper. Keines ihrer Körperteile hatte sie noch im Griff. Diese Folter schnitt ihr in die Seele und ließ sie nur noch Schreien. Unbeherrscht fiel sie, traf hart auf dem Boden auf und zuckte unkontrollierbar.

Warum wache ich nicht auf? Warum wache ich nicht auf?

Die Schmerzen fraßen sich durch ihren Kopf. Ihre Gedanken tobten und waren doch stumm. Sie schrie und schrie, bis ihr irgendwann die Zunge aus dem Mund fiel. Blut und Schleim flossen zwischen ihren starr aufgerissenen Lippen hervor. Mit letzter Kraft spuckte sie von der Flüssigkeit verätzte Fleischstückchen aus. Bis sie irgendwann regungslos in ihren eigenen Exkrementen lag. Auf ihrer Rettungsinsel, die selbst, als sie nur ein blutiger Haufen an Gewebe war, keine Sicherheit bot.

»Lia!« Amanda schüttelte sie und riss sie damit aus dem Schlaf. »Lia, wach auf!«

Fiebrig und gehetzt fuhr Lia hoch und gab Amanda dabei eine schmerzhafte Kopfnuss.

»Aua!« Ihre Frau fasste sich an die schmerzende Stelle, doch Lias Körper stand immer noch unter Schock. Ihre

Atmung ging viel zu schnell und kalte Schweißperlen flossen auf ihrer erhitzten Haut den Nacken entlang, ließen sie erschaudern. Doch dieser Reiz war nur ein Süßer im Vergleich zu dem, was sie eben noch gespürt hatte.

»Ich lebe«, flüsterte sie atemlos. Aber was war gerade genau passiert? In einem Moment hatte sie das Bild noch glasklar vor Augen, doch im Nächsten verblassten die Bilder immer mehr. Verloren sich zwischen ihren rastlosen Gedanken.

»Natürlich lebst du«, flüsterte Amanda. In ihrer Stimme klang Verzweiflung mit. »Aber du hast gerade geschrien, als wärest du zerhackt worden.«

»Nicht zerhackt«, entgegnete Lia und versuchte, die Bruchstücke, die noch in ihrem Kopf herum schwammen, zu verdrängen. *Es war nur ein Traum*, rief sie sich ins Gedächtnis. *Ein sehr realistischer Traum, aber nur ein Traum.*

»Ich glaube, der Fall setzt dir ein bisschen zu sehr zu. Erst schläfst du gar nicht und jetzt diese Albträume. Das ist schon der vierte, oder nicht?« Besorgt blicke Amanda ihr in die Augen, doch Lia stand immer noch völlig neben sich. Verloren in ihren eigenen Gedanken.

»Ja, ich … ich glaube, ich brauche einfach eine Pause.« Ihre Stimme hallte immer noch in dem Echo ihrer Erinnerungen an den Traum nach.

Amanda zog sie in eine enge Umarmung. »Du kannst mir ja heute in der Pathologie aushelfen. Wir arbeiten doch sowieso am gleichen Fall. Aber lass dich von Drake, dem Arsch, nicht so unter Druck setzen.« Amandas Worte weckten etwas in Lia. Natürlich, der Fall.

»Ich hab noch drei Tage, um den Fall aufzudecken, sonst bin ich raus. Ich kann froh sein, wenn ich wegen der Sache mit der Halle nicht versetzt werde. Ich hätte mir so einen Fehltritt nicht erlauben dürfen.« Diesmal überrannte sie die Frustration. Tränen schossen ihr in die Augen und verschleierten ihr die Sicht. Das Gesicht in Amandas Halsbeuge vergraben, versuchte sie, ein Gefühl von Sicherheit aufzubauen. Doch die Narben, die der Traum hinterlassen hatte, waren noch zu frisch und wurden nur provisorisch von den Sorgen der letzten Tage überschattet.

»Du wolltest nur der Sache nachgehen«, redete ihr Amanda gut ins Gewissen. Sie klang so aufrichtig, voller Zuversicht. Doch in Lias Kopf gab es gerade keinen Lichtpunkt. Alles war voller Grautöne, durchzogen von blutroten Sprenkeln.

»Das weiß ich«, nuschelte Lia gegen den Hals ihrer Frau. »Aber ich glaube, mein Chef sieht das anders.«

»Mach dir darüber keine Sorgen. Und selbst, wenn wir umziehen müssen, würde ich dir überall hin folgen. Das weißt du, oder? Dann können wir zusammen neu anfangen.«

Lia nickte und kuschelte sich noch enger an ihre Frau. Wie sehr kann man einen Menschen lieben? Sie glaubte in der bislang zweijährigen Ehe, dass Amanda die Antwort jeden Tag ein kleines bisschen mehr übertraf.

Sie landete in einem erleuchteten Park. Die Erinnerungen an die Ereignisse des vorherigen Traumes überschwemmten sie wie ein Tsunami. »Shit!«, stieß sie hervor und erbrach sich auf dem grünen Gras. Ihre Finger krallten sich in die feuchte Erde und gelbe Galle tränkte den Boden. Die Bruchstücke wurden instinktiv von ihren wilden Gedanken zusammengesetzt. Wie ein Daumenkino flatterten die Bilder über sie herein und versetzten sie zurück in die Schmerzen in der dunklen Ebene.

»Herzlichen Glückwunsch!«, ertönte wieder diese mysteriöse Stimme in ihrem Kopf. »Du hast die Aufnahmeprüfung überlebt. Jetzt kann die Suche richtig losgehen. Bist du auch so aufgeregt wie ich?«

Aufnahmeprüfung? Fassungslos schlug sie mit der flachen Hand auf das Gras. *In was wurde sie da reingezogen? Wenn das bloß die Aufnahmeprüfung gewesen ist, wie schlimm würde dann die eigentliche Suche werden?*

»Es gibt ein paar Regeln, die ab diesem Abschnitt dazu kommen.« Die Stimme ignorierte ihr Leid oder ergötzte sie sich sogar daran? Was für ein krankes Spiel war das hier?

»Du hast neun Kontrahenten, aber nur einer von euch kann den Wunsch erhalten. Finde mich, bevor es die anderen tun. Du hast noch drei Tage Zeit.«

Langsam nickte sie. Drei Tage, neun Kontrahenten. Verstanden? Sie war sich nicht sicher, aber die Qualen des letzten Traumes zuckten immer noch durch ihren Körper.

»Was passiert, wenn einer von ihnen mich findet?«, wunderte sie sich.

»Finde es heraus«, erwiderte die Stimme nur.

Lia atmete tief durch, bevor sie sich erhob und sich ihre schweißnassen Hände am Nachthemd abwischte.

Erst jetzt nahm sie das Gelände um sich herum wirklich wahr. Es war kein Park, wie sie zunächst angenommen hatte. Stattdessen handelte es sich um willkürlich verteilte meterhohe Hecken, die quer über den sonnenbestrahlten Platz wuchsen und in der Weite zu einer unüberwindbaren Masse wurden.

»Das ist ein … Labyrinth«

Nach allem, was in ihren Träumen geschehen war, wollte sie lieber Abstand von den Blättern halten. Nicht, dass diese sie nachher noch in Flammen aufgehen lassen würden – oder Schlimmeres.

Aber sie hatte keine Wahl. Blieb sie hier, würde man sie finden und sie würde ihr Ziel niemals erreichen.

Lia schaute sich ein letztes Mal um. An diesem Ort standen nur ein paar Bäume, umgeben von hübschen Blumenbeeten und einer Parkbank. Kleinere Büsche wurden zu großen Hecken, die den Einlass des Labyrinths kennzeichneten.

Hätte sie sich gestern nicht erst aufgelöst, hätte dies ein schöner Traum sein können. Doch nun rechnete sie überall mit Gefahr. Was, wenn Axtmörder hinter jeder Ecke lauerten? Was, wenn überall geheime Fallen versteckt waren? Steine, die sie überrollten, wie in einem Actionfilm? Oder Zombies, denen es nur nach ihrem Fleisch gelüstete? Vergeblich schüttelte sie ihren Kopf, um die Szenarien loszuwerden. Doch das paranoide Gefühl blieb.

Aus Mangel an Optionen, joggte sie mit flauen Magen los und folgte den immer höher werdenden Büschen, bis sie Lia schließlich dicht umkreisten. Dabei wurde die Luft im Labyrinth immer dicker, waberte um sie herum und wirkte dabei fast sichtbar. Es roch nach ... *Weihnachten?* Nach Tannennadeln und Kiefernzapfen. Aber hin und wieder erreichte Lia auch der süßliche Geruch nach frischen Rosen und Tulpen. Der blaue Himmel über ihrschien endlos weit entfernt und wurde genau wie sie umrandet von den meterhohen Hecken.

Lange Zeit irrte sie ziellos umher, folgte wahllos dem Pfad, der sich durch die Traumebene schlängelte. Dornen, spitze Steine und Splitter bohrten sich wie Reißzwecken in ihre nackten Fußsohlen. Immer wieder musste sie stehen bleiben, um die Hindernisse abzuklopfen. Blut quoll aus den kleinen Schnitten und die Splitter stachen mit jeder Bewegung tiefer in ihr Fleisch.

»Immerhin löse ich mich nicht auf«, murmelte sie wenig begeistert und tapste vorsichtig weiter. Nichtsdestotrotz presste sie die Zähne bei jedem Schritt fester aufeinander. Sie konnte keinen Meter gehen, ohne dass sich dünne, nadelförmige Splitter in ihr Fleisch bohrten.

Vielleicht ist es einfacher, an der Hecke entlang zu klettern? Nachdenklich betrachtete sie das Gewächs und fasste kurz entschlossen hinein. Sofort zog sie ihre Hand zurück. Es war, als würden tausende Ameisen versuchen, sie zu fressen. Punktuell, aber doch flächendeckend, drang der stechende Schmerz ihren Arm hinauf. Voller Panik schüttelte sie ihre Hand aus und versuchte, den beißenden Schmerz wegzupusten.

Dummheit muss bestraft werden, dachte sie. *Das wäre ja auch viel zu einfach gewesen.*

Langsam ebbte der Schmerz ab, doch die giftigen Blätter hatten rote Blasen auf ihrer Haut hinterlassen. Sie drückte die Hand gegen ihre Brust und schaute äußerst bestürzt den Gang entlang. Dieser schien kein Ende zu nehmen. Elfenbeinfarbene Splitter bedeckten den Boden noch bis zur nächsten Kurve und vermutlich sogar bis weit darüber hinaus. Mit dem nächsten tiefen Atemzug lief sie weiter. Die Nadeln durchbohrten ihre gesamten Fußsohlen und einige gaben sich wirklich Mühe, durch ihren ganzen Fuß zu stoßen.

Auf dem Boden hinterließ sie immer blutigere Fußspuren. Jeder Schritt kostete sie einiges an Kraft und Überzeugung. Wie lange würde sie diese Qualen noch in Kauf nehmen können? Ihre Energie schwand sichtlich und diese kleine, unbedeutende Stimme in ihrem Kopf, die ihr einredete, einfach aufzugeben, wurde immer lauter und überzeugender.

Sie versuchte, den Schmerz abzuschütteln, doch beim nächsten Schritt kam sie ins Stolpern, fiel und schlug der Länge nach auf dem Boden auf.

Lia schrie vor Schreck und voller Angst. Die Splitter bohrten sich in ihr Fleisch, spießten sie überall auf und stachen ihr in die Kehle. Röchelnd blieb sie wie paralysiert liegen. Der Schmerz lähmte ihre Gedanken. *Sollte ich einfach liegen bleiben?* Jede kleinste Bewegung sandte einen neue Flut an Qualen durch ihren Körper. Wie wiederkehrende Schockwellen, die jedes Mal ihr Durchhaltevermögen erschütterten. Blut lief aus den unzähligen Schnitten und floss zu sich immer weiter ausbreitenden Pfützen zusammen.

Wie viel Blut habe ich bereits verloren? Ab wie viel wird es lebensbedrohlich?

Als Kommissarin sollte sie diese Antworten wissen, doch ihr Leben im Wachzustand war in weiter Ferne gerückt. Vielleicht war aber genau das die Herausforderung. Nicht der Schmerz, sondern der langsame, unaufhaltsame Blutverlust. Wenn sie aufstand, würden sich noch mehr Splitter in ihre Hände und Handgelenke bohren, aber wenn sie liegen blieb, würde sie an Ort und Stelle ausbluten.

Während sie in ihren Gedanken ihre Überlebenschancen abwog, drehte sie den Kopf und … zog scharf die Luft ein. Ein gigantischer Käfer, der auf einem Schädel saß, starrte ihr entgegen. Lia *hasste* Insekten. Daher schrie sie. Laut und schrill. Doch der dunkle Käfer wackelte nur mit seinen Fühlern, richtete sich auf und offenbarte viele kleine Widerhaken auf seiner Unterseite. Dann spritzte er ein öliges, grünes Sekret direkt in Lias Gesicht. Eilig wich sie aus, ignorierte die neuen Splitter, die sich in sie bohrten, doch ein einzelner Tropfen traf ihre linke Hand. Brennender Schmerz fuhr ihren Arm herauf. Sofort breiteten sich neue, tiefrote Blasen auf ihrer Haut aus. Mit der neuen Verletzung kam eine neue Welle der Panik.

Fuck fuck fuck fuck. Ohne einen weiteren Gedanken zu verschwenden, richtete Lia sich auf und sprintete los. Der Schmerz in ihren Füßen rückte in den Hintergrund. Die rote Spur, die sie hinter sich ließ, war plötzlich egal. Sie musste weg von diesem Riesenkäfer und dem Schädel.

War er echt gewesen? Ihr hektischer Blick zuckte hin und her. Sie erkannte immer größere Splitter und zunehmend viele Knochen, Schädel, Rippen, Oberschenkel. Und, zu ihrem Entsetzen, immer mehr Käfer. Mit Zentimeter dicken Panzern, viel zu vielen Beinen und grünem Sekret, der auf die Knochen tropfte, sich tief in diese hineinfraß und sie zu dünnen Nadeln formte. Ihre Beine waren mit einem Mal wie gelähmt. Sie wusste nicht, ob sie schreien, weiterrennen oder einfach aufgeben sollte.

Dann erst kam die Erkenntnis: Die Splitter waren Knochen. Knochen, die von monströsen Käfern abgenagt wurden. Käfern, die aus allen Ecken angekrabbelt kamen. Sie drehte sich schluchzend im Kreis und krallte ihre blutigen Händen in ihren verfilzten Haaren fest. Aus dem Gestrüpp krochen die Käfer auf die Blutspur zu, die Lia hinter sich herzog. Sie reihten sich auf und hinter dieser Armee aus Käfern waren blanke, weiße Knochensplitter.

Bluttrinkende, knochenknabbernde Riesenkäfer. *Klar, warum auch nicht?*

Völlig überfordert von der Situation und ihrer unermesslichen Angst, lachte sie hysterisch auf. Übelkeit stieg in ihr auf, während ihr Verstand nicht einen einzelnen Gedanken zu fassen bekam. Doch zwischen all diesem tosenden Chaos in ihrem Kopf, stach eine Stimme hervor: Sie hatte verloren. Mit Tränen in den Augen, genau wissend, was ihr bevorstand, fiel sie auf die Knie. Die Knochensplitter ignorierend, breitete sie die Arme aus, als würde sie ihr Schicksal einfach so willkommen heißen.

Hätte ich weiter rennen sollen? Tiefer in das Nest?

Hätte ich kämpfen sollen? Die Käfer unter meinen blutenden Gliedmaßen zerquetschen? Vielleicht würde es ja irgendwann zu Ende gehen. Aber was würde ihr dann noch bleiben? Wie viel Blut hätte sie bis dahin verloren? Wäre sie nicht so gut wie tot?

Es dauerte nicht lange, bis die Käfer ihre Blutspur aufgesaugt und sie erreicht hatten. Millionen kleine Füßchen krabbelten auf ihre malträtierte Haut. Im wachen Zustand ekelte sie sich schon vor kleinen Marienkäfern, doch diese Großen lähmten sie so sehr, dass sie zu keinerlei Empfindungen mehr im Stande war. Wie sie über sie krabbelten, ihre Beine entlang, bis zum Hals und in ihr Gesicht. Es sollte sie erschrecken, sie sollte sie abschütteln, sie zerquetschen, sich irgendwie wehren, doch sie stand zu sehr unter Schock und hatte ihr Schicksal bereits akzeptiert, war bereit, jeden Schmerz zu ertragen, nur um endlich erlöst zu werden.

Erst als alle allmählich zur Ruhe kamen und kaum ein Zentimeter Haut mehr unbedeckt war, rammten alle Käfer gleichzeitig ihre Haken in ihr Fleisch. Sie wollte schreien, doch der Käfer auf ihrem Mund hielt diesen mit seinen Mundwerkzeugen geschlossen. Lia kniete einfach in dem Knochensplitterhaufen, während die vielen Todesboten ihr Sekret in sie spritzten und sich an ihrem Fleisch, Blut – an ihrem ganzen Selbst – bedienten.

Sie wusste nicht, ob sich ihr Fleisch auflöste, die Käfer kleine Stückchen aus ihr herausrissen oder sie lebendig verdaut wurde. Vielleicht war es auch eine Mischung aus all dem. Doch der süße Schmerz hüllte sie ein, ließ ihren ganzen Körper brennen, zerriss ihre Seele, spielte mit ihrem Verstand und ließ sie diese Folter akzeptieren, weil sie wusste, dass es jetzt vorbei war.

Mit einem seligen Lächeln starb sie in der Traumwelt und erwachte in der Realität, ohne zu wissen, warum sie so glücklich war.

»Der Fall nimmt dich zu sehr mit«, sorgte sich Amanda in ihrer gemeinsamen Mittagspause. Die Falten auf ihrer Stirn, waren seit Tagen stetige Begleiter. »Du hast jede Nacht einen Albtraum. Das kann so nicht weitergehen. Das ist ja fast schon krankhaft und essen tust du auch nichts mehr.«

»Ich weiß … ich … ich kann gerade nicht. Ich weiß nicht, was ich geträumt habe, aber sobald ich was esse, kommt ein absolut widerlicher Ekel in mir hoch.« Lia stützte ihren Kopf auf ihren Handflächen ab. »Ich bin so fertig. Ich will einfach nur noch, dass diese Träume endlich aufhören.«

Sanft tätschelte ihre Frau ihre Schulter. »Drake macht dir auch viel zu viel Stress. Ihr seid ein Team und er behandelt dich, als wäre der ganze Fall allein deine Aufgabe. Das darfst du nicht mit dir machen lassen.«

»Ich weiß. Manchmal wünsche ich mir, dass ich versetzt werde. Einfach, um neu anfangen zu können. Es gibt keine neuen Hinweise, keine neuen Leichen und keine Indizien. Es sieht sogar gut aus mit der Versetzung.«

Frustriert schaute Lia hoch. Sie stutzte über ihre Worte. Normalerweise kämpfte sie immer. Sie biss sich durch, zeigte, was in sich steckte – auch wenn sie sich dafür über Gesetze hinwegsetzen musste. Doch diesmal war es vielleicht besser, einfach aufzugeben.

Im nächsten Traum stand sie wieder mitten im Labyrinth. Von den Knochennadeln und den Käfern war diesmal keine Spur zu sehen. Auch ihr Körper war genauso makellos wie im Traum zuvor. Keine Spur von den Schnitten, den Bissen oder den Blasen. Nach wie vor trug sie keine Schuhe. Ihr Schlafanzug schimmerte heute violett, aber abgesehen davon sah sie aus wie immer.

Die Hecken strahlten in der heutigen Sonne in einem satten Grün. Eine leichte Böe trug den süßen Duft von Lilien und Maiglöckchen mit sich und fast hätte sich Lia wie in ihrem eigenen Garten gefühlt.

Leise stöhnte sie auf. *Was hat die Stimme diesmal für mich vorbereitet? Will ich das überhaupt wissen? Vermutlich besser nicht.*

Langsam raffte sie sich auf und lief los. Sie entschied sich für die linke Seite. Einfach aus einem Bauchgefühl heraus. Mittlerweile war es ihr mehr oder weniger egal, was hinter der nächsten Ecke lauerte. Sie wusste, sie würde heute Abend qualvoll sterben. Und am nächsten Tag würde es wieder von vorne beginnen, als wäre nie etwas geschehen. Tagsüber lebte sie ihr Leben, nachts wanderte sie durch das Labyrinth und versuchte, die Nächte zu überstehen. Aber ihre Kraft schwand mit jedem Traum mehr. Sie wollte nicht länger in diesem Labyrinth und diesen Albträumen gefangen sein.

Würde sie sich an all das erinnern, wenn die sieben Tage vorbei waren? Würde sie danach wieder ganz normale Träume haben? Würde sie sich an ihr Leid auch im wachen Zustand noch erinnern können?

Unentschlossen folgte sie dem Pfad.

Der Boden blieb diesmal unverändert, doch der Geruch war anders. Von der süßlichen Note war kaum noch eine Nuance vorhanden. Stattdessen kitzelte ein metallischer Geruch ihre Nase. Mit einer unheilvollen Vorahnung näherte sie sich der Geruchsquelle.

Wie hoch war die Wahrscheinlichkeit, dass sich die Hecken in Metall verwandelt hatten? Oder kamen ihr gleich Roboter entgegen? Vielleicht hatte sie aber auch genug gelitten und erreichte gleich die Stimme. Vielleicht befand sich dort mehr Geld, als sie tragen könnte. Ganz viele Münzen, die diesen metallischen Geruch ausströmten. Aber wäre das überhaupt ihr Wunsch?

Sie musste einfach daran glauben, dass dieser Geruch etwas Positives verhieß. Ein winziger Keim an Hoffnung wuchs in ihr, aber natürlich wurde er herausgerissen wie Unkraut.

Nach der nächsten Biegung, blieb sie wie angewurzelt stehen. Zu ihren Füssen floss ein dunkelroter Bach aus dickflüssigem Blut, der sich durch das Labyrinth schlängelte. Die Ränder waren bereits geronnen und bildeten das Bachbett. Diesmal folgten keine Käfer den Spuren. Stattdessen flossen die Bäche in die Hecken hinein, als würden sie diese wässern.

Immerhin wusste Lia nun, was sie heute erwartete. Direkt vor ihr hing ein Mann. Beziehungsweise das, was von ihm übrig war. Sie schätzte ihn auf etwa 20 Jahre. Schwarze Haare hingen dem abgetrennten Schädel des Mannes in die Stirn, der auf ihrer Schulterhöhe in der Luft schwebte.

Gedärme, Gliedmaßen und Kleidungsfetzen hingen daneben in der Luft. Blut tropfte zu Boden, in langsamen, dicken Tropfen. Das meiste hatte sich bereits auf der Erde gesammelt und sickerte dort ein. Wie lange er wohl schon so hing? In ihrer Laufbahn als Ermittlerin hatte sie schon einige Leichen zu Gesicht bekommen, doch für die Untersuchung dieser war immer jemand anderes zuständig gewesen.

»Wie ist das passiert? Was hat man dir angetan?«, murmelte sie, hoffte auf eine Eingebung und versuchte, die Todesursache herauszufinden. Auch wenn es ein Traum war, hielt sie es für unwahrscheinlich, dass Körper einfach zerhackt in der Luft schwebten. Es gab bislang immer eine Ursache für die Tode. die Käfer, eine Grube voller Lauge - aber eine Leiche, die einfach so in der Luft hing? Das passte einfach nicht in die Regeln dieses kranken Spiels.

Sie traute sich, ein paar Zentimeter dichter an die Leiche heranzutreten, bis sie scharf die Luft einziehend stehen blieb. Irgendetwas kratzte an ihrer Nasenspitze. Schlagartig sprang sie einen Meter zurück, als kühler Schmerz durch ihre Nase zuckte, und fasste instinktiv an diese.

Ihre Finger färbten sich rot. Sie blutete? Aber warum? Teils angewidert, teils fasziniert betrachtete sie die Szene vor sich. Da sah sie es: Hauchdünne, messerscharfe Fäden. Mit dem bloßen Auge kaum zu erkennen. Wie versteckte messerscharfe Drähte waren sie zwischen den Hecken gespannt und bildeten eine tödliche Falle.

Der Mann musste geradewegs in diese hineingelaufen sein. Voller Faszination betrachtete sie das Szenario. Es hatte etwas Ästhetisches, wie der Mensch in den Fäden hing. Der Teil in ihr, der durch und durch Kommissarin war, bewunderte die Effektivität dieser Falle. Doch der andere Teil war minimal angewidert, aber gleichzeitig erleichtert nicht dasselbe Schicksal erlitten zu haben.

»Wie komme ich hier bloß durch?«, fragte sie sich laut und wäre dankbar für eine Antwort gewesen.

Sie fasste sich ans Kinn und betrachtete den Toten. Langsam überkam sie das Gefühl, etwas übersehen zu haben. Etwas, das sie hätte sehen sollen. Aber was?

Konzentriert beäugte sie jeden einzelnen Zentimeter der Falle und des Gefangenen. Der Kopf hing in leichter Schräglage am höchsten. Durchsichtige Fäden schnitten in sein linkes Ohr, doch es würde vermutlich noch dauern, bis sie den Schädel halbiert hatten. Die Augen des Toten waren weit aufgerissen, die Augenbrauen hochgezogen und der Mund zu qualvollen Schmerzensschreien verzogen. Direkt unter seinem Kinn, nur wenige Millimeter über dem Adamsapfel, befand sich ein sauberer Schnitt, aus dem Blut tropfte.

Der Oberkörper des Mannes war nach vorne gefallen, die Arme zu beiden Seiten ausgestreckt und mehrfach zerteilt. Einige Fleischstücke waren durch das Netz zu Boden gestürzt, doch die meisten hingen noch in den Fäden.

Gedärme hatten sich um diese gewickelt, die Beine waren knapp unterhalb des Knies abgetrennt. Seine Füße und Unterschenkel standen wie zum Laufen bereit auf dem Boden. Fast als wären sie … unangetastet.

»Das ist es!«, stieß sie etwas lauter als gedacht hervor. Ein Schimmer voller Hoffnung breitete sich in ihr aus. Sie hockte sich hin und betrachtete das untere Viertel der Falle aus jedem Blickwinkel.

Heute werde ich nicht sterben. Der Schimmer wuchs, wurde größer und durch ihren ganzen Körper strömte das warme Gefühl der Hoffnung. Jedoch lagen unendlich viele herabgefallene Körperteile auf dem Boden oder schwammen in dem Bach aus Blut, durch den sie sich durchzwängen musste.

Ekelig, aber das war es wert, um nicht zerhackt zu werden.

Mit Bedacht legte sie sich auf den Bauch und positionierte sich vor der Falle. Sie hoffte, dass sie einfach durch sie hindurch robben konnte. Im Stillen betete Lia zu allem, was da oben war. Blut sickerte in ihren Schlafanzug, verklebte ihr offenes Haar und tränkte ihre Haut. Doch das war ihr alles egal. Das erste Mal war es nicht ihr eigenes. Diese Nacht würde sie nicht zerstückelt werden.

Vorsichtig kroch sie voran. Bemühte sich, keinen Faden zu berühren. Hielt den Kopf gesenkt und ignorierte die Sekrete, die sich in ihren Schlafanzug sogen.

Lia zwang sich, durch die Nase zu atmen, die Augen zu schmalen Schlitzen verengt. Bei den noch stehenden Füßen angekommen, schubste sie diese einfach aus dem Weg. Sie wusste nicht, was passieren würde, wenn jemand diese Fäden bewegte. Daher versuchte sie, die toten Beine aus dem Weg zu schaffen, bevor diese noch irgendetwas auslösten.

Erst als der Boden unter ihr frei von Blut war und sie die Leiche nicht mehr sehen konnte, tastete sie über sich. Da war nichts. Keine Fäden. Nur Sicherheit. Erleichtert atmete sie aus. Stumm liefen ihr Tränen über die Wangen, bevor sie sich langsam aufrichtete.

Sie hatte überlebt. Das grenzte fast an ein Wunder. Aber was wohl geschehen würde, wenn sie eine Nacht nicht qualvoll starb? Würde sie trotzdem aufwachen? Oder … bestand vielleicht darin die Herausforderung? Eine Nacht im Labyrinth zu überleben?

Eine neue Hoffnung durchströmte sie wie die liebevolle Wärme ihrer Frau. Vielleicht sollte sie einfach hier sitzen bleiben und abwarten. Würde die Stimme das zulassen? Aber was, wenn jemand anderes kam?

Sie schaute nochmal zur Falle hinter sich. Das war definitiv ein Kontrahent. Wer sollte sonst hier sterben? Oder war das alles eine Inszenierung des Traumes? Was, wenn sie eigentlich die einzige hier war? Gefangen in diesem kranken Spiel? Was, wenn die Schreie bei der Grube alle nur vorgetäuscht waren? Was, wenn … all ihre Annahmen richtig waren? Sie richtete ihre Aufmerksamkeit wieder dem Mann in den Fäden. Irgendwie kam er ihr bekannt vor. Oder spielte ihr Verstand ihr nur einen Streich? Ob die Person aus ihrer Stadt kam? Könnte sie den Mann im echten Leben treffen? Wollte sie das überhaupt? Was würde sie ihm sagen? Hi, ich bin Lia und schlafe in letzter

Zeit schlecht, tun Sie das auch? Nein. Keiner würde sie Ernst nehmen.

Sie schüttelte diesen Gedanken beiseite und streckte ihren Rücken durch. Einige Wirbel knackten erleichternd und ein wohlig warmer Schauer lief über ihren Körper.

Was nun? Sie schaute sich um. Zurückzugehen war keine Option, aber vor ihr könnten weitere Fallen auf sie warten. Doch wenn sie ganz langsam lief, vielleicht würde sie dann …

»Er ist nicht hier. Er ist nicht hier. Er ist nicht hier.«

Eine weibliche Stimme, ganz anders als die des Spielmachers, ertönte hinter der nächsten Ecke.

»Er ist nicht hier.« Immer wieder wiederholte die Person diese Wörter. Immer energischer, bis sie zu schreien begann.

Lia fluchte und rückte dichter an die Hecke heran. Es blieb keine Zeit, um zurück zu kriechen und es gab keinen Ort, wo sie sich hätte verstecken können.

»Er. Ist. Nicht. Hier!«, schrie die Unbekannte und erschien auf dem Pfad. »Er. Ist. Nicht. Hier!«

Sturmgraue Augen blickten in die ihren. Ein weißer Nebel hatte sich mit dem Blau ihrer Augen vermischt, fast so, als würde ein Schleier über diesen liegen.

Augenblicklich verstummte die Frau. Was sollte sie jetzt tun?

Überfordert stand Lia da und starrte die Frau an. Ihr Schlafanzug war ebenfalls blutverschmiert und zerrissen. Ihre Haut war von Striemen, Schnitten und Prellungen übersät und ihre fettigen Haare hingen ihr verfilzt ins Gesicht.

»Er. Ist. Nicht. Hier!«, erwiderte sie erneut und ein gefährlicher Unterton schwang in ihrer Stimme mit.

»Nein«, bestätigte Lia, versuchte ruhig zu bleiben und die Situation unter ihrer Kontrolle zu behalten. »Hier bin nur ich.«

Die Frau blickte sie an, als würde sie abwägen, was sie mit Lia machen sollte. Köpfen? Beißen? Verprügeln?

Doch in Lia keimte die Entschlossenheit auf, dass sie nichts davon zulassen würde.

»Er ist nicht hier«, flüsterte die Frau.

»Wer ist nicht hier?«

Diese Frage schien der Frau gar nicht zu gefallen. Ihre Gesichtszüge verkrampften sich und mit einem lodernden Feuer in ihren Augen sprintete sie auf Lia zu. So schnell konnte sie gar nicht reagieren, da lagen die mageren Finger der Frau bereits um ihre Kehle und drückten zu. Lia röchelte, rang nach Luft und zerrte an den Handgelenken der Fremden, versuchte diese von sich wegzudrücken, doch mit jeder Sekunde schwand ihre Kraft.

Vor ihren Augen schimmerte es schwarz und in ihren Ohren klingelte es, während die Frau vor ihr immer wieder schrie.

Kurz bevor sie das Bewusstsein verlor, ließ die Frau plötzlich von ihr ab. Lia sackte zu Boden und ihr Kopf schlug schmerzhaft auf dem Untergrund auf. Sofort sah sie Sterne vor ihren Augen tanzen, bevor ein stechender Kopfschmerz diese wieder vertrieb. »Er ist nicht hier!«, schrie die Frau und griff erneut nach Lias Kehle. Doch bevor sie diese zu greifen bekam, drehte sich Lia weg und trat der Fremden in ihre Kniekehlen. Schmerzerfüllt stöhnte diese auf und stolperte in die Hecken.

Die Zeit nutzte Lia, um sich aufzurappeln. Ihre Kehle fühlte sich wie zugeschnürt an. Sie röchelte und rang nach Luft, ihre Lungen brannten, doch sie versuchte, sich zusammenzureißen.

Die Frau brüllte wie ein wildes Tier. Ein Zischen und der Geruch nach Säure stieg in Lias Nase, während die Frau in der giftigen Hecke zappelte. Stürmisch kämpfte sie sich aus dem Grünzeug und fiel rittlings auf den Boden.

Lia hoffte, dass die Frau aufwachen würde. Dass sie vor ihren Augen sterben und so ihr Bewusstsein wieder zurück in ihren Körper gehen würde.

Doch wie bei allem in diesem verfluchten Labyrinth hatte sie kein Glück. Die Frau rappelte sich schnell wieder auf und – Lia machte große Augen. »Was zum …« Die Blasen lösten sich vor ihren Augen auf. Binnen Sekunden sah die Haut der Frau makellos aus. Selbst die Schnitte und Prellungen waren verheilt.

»Er ist nicht hier!«, schrie die Frau aus tiefster Seele und stand zittrig auf. »Er ist nicht hier!«

Gepresst stieß Lia einen Fluch aus und stolperte ein paar Schritte zurück. »Was ist das für ein Scheiß?«, rief Lia und konzentrierte sich auf die Frau. »Warum sind Sie nicht tot?«

»Er ist nicht hier!«, schrie die Frau zurück und lief auf Lia zu. Doch sie sammelte sich und rannte in die entgegengesetzte Richtung. Die Frau, direkt hinter sich, tobend und voller Wut, bereit, alles mit sich in den Abgrund zu ziehen.

Erst im letzten Moment erkannte Lia ihren Fehler und blieb ruckartig vor den Fäden stehen. Die Leiche des Mannes war fast vollständig zu Boden gefallen. Nur noch ein roter Fleischhaufen verriet, dass sich direkt vor ihr etwas Böses verbarg.

»Er ist nicht hier!« Die Frau hatte Lia nun fast erreicht. Lediglich wenige Meter trennten sie voneinander und Lia konnte nicht weiter ausweichen.

Sollte sie in die Fäden springen? Sich selbst umbringen und somit der rasenden Wut der Frau entkommen? Oder … eine Idee jagte durch ihren Kopf. Ein einzelner Hoffnungsschimmer, dieser Situation entfliehen zu können. Sie blieb stehen und ließ die Frau wie eine Furie auf sich zu kommen. Kurz bevor deren Hände sich wieder um ihre Kehle schlingen konnten, drehte sie sich zur Seite und ließ die Frau in die unsichtbaren Fäden laufen. Mit aller Kraft schubste Lia sie von hinten, tat alles, damit die Frau auch wirklich den Fäden zum Opfer fiel, und spürte die scharfen Saiten direkt an ihren Fingerspitzen. Schnell zog sie ihre Hände zurück und sprang einen Meter nach hinten. Auch wenn sie sich im wachen Zustand nicht an ihre Träume erinnern konnte, bezweifelte sie, dieses Geräusch jemals vergessen zu können. Die Galle kam ihr hoch, Bitterkeit breitete sich in ihrem Mund aus. Sie beugte sich nach vorne, um sich zu erbrechen, während die Frau langsam zuckend in Einzelstücke zerteilt wurde.

Sie lebt noch. Lia übergab sich erneut. Sie konnte es spüren. Wie die Fäden die Gliedmaßen der Fremden in einem wirren Muster von ihr abspalteten, wie ihre Knochen halbiert wurden, als bestünden sie aus Gelee, und ihre Gedärme langsam aus ihrem aufgeschnittenen Bauch herausquollen und sich auf der Erde verteilten, gemischt mit dickflüssigem Blut.

Lia schluckte den nächsten Übelkeitsanfall herunter und schüttelte sich. Die Arme auf die Oberschenkeln gestützt und die Augen immer noch auf die Falle gerichtet. Die Frau zuckte immer stärker. Und auch wenn ihre Arme vom Oberkörper abgetrennt waren, krümmten sich ihre Finger. War das ein Reflex? Wie bei Froschschenkeln unter Storm? Standen die Fäden unter Spannung? Sie bezweifelte es. Aber was war das dann für eine kranke Magie? Die Frau hätte vorhin schon tot sein müssen, doch nun? Lia erschauerte erneut. Kalte Schweißtropfen rollten ihre Wange entlang und tropften auf den dunklen Boden. Sie gönnte sich drei tiefe Atemzüge, um alles für kurze Zeit zu verdrängen und ihre Fassung für wenige Augenblicke zurückzugewinnen, damit sie sich von diesem Ort distanzieren konnte. Dann drehte sie sich um und rannte davon, den höllischen Pfad in entgegengesetzter Richtung entlang.

Weg von der Falle. Weg von der durchgedrehten Frau, die nun geköpft und in zig Teile zerteilt zuckte, weg von diesem Horror. Lia wollte aufwachen. Sie wünschte sich nichts sehnlicher, als dass dieser Traum endlich endete. Doch sie war immer noch im Labyrinth gefangen.

Warum waren die Wunden der Frau so schnell verheilt? Warum war sie so … durch den Wind gewesen? Obwohl, die letzte Frage konnte sie sich selbst beantworten, auch wenn sie dieses Wissen am liebsten unterdrückt hätte. Die Frau konnte nicht aufwachen. Sie durchlebte immer und immer wieder den gleichen Traum mit denselben Foltern und heilte einfach, nur um im Anschluss erneut qualvoll zu sterben.

»Sie war eine Zero«, ertönte eine tiefe Stimme neben ihr.

Lia hielt abrupt inne. Ihre Knöchel beschwerten sich mit einem Knacken. Sie fasste sich ans Herz, spürte dieses viel zu schnell schlagen und die Panik durch ihren Körper rauschen, war aber gleichzeitig wie gelähmt.

»Entschuldige«, sprach die Stimme erneut. »Ich wollte dich nicht erschrecken.«

Lia drehte sich langsam um und blickte einer hochgewachsenen Gestalt in die Augen. *Es ist nur ein Mann,* redete sie sich ein. Ein Mann, der genauso fertig aussah, wie sie sich fühlte. Mit dunklen Augenringen, blutverkusteten Fingern und in einem Schlafanzug, der in Fetzen von seinem Körper herabhing.

»Ist okay«, stieß Lia hervor. Der Schock klomm langsam ab, ihr Herzschlag beruhigte sich und ihre Atmung normalisierte sich. Irgendwoher kam ihr auch dieses Gesicht bekannt vor. Wie bei dem Mann in den Fäden wurde sie das Gefühl nicht los, diesem Menschen schon einmal begegnet zu sein. Aber wann? Konnte sie sich in ihren Träumen etwa nicht an alles erinnern, was ihr im Wachzustand passiert ist?

»Was hast du gerade gesagt?«

»Sie ist eine Zero«, wiederholte er und lächelte. »Ihre Zeit war abgelaufen. Das Labyrinth lässt sie nicht gehen, außer sie selbst trifft die Entscheidung, es zu tun.«

Lia stockte der Atem. »Das passiert mit uns, wenn wir ihn nicht finden?« Fassungslosigkeit überrollte sie, wie ein Auto. Ihr gerade erst beruhigter Puls nahm erneut Fahrt auf. Wenn das so weiterging, würde sie heute Nacht noch an einem Herzinfarkt sterben.

Der Mann nickte, dabei fielen ihm zwei Strähnen seiner dunklen Haare in die Stirn. »Nette Aussicht, oder?«

Lia schluckte schwer. Ihre Kehle schnürte sich voller Panik zu und ihre Lungen rangen nach Luft. Sie hatte so sehr gehofft, in zwei Nächten nie wieder etwas mit diesem Labyrinth zu tun zu haben.

»Hey«, flüsterte der Mann und legte fürsorglich, wenn auch zögerlich, eine Hand auf ihre Schulter. »Alles wird gut.« Lia zuckte unter seiner Berührung zusammen. Der Kampf zwischen ihrer Panikattacke und dem Misstrauen gegenüber diesem Mann übernahm ihre Gedanken. Sie schüttelte seine Hand weg und distanzierte sich wenige Schritte von ihm.

»Wie?«, zischte Lia zwischen zusammengebissenen Zähnen hervor. Sie würde hier nie wieder rauskommen. Und dieser Gedanke schnürte ihr die Kehle zu. Wellen der Panik lähmten ihre Gedanken, ließen sie selbst die Skepsis vergessen und unvorsichtig werden.

»Wir können uns zusammentun und gemeinsam versuchen, ihn zu finden«, schlug der Mann vor. »Welche Fallen hast du bereits entdeckt?«

Konnte sie ihm vertrauen? Lia guckte ihm ungläubig entgegen. Wie viele Möglichkeiten blieben ihr? Ihr lief die Zeit davon und sie hatte gerade eben erst gesehen, was passieren würde, wenn sie ihn nicht fand. Würden ihre Chancen nicht besser stehen, wenn sie zumindest nicht alleine durch dieses Horror-Labyrinth staksen müsste? Andererseits – er könnte ebenso eine Falle sein.

»Ich weiß, du hast Angst«, unterbrach der Mann ihre Überlegungen. »Glaub mir, das habe ich auch. Aber wir können einander helfen. Zu zweit können wir diese Zeros viel einfacher besiegen.«

Lia verschenkte ihr Vertrauen nur sparsam. Täte sie das nicht, hätte sie vermutlich keine Versetzung am Hals und sie hätte deutlich weniger Alleingänge gemacht. Aber vielleicht war jetzt der Moment gekommen, einen Vertrauensvorschuss zu gewährleisten.

»Das Basen-Bad, ganz am Anfang. Dann den Knochensplitterweg und die unsichtbaren Fäden«, beantwortete sie seine vorherige Frage.

»Das war ein Basen-Bad?«, fragte er überrascht. »Warum keine Säure?«

Lia zuckte mit den Schultern. »In Säuren löst man sich anders auf.«

Der Mann grinste und strich sich die kurzen Haare zurück.

»Ich hatte noch eine Fallgrube mit Skorpionen, wilde Tiere, Elektrizität und in einer Nacht hat mich auch so ein Zero angefallen«, fuhr er fort.

»Wie viele Nächte bist du schon hier?«, wollte Lia wissen. Sie mochte sich gar nicht ausmalen, wie es sein würde, durch Elektroschocks zu sterben.

»Sechs«, erklärte der Mann mit einem wehmütigen Blick. »Das hier ist meine letzte Nacht. Daher ... heiße ich jede Hilfe willkommen.« Seine Verzweiflung stand ihm ins Gesicht geschrieben. In seinen Augen lag eine Traurigkeit, die Lia greifbar spüren konnte.

»Ich hab noch zwei«, gestand Lia und gab sich einen Ruck. »Ich helfe dir gerne. Ich bin Lia Smith. Wie heißt du?«

»Samuel Winter, aber meine Freunde nennen mich Sam«, stellte ihr Gegenüber sich mit einem sanften Lächeln vor. Doch Lia entwichen alle Gesichtszüge.

»Samuel Winter?«, echote sie und musterte den Mann eindringlich. Graue Härchen durchzogen seine dunklen Haare und leichte Falten bildeten sich auf seiner Haut ab. 35. Er könnte wirklich 35 sein. *Fuck.*

»Kennen wir uns?«, fragte Sam sich
tlich überrascht.

Doch Lia konnte kaum einen klaren Gedanken fassen.

Ihr Herz schlug instinktiv schneller. Ihre Finger kribbelten wie bei den Lagerhallen, und das Gefühl, dass alle Zahnräder nun ineinander griffen, trieb ihr den Angstschweiß auf die Stirn. Plötzlich wurde ihr alles klar. Wie viele Kontrahenten hatte sie? Wie viele Leichen hatten sie bereits gefunden? Natürlich. Jeder ihrer neun Kontrahenten starb hier drinnen. Sie hatte die ganze Zeit über schon das Gefühl gehabt, den Mann in den Fäden und die Frau zu kennen. Natürlich tat sie das. Oder besser: Sie kannte ihre Leichen.

Ein hysterisches Lachen entstieg ihrer Kehle. Sollte sie ihm sagen, dass er vor fünf Tagen gestorben war? Oder spielte ihr Verstand ihr bloß einen Streich?

Doch in diesem Moment war sie sich sicher, dass es ihre einzige Chance war, zu gewinnen.

Zufrieden trete ich einen Schritt zurück. Der Traum hatte sich fest im Unterbewusstsein der Auserwählten verankert und sich dort selbstständig weiterentwickelt. Einmal angestoßen, zeigt das menschliche Gehirn eine überraschende Kreativität an Grausamkeit. Der aktuelle Mordfall stellte da natürlich eine hervorragende Inspirationsquelle dar. Allgemein sind mir die Gedanken von allen, die im Kriminalbereich arbeiten, am liebsten. Ihre Ängste und Sorgen sind tiefgreifender als die des Durchschnittsbürgers. Polizeibeamte haben die Abgründe der Gesellschaft gesehen, sie kennen die abartigsten Taten, zu denen Menschen fähig sind und können meistens eine Fülle an Traumata vorweisen. Ein gefundenes Fressen für jeden Albtraum.

Teil 4

Fremdkörper

Josephine Panster

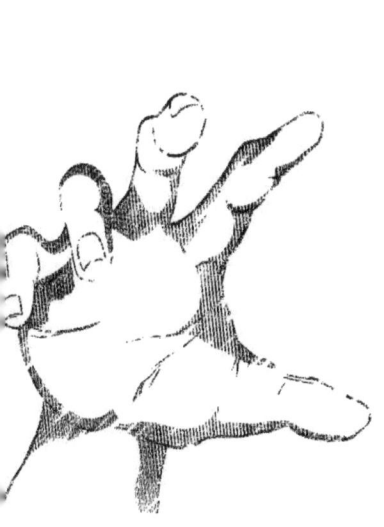

Am Anfang dieses Buches habe ich euch versprochen, die Frage nach dem *Warum* zu beantworten. Und das werde ich nun tun. Träume sind Teil der Verarbeitung von Informationen und Erlebnissen. Bekanntes vermischt sich mit Neuem und entwickelt sich so zu nie dagewesenen Perspektiven, Emotionen und Situationen. Oder zu neuen Traumata – meine Spezialität. Erfahrungen werden gespeichert, analysiert und neu erschaffen. So lernt das Gehirn auf mögliche Erlebnisse zu reagieren, selbst wenn sie noch gar nicht passiert sind und auch nie passieren werden. Dadurch wird meiner Fantasie keine Grenzen gesetzt.

Um ein Beispiel zu nennen: Seid ihr im Traum schon mal vor einem blutrünstigen Monster weggelaufen? Wer weiß, ob ihr nicht auch im Wachzustand irgendwann einmal vor etwas oder jemandem fliehen müsst. Zumindest seid ihr dann darauf vorbereitet. Ich biete euch sozusagen ein kostenloses Krisencoaching, ohne dass ihr danach gefragt, geschweige denn euch dafür bedankt hättet.
Gern geschehen.

Träume sind aber auch ein Ort der Inspiration, Zuflucht und Hoffnung. Durch sie entstehen Ideen, die nicht von Moral und gesellschaftlichen Zwängen verfälscht wurden. Diese Regeln gelten für rosa-Einhorn-Zuckerwatte-Träume genauso wie für Albträume. Auch sie können einen Ausweg bieten. Ich tue euch im Grunde einen Gefallen und ihr merkt es nicht einmal.

Wenn die Realität ein bestimmtes Maß an Leid und Qual beinhaltet, fängt der Mensch an, aus der Realität entfliehen zu wollen. Dabei gilt: Je größer der Leidensdruck, desto dunkler die Vorstellungen. Gewalt erzeugt Gegengewalt. Aber selbst dann bleibt der Mensch ein Sklave seiner Selbst. Er verbietet sich, bestimmte Gedanken weiterzuverfolgen und weiter auf den Abgrund zuzugehen, der ihn mit jedem Tag mehr zu locken scheint. Meine Albträume und ich haben die Macht, diese unsichtbaren Ketten zu sprengen und dunkle Fantasien in euer Bewusstsein zu zwingen. Der Ausweg, der tagsüber in eurem Kopf schläft, begraben unter Moral und Ethik, kann sich endlich entfalten und zu einer Idee heranreifen. Plötzlich ist da ein Ende des stetigen Crescendos an Schmerz und Angst. Eine Lösung, die sich auf das Leben im Wachzustand übertragen lässt. Und das alles ermögliche ich euch mit nur einem einzigen Traum.

Durch das Kissen über ihrem Kopf hörte Ranya sein Keuchen nur gedämpft. Verzweifelt versuchte sie, ihre Hand ebenfalls darunter zu schieben, um sich eine Stelle zum Atmen freizumachen. Ihr angestrengtes Ächzen schien er falsch zu interpretieren und grub seine schlecht geschnittenen Fingernägel noch tiefer in die Haut an ihrer Taille. Unerbittlich stieß er in sie und hielt sie dabei mit eisernem

Griff an Ort und Stelle fest – eine Hand an ihren Rippen, eine auf dem Kissen. Um Atem ringend, flehte sie innerlich, er wäre bald fertig. *Nur aushalten. Nur aushalten. Nur. Aushalten.* Sie spürte, wie seine Stöße noch brutaler wurden und seine Schweißtropfen auf ihren Rücken trafen. Ihre Mitte fühlte sich wund und taub zugleich an. Er schnappte nach Luft und mit einem letzten kehligen Keuchen versenkte er seinen Schwanz bis zum Anschlag in ihr und ergoss sich in ihr Inneres. Ihr kam die Galle hoch. Der völlig verausgabte Mann drückte sie herunter und legte sich der Länge nach auf sie, ohne sich aus ihr zurückzuziehen. Als er seinen Kopf auf dem Kissen ablegte, konnte Ranya seinen hechelnden Atem deutlich hören.

»Ach Baby, was habe ich für ein Glück! Dich kann man wirklich nach Herzenslust ficken, du machst alles mit.«

Ihr Gesicht versteinerte, doch sie versuchte, ihre Stimme unbeschwert klingen zu lassen. »Ich bin ja auch deine Frau. Ich sollte dir schon etwas bieten können.« Sie widerte sich selbst an. Wie war es dazu gekommen, dass solche Worte ihren Mund verließen?

Noch vor zwei Jahren hatte Harris sie umworben, ihr jeden Wunsch von den Lippen abgelesen und sie mit seinen Komplimenten zum Schmelzen gebracht. Hals über Kopf verliebt, hatte sie ihm jede freie Minute ihres Lebens gewidmet. Als er ihr den Antrag gemacht hatte, war sie die glücklichste Frau der Welt gewesen. Freudestrahlend war sie in seine Arme gesprungen und hatte zugestimmt, eine kleine heimliche Zeremonie abzuhalten. Ohne Familie, ohne Freunde. Von beidem war sowieso nicht viel vorhanden.

»Jetzt müssen wir aber auch zusammenziehen. Für Mann und Frau gehört sich das so«, hatte Harris gesagt und sie fest an sich gezogen. Natürlich hatte sie ihm beigepflichtet und sich gleich mit ihm gemeinsam auf die Suche nach einer günstigen Wohnung gemacht.

Jetzt lag sie unter seinem schweißnassen Körper und dachte daran, wie sich ihre Beziehung seit dem Einzug entwickelt hatte. Wie Harris sich verändert hatte. Nein, vielleicht nicht verändert. Es schien, als hätte er nur darauf gewartet, seine Maske endlich abzulegen und sein wahres Gesicht zu zeigen. Vor ihrem inneren Auge lief ein Daumenkino ab, das ihr Herz in Flammen aufgehen ließ. Doch es wurde nicht angenehm warm. Nur sengend heiß und alles verschlingend.

Schnaufend und fluchend stemmte Ranya sich mit der Schulter gegen die Wohnungstür. Ihre Hände und Arme waren von schweren Einkaufstüten behangen und die Henkel schnitten ihr unangenehm in die Haut. Umständlich schob sie sich in den Flur und weiter bis in die Küche, wo Harris vor einer Tasse Kaffee am Tisch saß. Er sah sie mit hochgezogenen Augenbrauen an, machte jedoch keine Anstalten, ihr zu helfen. Unter angestrengtem Stöhnen stellte Ranya die Tüten auf einem der wackligen Küchenstühle ab und wischte sich mit der Hand den Schweiß von der Stirn. Als ihr Blick auf ihren Mann fiel, lächelte sie.

»Ich hab dir was Schönes mitge-«

»Wieso hast du so lange gebraucht?«, unterbrach er sie.

Verdutzt sah sie ihn an. Hatte sie wirklich die Zeit vergessen? Sie hatte beim Wiegen des Obstes noch Raquel getroffen und sich mit ihr unterhalten. Doch hatte das wirklich so lange gedauert?

»Na ja, ich habe eine Freundin getroffen und-«

»Welche Freundin?«

»Raquel.«

Harris warf ihr einen abschätzigen Blick zu und forderte sie mit einem Nicken auf, ihre Erklärung fortzusetzen. Ranya zog sich die hochgekrempelten Ärmel wieder über die Arme, auf denen sich plötzlich eine Gänsehaut ausgebreitet hatte.

»Wir haben uns kurz unterhalten und dann … dann habe ich mir noch ein bisschen Make-up angeschaut, aber nichts davon gekauft.«

Die dunklen Augenbrauen ihres Mannes zogen sich zusammen, bis sie sich fast in der Mitte trafen. Betont langsam stand er auf, trat von hinten an sie heran und zog sie an sich. Sie spürte seinen warmen Atem an ihrem Ohr.

»Raquel ist wirklich ein schlechter Einfluss für dich. Sie stiehlt dir wichtige Zeit. Wahrscheinlich hast du dir auch das unnütze Zeug angeschaut, weil sie immer so aufgetakelt durch die Gegend stolziert.« Er biss ihr ins Ohrläppchen. »Aber du hast das doch gar nicht nötig. Du bist auch ohne diesen ganzen teuren Scheiß so schön, dass ich dich am liebsten jetzt und hier vernaschen würde.«

Kichernd befreite Ranya sich aus seinem Griff und schob ihn spielerisch von sich. »Ach hör auf, du Charmeur!«

Er schenkte ihr ein Lächeln und nahm seinen Kaffee vom Tisch. Über den Tassenrand hinweg sah er ihr mit seinen braunen Augen beim Auspacken der Tüten zu.

»Jetzt aber mal ehrlich. Vielleicht solltest du dich auf das Wesentliche konzentrieren, statt deine Zeit mit Menschen wie Raquel zu verschwenden. Davon hast du doch nichts«, bemerkte Harris.

Ranya hatte seine Aussage für einen schlechten Scherz gehalten, doch sein ernster, fast bedrohlicher Tonfall ließ sie in der Bewegung innehalten.

»Aber ich mag Raquel. Wir sind schon echt lange befreundet und ich hatte nie das Gefühl, sie könnte schlecht für mich sein.«

Harris' Mundwinkel zuckten belustigt. »Das mag ich an dir. Du bist so schön naiv.«

Mit einem Augenrollen wandte sich Ranya wieder dem Einkauf zu. Sie löste gerade den Knoten eines Plastikbeutels, als Harris sie am Handgelenk packte und zu sich herumdrehte.

»Hey, du tust mir …«

Er versiegelte ihre Lippen mit einem nach abgestandenem Kaffee schmeckenden Kuss. »Bist du auch wirklich sicher, dass du mir die Wahrheit erzählt hast?«, raunte er dicht an ihrer Nase. »Was wäre, wenn ich beobachtet hätte, wie du mit dem Kassierer geflirtet, dein Haar über die Schulter geworfen und ihn angelächelt hast …«

Ranya spürte, wie ihr das Blut aus dem Gesicht wich. War das ein Mann an der Kasse gewesen? *Ja, ich glaube schon.* Aber sie hatte doch nicht mit ihm geflirtet! Er hatte die Produkte auf dem Band gescannt, sie hatte bezahlt und anschließend den Laden verlassen. Oder? *Ich habe mich doch ganz normal verhalten, richtig?*

»Was willst du denn damit sagen? Bist du mir gefolgt?«

Harris schnaubte amüsiert. »Fühlst du dich ertappt?«

Seine Frau blinzelte. In ihrem Kopf überschlugen sich die Gedanken, als sie versuchte, die richtigen Worte zu finden.

»Ich weiß ehrlich gesagt nicht, was genau du von mir willst«, gab sie zu.

Die Augen ihres Mannes waren von einem dunklen Glanz erfüllt.

»Du gehörst zu mir, Ranya. Das darfst du nie vergessen. Aber ich weiß schon, wie du deinen Fehler wieder gutmachen kannst.« Mit diesen Worten zog er sie wieder an sich und dirigierte sie in Richtung Schlafzimmer. In ihr drehte sich alles. Dachte er etwa, diese Eifersuchtsnummer würde sie anmachen? Oder wollte er die Diskussion durch Sex beenden? Sie stemmte die Füße in den Boden und drehte sich zu ihm um. In seinen Augen kämpften Verlangen und Wut um die Vorherrschaft.

»Willst du dich wehren?«, fragte er und sein Griff wurde fester.

Ranya versuchte, Distanz zu gewinnen, doch seine durchtrainierten Arme hielten sie an ihn gepresst. Mit großen Augen sah sie ihn an. Das war nicht der Mann, den sie liebte.

»Wehren? Es reicht doch, wenn ich nein sage. Oder?«
In ihrer Stimme schwang die Herausforderung mit. Die Herausforderung, die richtige Antwort zu geben. Das verstand Harris nur zu gut.

»Klar reicht das. Irgendwann kommt dieser Punkt in langen Beziehungen. Bald ist es dann soweit und ich hole mir im Bad einen runter, weil du mich nicht mehr ranlässt. Ich dachte zwar, mit dir würde es nie so werden, aber so kann man sich wohl täuschen.« Resigniert zuckte er mit den Schultern und wandte den Blick ab. Etwas tief in Ranyas Innerem rebellierte gegen die aufsteigenden Schuldgefühle, doch sie schob den Widerstand beiseite und umfasste Harris' Gesicht mit beiden Händen.

»Ach Schatz, so war das doch gar nicht gemeint. Du musst doch jetzt nicht denken, dass wir in einer langweiligen Ehe versinken.«

Er zog ihre Hände von seinen stoppeligen Wangen und schüttelte den Kopf. »Ist in Ordnung. Ich finde schon eine Lösung für mich.«

Verzweiflung machte sich in Ranyas Bauch breit. Harris hatte immer wieder betont, wie wichtig Sex für ihn in einer Beziehung war und dass es schlimm wäre, sich selbst um seine Bedürfnisse kümmern zu müssen. Sie griff nach seiner Hand, überrollt von ihren Schuldgefühlen.

»Nein, bitte nicht! Komm mit, wir tun es einfach!«

Seine Augen blitzten. Er legte seine großen Hände auf ihre Hüften, ließ seine Finger in ihren Hosenbund gleiten und zog ihr Hose und Unterwäsche mit einem kräftigen Ruck vom Leib. Obwohl er sie schon oft nackt gesehen hatte, fühlte sie sich plötzlich entblößt. Doch nicht auf eine aufregende, angenehme Art und Weise. Fast war sie versucht, sich mit den Händen zu bedecken. Doch sie war sich sicher, das würde Harris wütend machen. Mit einem gierigen Knurren zog er sie an sich, umfasste ihren Hintern und griff so hart zu, dass es weh tat. Die blauen Flecken am nächsten Tag waren so sicher wie das Amen in der Kirche. Zielstrebig schob er sie ins Schlafzimmer, zog ihr auch den Pullover aus und stieß sie unsanft aufs Bett. Normalerweise hatte sie nichts gegen ein bisschen Feuer und Härte im Bett, doch das hier fühlte sich anders an. Es fühlte sich besitzergreifend, schonungslos und distanziert an. Als wären sie gar nicht Mann und Frau, sondern nur ein namenloser Frustfick. Auf die Ellenbogen gestützt, rutschte sie ein Stück nach hinten, weg von ihm. Doch er schien das als Provokation aufzufassen, packte sie an den Fußgelenken und zog sie wieder mittig aufs Bett.

»Hiergeblieben. Du willst doch nichts verpassen.« Schwer atmend kroch er auf das Bett und über sie. Sein verzerrtes Gesicht wirkte wie eine groteske Maske aus Lust und Wut. *Warum denn Wut? Ich erfülle ihm doch seinen Wunsch.* Harris drückte seine Lippen fest auf ihre und zwang sie damit, ihren Kopf auf dem Kissen abzulegen. Mit seinen ungepflegten Fingernägeln fuhr er über ihre Haut, hinterließ Kratzspuren an ihrem Hals, ihren Brüsten und ihrer Hüfte. Als seine Hand zwischen ihre Beine wanderte, presste sie sie zusammen und spürte ihren ganzen Körper wie Eis erstarren. Er hielt inne, drückte seine Hand auf ihren Venushügel und sah ihr ins Gesicht.

»Das ist aber nicht gerade kooperativ.«

Ranya schloss die Augen. *Wenn ich jetzt mitmache, verzeiht er mir und ist bestimmt netter zu mir.* Widerwillig öffnete sie ihre Beine für ihn. »Pass nur bitte auf, dass es nicht weh tut.«

Er zischte abfällig, ließ seine Finger in ihre Mitte gleiten und stieß einen Finger hart in sie. Sofort spürte Ranya das Kratzen seines Nagels und stöhnte vor Schmerz auf. Harris knurrte zufrieden und bewegte seinen Finger in ihr vor und zurück. Eine Schmerzwelle jagte die nächste und drohte, Ranya zu überrollen. Sie ließ ihren Kopf in den Nacken sinken, kniff die Augen zusammen und versuchte, sich die Qual nicht anmerken zu lassen. Ihr Atem ging flach und stockend, in der Hoffnung, den Schmerz betäuben zu können und sich zu beruhigen. Zusätzlich zu dem brennenden Kratzen seines Nagels war sie trocken wie die Sahara. Es fühlte sich an, als hätte Harris seinen Finger mit Sandpapier umwickelt. *Bitte lass es schnell vorbei sein.* Alles fühlte sich falsch an. Dass ihre Beine für ihn geöffnet waren. Dass er ihr so nahe war. Dass er es genoss. Alles in ihr schrie danach, aufzuspringen, zu fliehen und sich seine Berührungen vom Körper zu waschen. Am besten sogar von innen. Doch in ihrem Kopf hörte sie seine enttäuschte Stimme und seine Forderungen nach Intimität. Hoffentlich konnte sie ihn hiermit beschwichtigen. Was war schon ein wenig Schmerz gegen Ruhe vor den Vorwürfen und der Enttäuschung?

Schweißperlen tropften von Harris' Stirn auf ihre eigene und rannen ihre Schläfen hinab. Widerwillig öffnete Ranya die Augen und sah ihren Mann mit nasser Haut über sich. Sein Blick schien durch sie hindurch zu gehen, er wirkte wie im Fieberwahn. Im nächsten Moment fing er sich, sah sie direkt an und zog seinen Finger aus ihr zurück.

»Na, das hat dir gefallen, oder? Bist ganz außer Atem.«

Ranya nickte, nicht fähig, die Lüge auszusprechen. In ihrem Kopf drehte sich alles, doch Harris ließ ihr keine Zeit zur Orientierung. Mit einem ungeduldigen Ächzen griff er unter ihren Rücken, zog sie hoch und rieb seinen Schritt an ihr. Selbst wenn sie feucht gewesen wäre - spätestens jetzt hätte der Stoff seiner Hose alles aufgesaugt. Die harte Beule unter dem Material jagte ihr zum ersten Mal einen unangenehmen Schauder über den Rücken. Ihre Augen brannten und sie war den Tränen gefährlich nahe. Sie schloss die Lider und kämpfte bitterlich dagegen an, dass auch nur eine Träne den Weg über ihr Gesicht fand. Harris stöhnte auf, ließ ihren Körper zurück aufs Bett fallen und stand auf. Er entledigte sich seiner Kleidung, riss sich die Unterhose förmlich vom Körper. Heißes Adrenalin schoss durch Ranyas Adern, als er sich wieder über sie beugte und mit den Fingern rote Striemen auf ihrer Haut hinterließ. Sie wimmerte, als er ihrer Mitte wieder näherkam. Die Andeutung eines zufriedenen Lächelns erschien auf seinem Gesicht. Ohne Vorwarnung stieß er seinen Schwanz in sie hinein. Oder versuchte es zumindest. Durch die fehlende Feuchtigkeit kam er nicht weit. Ranya unterdrückte ein Schluchzen, als er ihre Schenkel weiter auseinander drückte, um sie für ihn zu öffnen.

»Spreiz die Beine, Baby«, flüsterte er mit einem bedrohlichen Unterton. »Mein Schwanz will nicht länger warten.«

Widerwillig entspannte sie die Muskeln in ihren Oberschenkeln und gab dem Druck seiner Hände nach. Zentimeter für Zentimeter schob er sich in sie. So tief, als wollte er ein Teil von ihr werden. Ihr Körper schrie danach, keinen Raum für ihn zu lassen. Ihn auszusperren. Ihn von sich zu stoßen. Doch sie wusste, das würde ihm nicht gefallen. Es wäre ein weiterer Punkt auf seiner Liste ihrer Fehler.

Als er sich keuchend in ihr bewegte, überkam sie eine überwältigende Übelkeit. Sie presste ihre Lippen aufeinander, schloss die Augen und ließ den Kopf mit dem Kissen im Nacken nach hinten sinken. Vielleicht konnte er ihr Gesicht auf diese Weise nicht so gut erkennen. Ranya *versuchte, es zu genießen.* Sich darauf einzulassen. Sie versuchte es wirklich. Wie schon unzählige Male zuvor. Sie waren Mann und Frau, Sex gehörte doch dazu. Oder? Sie verlor den Kampf gegen ihre Tränen und spürte das heiße Nass über ihre Schläfen laufen. Harris fühlte sich an wie ein unangenehmer Fremdkörper in ihr. Früher war es wie eine Verschmelzung ihrer Seelen gewesen - das hier war alles andere als das. Wie besessen stieß er seinen Schwanz in sie. Ohne jegliche Virtuosität. Vor und zurück, wie ein Presslufthammer. Sein Atem beschleunigte, seine Bewegungen wurden von dem Zucken seiner Muskeln begleitet. *Gott sei Dank, er kommt gleich.* Ein lautes Knurren verließ seine Kehle, als er sich in sie ergoss und ihr Becken dabei mit aller Macht an sich presste. Sie blieb still. Kein Stöhnen, kein Ächzen, kein Seufzen. Nur ein weiterer Kampf gegen die Tränen und eine schnelle Bewegung, um die bereits entkommenen wegzuwischen. Harris schien von all dem nichts zu bemerken. Mit vernebeltem Blick sah er hinunter auf die Stelle, an der ihre Körper miteinander verbunden waren. Ein triumphierendes Lächeln zupfte an seinen Mundwinkeln, als er sich mit seinem ganzen Gewicht auf sie herabsinken ließ, wodurch sein Schweiß in jede ihrer Poren kroch. Er zog sich nicht aus ihr zurück. Wortlos blieb er auf ihr liegen, sein Atem ein Decrescendo, das in ihren Ohren widerhallte. Jetzt, da sein Gesicht im Kissen lag und er sie nicht sehen konnte, verlieh sie ihren Emotionen Ausdruck und verzog gequält das Gesicht. Eine Maske aus Ekel und Angst.

Harris kam nicht von ihr herunter, bis sein Schwanz völlig erschlafft war und von selbst aus ihr herausglitt. Ohne seine Frau anzusehen, zog er sich wieder an und ging zurück in die Küche. Ranya atmete tief ein und aus. Ein. Aus. Ein. Aus. Ihr Körper fühlte sich steif und taub an, obwohl es in ihrem Kopf so laut war. Wie eingerostet stand sie auf, zog sich an und ging ins Bad. Dort angekommen, setzte sie sich auf die Toilette und spannte sich an, um seinen Samen aus sich herauszupressen. Sie wollte keinen einzigen Tropfen in sich behalten, wollte jede Spur von ihm loswerden. Als sie fertig war, trat sie vor den Spiegel und riskierte einen Blick auf sich selbst. An ihrem Hals bemerkte sie die ersten roten Kratzer, einige davon blutig. Vorsichtig fuhr sie mit den Fingern über die Striemen und zuckte vor dem Brennen auf ihrer Haut zurück. Einem inneren Trieb folgend, schloss sie die Tür von innen ab, streifte sich die Kleidung vom Körper und ließ heißes Wasser in die Badewanne laufen. Ein weiterer Blick in den Spiegel bestätigte, was sie befürchtet hatte.

Ihr ganzer Körper war von roten Malen übersät. An ihren Hüften konnte sie vereinzelte Stellen ausmachen, die sich bereits blau färbten. Sie spürte den Schmerz wie einen Steinschlag in der Windschutzscheibe - sich langsam Bahn brechend, doch noch wollte ihr Kopf das ganze Ausmaß nicht begreifen. Sie schlang die Arme um sich, fühlte sich jedoch kein bisschen sicherer.

Ein lautes Klopfen an der Tür ließ sie zusammenzucken.

»Was machst du denn da drin? Warum schließt du ab?«

»Ich will nur baden«, erwiderte sie.

»Dafür muss man doch nicht abschließen«, schnaubte Harris auf der anderen Seite. Seine Schritte entfernten sich von der Tür.

Erleichtert atmete Ranya auf. Der Schlüssel im Schloss gab ihr ein wenig Sicherheit. So wusste sie, dass sie sich nicht direkt mit ihrem Mann auseinandersetzen musste. Zumindest vorerst. Seufzend ließ sie sich in die dampfende Badewanne sinken, die beinahe schmerzhafte Hitze genießend. Die Kratzer auf ihrer Haut brannten wie Feuer, doch das Wasser fühlte sich reinigend an. Ohne zu zögern, griff sie sich einen Schwamm und begann, ihren ganzen Körper abzuschrubben. Erst sanft, dann immer fester. Sie fühlte sich so schmutzig wie noch nie. *Nein, nicht nur schmutzig. Beschmutzt.* Der heiße Dampf machte sie müde und ihre Glieder schlapp. Doch sie rieb weiter mit dem Schwamm über ihre Haut, als würde ihr Leben davon abhängen.

»Wie weit bist du, mein Schatz?«, schallte Harris' Stimme aus dem Flur.

»Gleich fertig!«, rief Ranya zurück und zog sich hastig eine Bluse über den Kopf. Mit schnellen Schritten verließ sie das Schlafzimmer, griff sich Jacke und Schuhe, dann trat sie gemeinsam mit ihrem Mann vor die Tür. Sein Blick wanderte an ihr herab und ein Lächeln umspielte seine Lippen.

»Du siehst wunderschön aus. Was habe ich für ein Glück!«

Sie erwiderte sein Lächeln. Harris war noch nie der Typ für verbale Entschuldigungen gewesen, doch er hatte ihr versprochen, heute mit ihr essen zu gehen. Das war seine Art, ihr zu zeigen, dass es ihm leidtat. Daran glaubte sie fest. Im Grunde war er ein guter Mensch. Die ganzen zwei Jahre ihrer Beziehung über war er immer zuvorkommend gewesen, hatte sich um sie gekümmert und sie spüren lassen, wie wichtig sie ihm war. So, wie er sich jetzt verhielt, schien ihm bewusst zu sein, dass er gestern zu weit gegangen war.

Lächelnd hakte Ranya sich bei ihm unter und sie machten sich auf den Weg zum Auto. Harris ging um den alten Kleinwagen herum und öffnete die Beifahrertür für sie.

»Oh, ganz wie früher«, zog sie ihn auf und setzte sich auf den fleckigen Sitz.

»Alles für meine Frau«, erwiderte er mit butterweicher Stimme und ließ sich auf den Fahrersitz fallen. Röte kroch in Ranyas Wangen und sie schnallte sich an.

»Wo genau gehen wir eigentlich essen?«, wollte sie wissen.

Harris legte einen Finger an seine Lippen und lächelte verschwörerisch.

»Das ist eine Überraschung«, raunte er.

Ranya zog die Augenbrauen hoch, gab sich aber mit der Antwort zufrieden. Das Geheimnis um ihr Ziel steigerte die freudige Anspannung in ihr und sie grinste. Anscheinend hatte er etwas wirklich Besonderes im Sinn.

Harris parkte den Wagen in der Stadt, half seiner Frau beim Aussteigen und legte einen Arm um sie.

»Du bist die Beste und hast auch nur das Beste verdient«, erklärte er, begleitet von einem Kuss auf ihren Scheitel. »Ich habe dir nie von ihm erzählt, aber ich habe einen Freund, der sehr wohlhabend ist. Er schuldet mir noch einen Gefallen und hat ein Restaurant exklusiv für uns reserviert. Niemand anderes wird da sein.«

Verblüfft starrte Ranya ihn an. »Wow, habe ich unseren Jahrestag vergessen? Wofür so viel Aufwand?«

Schelmisch grinsend sah Harris seine Frau an. »Reicht es nicht als Anlass, dass ich dich über alles liebe und dir am liebsten die Sterne vom Himmel holen würde?«

Ranya kicherte wie ein Schulmädchen, das bohrende Gefühl tief in ihrem Bauch ignorierend. Wer war dieser Freund, den er nie erwähnt hatte? Etwas fühlte sich nicht richtig an, doch sie wollte diesen Abend genießen.

Sie kamen in einer gemütlich beleuchteten Gasse an. Vor einem Hauseingang standen mehrere flackernde Kerzen und ein Schild. *The Wandering Bride.* Das musste das Restaurant sein. Harris steuerte auf die Tür zu, öffnete sie für seine Frau und legte seine Hand auf ihren unteren Rücken. Ranya wurde von gedimmtem Licht empfangen, das einen einzelnen Tisch beleuchtete. Er war für zwei Personen gedeckt und sah unfassbar edel aus. Mit leuchtenden Augen drehte sie sich zu ihrem Mann um und sah ihn mit offenem Mund an.

»Wow, das ist ja unglaublich! So etwas Edles, Exklusives habe ich noch nie gemacht.« Freudig grinsend ging sie auf den Tisch zu und wollte Platz nehmen, als Harris hinter sie trat, den Stuhl für sie hervorzog und ihr mit ausgestrecktem Arm bedeutete, sich zu setzen. Mit roten Wangen ließ Ranya sich auf den Stuhl sinken, den er anschließend wieder an den Tisch heran schob. Sie fühlte sich wie eine Prinzessin. Ein warmes Lächeln strahlte ihr aus dem Gesicht ihres Mannes entgegen und sie meinte, auf Wolke sieben zu schweben.

»Guten Abend, ich freue mich darauf, Ihnen heute Ihre Wünsche zu erfüllen und dafür zu sorgen, dass Sie einen schönen Abend verbringen können.« Ein Kellner war neben sie getreten und begrüßte sie mit freundlichem Gesichtsausdruck. Er reichte ihnen elegante Karten, mattschwarz eingebunden und mit goldenen Lettern. So überwältigend schön das alles hier auch war, Ranya dachte an das spärlich vorhandene Geld in ihrem Haushalt und blätterte in dem Menü nach Wasser und dem billigsten Gericht, das sie finden konnte. Harris schien ihr konzentrierter Blick aufzufallen.

»Bestell ruhig, was du möchtest. Wie gesagt, ich hatte noch einen Gefallen offen.«

Mit hochgezogenen Augenbrauen sah sie ihn an.

»Der übernimmt das alles? Wie viel Geld hat er bitte?«

Harris zuckte nur vage mit den Schultern. Sie beschloss, sich damit zufrieden zu geben. Ihr Zeigefinger wanderte über die Karte. Schlussendlich entschied sie sich für einen Rotwein und Rindermedaillons. Allein bei der Beschreibung lief ihr das Wasser im Mund zusammen. Der Kellner nahm ihre Bestellung auf und entfernte sich dann. Harris nahm Ranyas Hand und streichelte sanft mit dem Daumen über ihre Finger. Seine Augen strahlten sie an, wie sie es früher immer getan hatten. Voller Bewunderung, Wärme und Liebe. Nichts an ihm sah mehr nach dem Mann aus, der sie beschuldigt hatte, mit dem Kassierer zu flirten.

»Danke, dass du mich hierher mitgenommen hast.« Sie erwiderte seinen leuchtenden Blick. »Fühlt sich total dekadent an«, ergänzte sie lachend.

Er fiel mit ein. So hatte Ranya ihn schon lange nicht mehr erlebt. Er wirkte losgelöst und schien die bisherige Anspannung einfach abzuschütteln. Wann hatten sie zuletzt gemeinsam gelacht?

Als beide ihre Getränke hatten, stießen sie klirrend an.

»Auf meine wundervolle Frau«, raunte Harris und sah ihr dabei tief in die Augen.

Ranya konnte nicht anders, als rot zu werden und den Blick abzuwenden. »Ach, nun übertreib mal nicht.«

»Ich übertreibe nicht. Jeder könnte glücklich sein, eine Frau wie dich zu haben. Aber nicht genau dich, du gehörst mir.« Ein süffisantes Lächeln schmückte sein Gesicht.

Sie nippte an ihrem Wein und sah ihn über den Rand des Glases an, ohne etwas zu erwidern. In ihren Augen schimmerte ein eigentümlicher Glanz.

»Bitte sehr, Ihr Essen«, unterbrach der Kellner den Moment und stellte vorsichtig die Teller vor ihnen ab. Die Gerichte waren wunderschön angerichtet, mit kunstvoll geschnittenen Zutaten auf ansprechendem Porzellan. Ranya atmete den aufsteigenden Duft des saftigen Fleischs und des gedünsteten Gemüses tief ein. Als sie den ersten Bissen nahm, verdrehte sie genießerisch die Augen und ein leises Stöhnen entschlüpfte ihrer Kehle. *Himmlisch.* Harris kaute sein Steak mit geschlossenen Augen und schien ebenso sehr zu genießen.

Während des Essens wechselten sie kaum ein Wort, so vertieft waren sie in den reichen Geschmack der Gerichte. Der Kellner schien in den Schatten gewartet zu haben und kam pünktlich zum Ablegen des Bestecks zurück an ihren Tisch. Er räumte das Geschirr ab und fragte nach weiteren Wünschen. Ranya warf einen kurzen Blick auf ihr mittlerweile leeres Weinglas.

»Noch einen Wein für die Dame, nehme ich an«, sagte Harris an den Kellner gewandt und zwinkerte seiner Frau zu.

Sie nickte zurückhaltend.

»Sehr wohl.« Der Kellner entfernte sich wieder.

Kaum hatte er den Raum verlassen, hörte Ranya eine andere Stimme von der Eingangstür herüberschallen.

»Harris! Wie schön zu sehen, dass du deine Frau verwöhnst.«

Sie wandte sich um und sah einen untersetzten Mann in der Tür stehen. Er steckte in einem teuer aussehenden Anzug, an seinem Handgelenk glänzte eine Rolex im Kerzenschein. Mit selbstsicheren Schritten kam er an den Tisch und reichte Ranya die Hand. Immer noch überrascht, streckte sie ihm ihre eigene höflich entgegen. Er führte sie an seine feuchten Lippen und drückte einen Kuss auf die dünne Haut ihres Handrückens. Ein Knoten formte sich in ihren Eingeweiden und sie hätte ihm die Hand am liebsten wieder entzogen, doch ihr Anstand hielt sie davon ab. Harris stand von seinem gepolsterten Stuhl auf, schlug mit dem Mann ein und klopfte ihm freundschaftlich auf den Rücken.

»Michael! Wie nett, dass du vorbeikommst. Willst du dich zu uns setzen?«

Ranyas Atem stockte. Bisher war alles so romantisch gewesen. Jetzt sollte ein ihr fremder Mann dazukommen und bei ihnen sitzen? Zu ihrem Unbehagen nahm der Anzugträger das Angebot an und klatschte in die Hände. Sofort erschien der Kellner.

»Wir brauchen noch einen Stuhl, mein Junge.«

»Natürlich.« Mit einer leichten Verbeugung stellte er erst Ranyas neues Weinglas vor ihr ab und verschwand, um kurz darauf mit einem einzelnen Stuhl wieder aufzutauchen. Schnaufend nahm Harris' Bekannter an der Seite des Tisches Platz und saß so zwischen ihnen.

»Willst du uns nicht vorstellen, Harris?«, fragte er.

Harris schien wie elektrisiert. Er schlug die Hände auf die Oberschenkel und in seinen Blick trat ein Leuchten.

»Doch, natürlich! Ranya, das ist Michael Spear, ein …
alter Freund von mir. Michael, das ist meine Frau Ranya.«

Michael beäugte Ranya von der Seite. Seine Augen
schienen wachsam. »Ich habe schon viel von Ihnen gehört. Was Harris über Ihre Schönheit berichtet hat,
stimmt.«

Unangenehm berührt umklammerte Ranya ihr Weinglas. »Vielen Dank«, erwiderte sie höflich und senkte den
Blick.

»War es letztens sehr voll im Supermarkt? Ich gehe ja
nicht mehr selbst einkaufen, aber meine Haushälterin
könnte vielleicht Tipps für die beste Einkaufszeit gebrau-
chen.«

Ranyas Augen weiteten sich. Michaels Stimme war ruhig, doch seine Worte kitzelten ihren Fluchtreflex. Langsam wanderten ihre Augen hinüber zu Harris, der mit
leicht angehobenen Mundwinkeln in sein eigenes Glas sah
und ihren Blick mied. Sie sah zurück zu Michael, der sie
anlächelte. Auch Schlangen konnten aussehen, als würden
sie lächeln. Und sie hatte das Gefühl, hier neben einer zu
sitzen. Ihre Muskeln spannten sich an, ihr Puls beschleunigte sich.

»Ich fürchte, ich verstehe nicht ganz«, antwortete sie
blinzelnd.

Michaels leises Lachen jagte ihr einen kalten Schauer
über den Rücken. »Sie waren doch letztens im Supermarkt. Wo Sie ein wenig mit Ihren vielfältig vorhandenen
Reizen gespielt haben.« Sein Blick traf Ranya wie ein Gift-
pfeil und sie hielt den Atem an.

»Ja, Baby, untreues Verhalten spricht sich herum. Michael gehört zufällig die Firma, die die Überwachungskameras herstellt, die in dem Supermarkt verwendet werden. Überhaupt werden sie fast überall genutzt. Michaels Unternehmen ist Marktführer«, erklärte Harris.

Ranya wurde schwindelig. Ihre Sicht verschwamm und sie hatte das Gefühl, sich am Tisch festhalten zu müssen, um nicht vom Stuhl zu fallen. Ihre Fingernägel krallten sich in dem dunklen Holz fest und hinterließen feine, halbmondförmige Spuren.

»Ich … ich …«, stammelte sie, unfähig, die Lüge über ihr Verhalten aufzuklären. Spionierte Harris sie mithilfe eines wohlhabenden Freundes aus? *Das kann doch nicht wahr sein.*

Michael beugte sich zu ihr herüber. Sein ekelhaft herbes Parfüm vernebelte ihren Geruchssinn.

»Ich nehme an, Harris hat Sie schon angemessen bestraft. Er fackelt nicht lange, das schätze ich so an ihm«, flüsterte er ihr zu.

Ranya wollte sich am liebsten übergeben. Eine Welle von Übelkeit rollte über sie hinweg und drohte, sie mit sich zu reißen.

»Entschuldigung, ich muss kurz zur Toilette«, brachte sie hervor. Sie stand auf und machte sich mit wackligen Schritten auf zu dem kleinen Gang, der zu den Toiletten führte. In der Damentoilette angekommen, stützte sie sich auf dem Waschbecken ab und sog mit einigen tiefen Atemzügen gierig Luft in sich auf. Dann stellte sie den Wasserhahn an und ließ so lange kühles Nass über ihre Handgelenke laufen, bis sich ihr Herzschlag langsam beruhigte. Was sollte sie tun? Am liebsten wollte sie Harris bitten, zu gehen. Doch das fühlte sich nicht richtig an. Immerhin hatten sie auf Michaels Kosten gegessen und getrunken. Ihr Bauch sagte ihr, dass er sich nicht scheute, seine Macht auszunutzen. Dass er sich nicht scheute, anderen Menschen gefährlich zu werden. Sie starrte ihr Spiegelbild an. Weit aufgerissene Augen, kein Hauch von Farbe im Gesicht. Sie war leichenblass. Ihre rasenden Gedanken spiegelten sich in ihren haselnussbraunen Iriden. *Übertreibe ich vielleicht? Erlauben sich die beiden einfach nur einen schlechten Scherz? Ich kann nicht ewig hier drin bleiben.* Sie atmete noch einmal tief durch und trat dann wieder hinaus auf den Gang. Jeder ihrer Schritte auf den Tisch zu, wurde von den beiden Männern beobachtet.

»Ah, Sie sind wieder da, wie schön. Wir haben gerade über Sie gesprochen.« Michael klang lächerlich unbeschwert.

Ranya antwortete nicht und setzte ein hölzernes Lächeln auf.

»Michael möchte uns einmal zu Hause besuchen kommen und ganz privat mit uns zu Abend essen«, erklärte Harris.

»Ach, bei uns zu Hause würde es Ihrem Geschmack wohl nicht ganz zusagen. Wir sind einfache Leute und unsere Wohnung ist dementsprechend … unspektakulär«, versuchte Ranya den Vorschlag abzuwehren. Doch Michael lachte nur und beugte sich wieder zu ihr.

»Das wäre doch toll, um einander besser kennenzulernen. Und ich habe nichts dagegen, wenn es etwas …«

Er unterbrach sich und zwinkerte ihr zu »schmutzig ist. Schließlich haben Sie ja keine Haushälterin.«

Ranya rann es eiskalt den Rücken hinunter. Am liebsten wäre sie aufgesprungen und hätte fluchtartig den Raum verlassen. Doch die Angst lähmte sie. Nicht einmal die Option, in die Arme ihres Mannes zu fliehen, fühlte sich sicher an.

Harris tigerte ungeduldig durch die Küche.

»Michael kommt am Samstag her, warum ist das so ein Problem für dich?«

Verständnislos starrte Ranya ihn an und warf in einer verzweifelten Geste die Arme in die Luft. »Das habe ich dir schon erklärt! Er macht mir Angst. Und ich finde es unfassbar, dass er dir geholfen hat, mir nachzuspionieren.«

Harris lachte auf und schüttelte den Kopf wie ein Lehrer, der eine falsche Antwort auf eine leichte Frage bekommen hatte. »Was bleibt mir denn anderes übrig, als dich zu überwachen? Wenn du dich so verhältst, muss ich sichergehen, dass du mich nicht betrügst. Und dafür nutze ich alle mir zur Verfügung stehenden Möglichkeiten.«

Ranya ließ die Arme sinken. Das konnte doch nicht wirklich sein Ernst sein.

»Das ist völlig übertrieben! Ich habe nicht einmal darauf geachtet, ob da ein Mann an der Kasse sitzt. Du unterstellst mir Dinge, die ich nie getan habe.«

»Ranya, mein liebster Schatz. Selbst wenn du es unbewusst machst – du weißt doch, dass Männer Triebe haben.«

Wenn du sie dann nett anlächelst und ein bisschen mit dem Arsch wackelst, ist das wie eine Einladung.«

Fassungslosigkeit fror Ranyas Zunge ein. Sie wollte so vieles dazu sagen, am liebsten alles auf einmal. Doch kein Wort verließ ihre Lippen.

Ranya hatte den ganzen Tag in der Küche gestanden und gekocht. Harris hatte ihr gut zugeredet, dass Michael ihr Essen schon mögen würde, wenn sie sich nur genug Mühe gab. Mittlerweile machte ihr nicht mehr nur der Mann mit der Rolex Angst, sondern auch die Präsenz ihres eigenen Mannes, die sich zunehmend wie Stacheldraht um ihren Hals anfühlte. Sie hatte den Eindruck, wie auf Eierschalen zu laufen, um ihn nicht zu provozieren und seine dunkle Seite ans Licht zu rufen. Also stand sie stundenlang am Herd und kümmerte sich klaglos um das reichhaltige Abendessen für den verhassten Gast.

Als es klingelte, zuckte sie zusammen. Ein leiser Schrei entrang sich ihrer Kehle. Auf dem Weg zur Tür versetzte Harris ihr einen Klaps auf den Hintern. Sie hörte, wie er Michael überschwänglich begrüßte und sofort wurde ihr schlecht. *Das wird bestimmt ein ganz wundervolles Abendessen.*

Klirrend legte Michael sein Besteck auf dem leeren Teller ab und tupfte sich mit der Serviette den Mund ab. »Das Essen war wirklich toll, Ranya. Da muss ich Ihnen ein Kompliment machen!«

»Danke«, erwiderte sie leise und machte sich daran, die Teller abzuräumen.

»Aber Harris … es sollte doch auch noch einen süßen Nachtisch geben, richtig?«, hörte sie Michaels verschwörerische Stimme hinter sich erklingen.

Harris lachte leise und stand auf. Er trat von hinten an Ranya heran und drückte sie an sich. Sein Atem strich warm über ihr Ohr und seine Hand legte sich auf ihren Bauch.

»Baby, du bist das Süßeste, das diese Wohnung zu bieten hat. Meinst du nicht, wir sollten Michael nur das Beste vorsetzen?«

Ihre Augen weiteten sich ungläubig und sie drehte sich abrupt um. Im Blick ihres Mannes suchte sie nach einem sarkastischen Blitzen, doch alles, was sie in ihnen fand, war Hunger.

»Meinst du damit das, was ich denke?«, fragte sie mit zittriger Stimme.

Ein Lächeln zupfte an seinen Lippen. »Aber natürlich, mein Schatz.«

Wie ein aufgescheuchtes Reh wand sie sich aus seiner Umarmung und brachte einige Schritte Distanz zwischen sich und ihren Mann. Und den Fremden am Tisch. Dieser sah zwischen Harris und Ranya hin und her, offensichtlich belustigt.

»Was denn, Harris? Hast du deine Stute nicht im Griff?«

Stute?! Langsam rückwärts gehend steuerte Ranya den Flur an. Wenn sie schnell genug wäre, könnte sie sich Jacke und Schuhe schnappen und durch die Wohnungstür entkommen. Ihre jetzige Kleidung wäre nicht geeignet, um länger draußen zu bleiben. Harris schien zu begreifen, was sie vorhatte. Hals über Kopf drehte sie sich um, sprintete zur Garderobe und griff nach ihrer Jacke. Doch der Henkel am Kragen war am Haken verdreht und ließ sich nicht so leicht lösen. Fluchend riss Ranya daran, doch da stand ihr Mann schon neben ihr. Sein Gesicht war zu einer beängstigenden Grimasse verzogen. So hatte sie ihn noch nie erlebt.

»Du bleibst hier, Schlampe! Du bist doch diejenige, die sich über andere Schwänze freut!«

Von seinen Worten wie von einer Kugel getroffen, zuckte Ranya zusammen und stolperte. Sofort schoss sein Arm nach vorn, fing sie auf und zog sie schmerzhaft an seinen Körper. Sie schrie auf, doch sie konnte ihre Bewegungen nicht kontrollieren. Als hätte sie in ihrem eigenen Körper keine Macht mehr. Ihr Mann zog sie in Richtung des Schlafzimmers und aus der Küche hörte sie, wie ein Stuhl geschoben wurde. Michael musste ebenfalls aufgestanden sein. Ein widerlich kribbelnder Schauder lief ihr den Rücken hinab und sie schüttelte sich. Endlich bekam sie die Kontrolle über ihre Gliedmaßen zurück, fing an zu strampeln und zog an Harris' Arm. Doch er hob sie hoch und hielt sie mit eisernem Griff fest. Ihre verzweifelten Schreie kratzten an ihrer Kehle, machten sie wund.

»Sei still! Glaub mir, du willst nicht, dass die Nachbarn hier klingeln!«, knurrte Harris.

Heiße Tränen rannen ihre Wangen herunter. Als sie Michael hinter sich schnaufen hörte, wollte sie sich am liebsten in Luft auflösen. Ein jaulender Klagelaut verließ

ihre Lippen und sie schlug mit den Fäusten auf Harris'
Körper ein. Mittlerweile hatten sie das Schlafzimmer erreicht und er warf sie ächzend aufs Bett.

»Wenn sie sich wehren, macht es sogar noch mehr
Spaß.« Michaels Stimme bahnte sich ekelhaft vor Erre-
gung triefend den Weg in Ranyas Ohren und sie begann
unkontrolliert zu schluchzen.

»Nein, bitte! Harris, tu mir das bitte nicht an!« Ihre
Stimme versagte und sie musste würgen,um gegen den
Kloß in ihrem Hals anzukämpfen.

Ihr Mann sah sie kalt an. »Es gibt Dinge, die wichtiger
sind als du, Baby.« Seine Stimme glich einer leisen Drohung, die ihr Innerstes zutiefst erschütterte. »Und jetzt sei
ein braves Mädchen und serviere uns den Nachtisch.«

»Komm doch mal zu mir. Du kannst mir beim Baden Gesellschaft leisten.«

Mittlerweile löste die Stimme ihres Mannes nur noch
Abscheu in Ranya aus. Seltsam, wie so viel Liebe so
schnell verfliegen konnte. Mit steifen Schritten bewegte
sie sich in Richtung Badezimmer. Die Tür stand einen
Spaltbreit offen und so konnte sie einen Blick auf ihren
nackten Mann in der Badewanne erhaschen. Er lag ent-
spannt im Wasser, Schaum türmte sich auf der Oberfläche. Sie drückte die Tür vollständig auf und setzte sich auf
den Wäschekorb neben der Wanne.

»Da ist ja meine Frau.«

Sie schwieg. Es gab nichts mehr, was sie ihm sagen wollte. Skeptisch hob er eine Augenbraue.

»Du sieht ja aus, als würdest du die Scheidung wollen«, stellte er lachend fest.

»Vielleicht will ich das ja.«

Sein Lächeln gefror. Dann trat ein dunkler Glanz in seine Augen.

»Du weißt, dass du mir gehörst. Für immer und ewig. Bis dass der Tod uns scheidet. So leicht wirst du mich nicht los. Du vergisst, dass ich mächtige Freunde habe, die dich überall finden.«

Sie schluckte bei dem Gedanken daran, dass er die Möglichkeiten hatte, sie aufzuspüren, wo auch immer sie war. Seine Provokation entzündete eine kleine Flamme in ihr, die sich von all seinen Drohungen, falschen Versprechen und Misshandlungen ernährte. Noch war sie nur ein kleines Licht, doch in ihrer flackernden Wut gab sie ihr ein leises Gefühl von Macht.

»Ich weiß«, erwiderte sie mit gedämpfter Stimme. Blendender Zorn machte sich in ihrem Inneren breit. Warum durfte er so mit ihr reden? Warum war er in dieser übergeordneten Position? Mit welchem Recht?! Als Harris seinen tropfenden Arm ausstreckte, sah er sie väterlich an.

»Na komm schon. Ich möchte doch so gern ein wenig Gesellschaft haben.« Sein Blick glitt zu ihren Brüsten und seine Zunge fuhr über seine Unterlippe.

Mechanisch setzte Ranya sich in Bewegung und ging auf die Badewanne zu.

»Zieh dich aus«, befahl ihr Mann. Wie in Trance streifte

sie sich die Kleidung bis auf die Unterwäsche vom Körper. Sie zeigte ihm nichts von der Flamme, die in ihrem Inneren immer weiter wuchs, um sich griff und drohte, sich in ein regelrechtes Fegefeuer zu verwandeln. Gierig griff Harris nach ihrem Oberschenkel, zog ihn zu sich heran und dirigierte sie in die Wanne, bis sie rittlings auf ihm saß. Vom Wasserhahn tropfte kaltes Wasser, jeder Tropfen auf ihrer Haut ein Weckruf. Harris streckte eine Hand aus, umfasste Ranyas Gesicht, drückte es schmerzhaft zusammen und zog sie dicht an sein eigenes.

»Sag, mein Schatz, liebst du mich?« In seiner Stimme triefte pures Gift. Sie ließ ihn warten, sein triumphierendes Lächeln mit jeder Pore aufsaugend. Ein endlos scheinender Moment verging, in dem Ranya ihn wortlos aus glasigen Augen ansah. Dann endlich – *endlich* – brach das Feuer aus ihr heraus, verschlang ihre ganze Präsenz und flutete den leeren Raum zwischen ihnen mit sengender Hitze. Sie ließ eine Hand an seinen Kiefer wandern, strich sanft darüber. Ihre Mundwinkel verzogen sich zu einem bittersüßen Lächeln.

»Nein«, flüsterte sie und ihre Hand schnellte an seinen Hals, spannte sich an und drückte ihn unter Wasser. Er strampelte unter ihr, kämpfte gegen sie an. Doch sie hatte ihn kalt erwischt und damit die Überraschung auf ihrer Seite. Mit beiden Händen hielt sie seinen Kopf unter der Wasseroberfläche. Seine Beine zappelten ziellos umher, suchten verzweifelt nach Halt. Doch seine Hände fanden ein Ziel, zogen sie an den Haaren nach hinten und zwangen sie, ihren Griff zu lösen. Japsend kam Harris an die Oberfläche und rang nach Luft. Er brauchte nicht lange, um sie zu packen, zu schütteln und mit vor Hass glühenden Augen anzusehen.

»Ist das dein Ernst, du Hure?! Du willst mich umbringen?« Er schnaubte. »Bitte, das kannst du haben!«

Den Schmerz durch seinen festen Griff ignorierend, vergrub sie ihre Fingernägel in seiner Kopfhaut, griff zu und schmetterte seinen Kopf gegen den Wasserhahn an der Wand. Er schrie vor Schmerz, sie knurrte vor Anstrengung. Blind vor Wut, Trauer und Verzweiflung, ließ sie sich von seinem Schrei antreiben, spannte ihren ganzen Körper an und schlug seinen Kopf erneut mit aller Kraft gegen den Wasserhahn. Ein ekelerregendes Knirschen erklang, doch sie nahm es kaum wahr.

»Ranya, bitte!«, bettelte Harris, seine Aussprache verwaschen und schwer.

Ranyas Sinne waren nur auf ihre Hände und Arme fokussiert, die sich vom Adrenalin wie aufgepumpt anfühlten. Mit einem Aufschrei zog sie seinen Kopf noch einmal zurück , um ihn dann ein weiteres Mal gegen den Wasserhahn zu rammen. Sein Schädel knackte und Harris' Wimmern erfüllte den Raum. Ein roter Schleier legte sich über Ranyas Wahrnehmung. Blind und taub vor Wut machte sie weiter. Weiter. Weiter.

Dong. Knack. Dong. Knack.

Als die Geräusche dumpfer wurden und in einem widerlichen Schmatzen endeten, glitten ihr seine Haare aus den Fingern und sein Kopf fiel ungebremst nach hinten. Schwer atmend ließ Ranya ihre Hände sinken. Ihre Brust hob und senkte sich in einem verzweifelten Takt. Als ihre

Sicht klarer wurde, sah sie herunter. Erst auf ihre rot gefärbten Hände. Dann auf Harris' Kopf. Oder das, was noch von ihm übrig war. Im blutroten Wasser trieben ausgerissene Haare, Knochensplitter und Hirnmasse. Die Augen ihres Mannes blickten weit aufgerissen ins Leere. Jegliches Leben war aus ihnen gewichen.

Ranyas Körper krampfte und sie übergab sich auf das, was von ihrem Mann übrig war. Gleichzeitig stiegen ihr heiße Tränen in die Augen.

»Harris?«, fragte sie vorsichtig. Fast rechnete sie damit, eine Antwort zu erhalten, doch ihr Mann blieb stumm. Natürlich. *Was habe ich getan? Was habe ich getan? Was. Habe. Ich. Getan?*

Ächzend übergab sie sich ein zweites Mal und sank kraftlos in sich zusammen. Tränen strömten über ihre erhitzten Wangen und nasse Strähnen klebten in ihrem Gesicht. Auf zittrigen Beinen erhob sie sich und klammerte sich am Rand der Badewanne fest. Als sie ihre Füße auf die weißen Fliesen setzte, formte sich ein kleines rotes Rinnsal in den Fugen. Ranyas stoßartige Atemzüge erschütterten ihren ganzen Körper und kaum stand sie aufrecht, gaben ihre Beine nach. Sie fiel, rollte sich auf dem Boden zusammen und wagte nicht, den Blick noch einmal auf die Badewanne zu richten. Die letzten Reste ihres Deliriums verschwanden und die klaren Gedanken schüttelten sie nur noch heftiger.

In diesem Raum lag die Leiche ihres Mannes. Brutal zugerichtet durch ihre eigene Hand. Sie war erschüttert, zu so etwas fähig zu sein. War das wirklich *sie* gewesen? Im Nachhinein fühlte es sich an, als hätte sie dem Ganzen lediglich als Beobachterin beigewohnt. Doch von all ihren wirbelnden Gedanken schockierte sie einer mehr als alle anderen. Es tat ihr nicht leid.

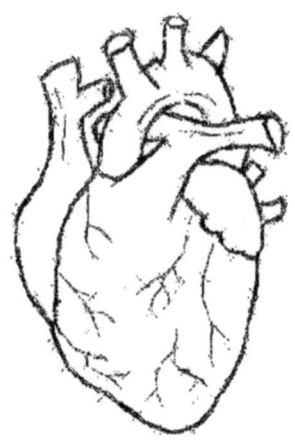

Und warum sollte es auch? Genau dieses Gefühl der bittersüßen Hoffnung wollte ich Ranya schenken. Einen Ausweg – so düster er auch sein mag.

Jetzt liegt es an ihr, was sie daraus macht.

Doch, wenn ich es richtig einschätze, ist es für Ranya bereits zu spät: Wie Säure hat sich der Hoffnungsschimmer durch ihre Moral gefressen und ist nicht mehr aufzuhalten. Und was soll ich sagen: Wenn die Idee einmal eingepflanzt wurde, ist es schwer, ihren Keim zu ersticken, selbst wenn der Albtraum langsam verblasst.

Ich bin mir sicher, dass diese junge Frau den Funken gespürt hat, den ich ihr geschenkt habe. Ein tiefes Verlangen, endlich auszubrechen, für sich selbst einzustehen und sich mit allen Mitteln gegen ihren Peiniger zu wehren. Aus Erfahrung kann ich eine sehr genaue Prognose stellen, was als nächstes passieren wird. Ich bin zwar kein Wahrsager, aber ich habe ihren Seelenwunsch gesehen und ihn aus den Untiefen heraus bis ans Licht gezerrt. Vielleicht wird Ranya nicht sofort handeln, vielleicht wartet sie noch ein Weilchen länger, bis aus dem Wunsch – dem Impuls – ein Plan geworden ist.

Vielleicht wird es nicht im Bad geschehen, sondern in der Küche? Vielleicht wird sie sich auch anderweitig befreien – weniger gewaltsam?

Auf jeden Fall werde ich sie in den nächsten Tagen nicht alleine lassen.

Ich werde ihren Wunsch festigen und ihren Geist auf diese Weise in die richtige Richtung lenken. Ein wenig wie ein Therapeut. Nur dass meine Sitzungen kostenlos und in der Nacht geschehen.

Ihr seht also: Ich bin ein äußerst hilfsbereiter Zeitgenosse.

Teil 5

Love, Asmodei

Nina S. Moineau

Zeit, sagt man, heilt alle Wunden. Doch mancher Schmerz überdauert jedes Zeitalter und lässt sich auch nicht durch die Ewigkeit besänftigen. Ich bin schon alt, auch wenn meine Gestalt kein Alter kennt, so habe ich die Träume der Menschen in etlichen Epochen begleitet und beeinflusst.

Das 19. Jahrhundert war eine Zeit des Umbruchs. Die Menschen entwickelten sich zunehmend weg vom Aberglauben hin zur Wissenschaft, was zu interessanten Lösungsansätzen und Theorien sowie zu einer fast krankhaften Neugierde führte. Alles musste erklärt werden, aber möglichst so, dass es den eigenen Wertvorstellungen entsprach und die eigenen Ansätze rechtfertigen konnte. Das Problem mit dem Wandel ist, dass er nicht überall gleichzeitig eintritt. Es ist ein Prozess zwischen Angst und Verstand, die Änderungen mit sich bringen und mir so eine breite Angriffsfläche bieten.

Vor allem die untere Schicht der Gesellschaft litt sehr unter der Herrschaft ihrer eigenen Furcht. Bewährtes war gut und jede Abweichung unerwünscht, konnte sie doch den Tod bedeuten. Die Oberschicht hingegen, geblendet von ihrer Arroganz und dem Streben nach Perfektionismus, begrüßte einerseits die Wissenschaft, aber konnte sich dennoch nicht vollständig von den alten Ammenmärchen und Aberglauben lösen.

Und so kam es einst zu einer wahrlich sonderbaren Begegnung: Ich beobachtete eine Mutter, die ihre Tochter verabscheute. Der Teufel soll sie verdorben haben, noch bevor sie ihren ersten Atemzug nahm – lächerlich. Eure menschlichen Seelen kommen rein und unschuldig auf die Welt. Ihr selbst seid es, die sie mit euren Taten und Gedanken verderbt. Ich erinnere mich noch gut an meine ersten Worte an sie. "Du bist nicht allein, mein Kind", hauchte ich ihr ins Ohr und strich sanft über die bleichen Wangen. "Ich weiß, was du begehrst und ich kann es dir geben, Asmodei … "

30. November 1864

Asmodei

Die Dienerschaft hastete im Herrenhaus umher, um sicherzustellen, dass alles perfekt war. Der dunkle Holzboden war so poliert, dass sie sich beinahe darin spiegelte. Asmodei liebte den Trubel, das Chaos, den Geruch nach Gebäck und gebratenem Fleisch. Mutter hatte gesagt, sie sollte auf ihrem Zimmer bleiben, bis man sie rief, aber mit ihren neunzehn Jahren war sie sturer und stolzer, als es von ihr erwartet wurde. Niemand würde ihr sagen, wann sie auf ihrem Zimmer zu sein hatte. Mit gerafften Röcken eilte sie die Marmorstufen herunter, den köstlichen Gerüchen hinterher, in der Hoffnung, dass eine der Köchinnen ihr bereits vorab etwas zusteckte. Und mit etwas Glück fand Asmodei aus dem Getratsche der Bediensteten sogar heraus, für wen ihre Eltern so ein Spektakel veranstalteten. Als sie um die nächste Ecke bog, packte sie plötzlich jemand am Arm und zog sie in einen der kleineren Dienstbotengänge. Erschrocken japste sie und wollte um Hilfe schreien, als sie Eloise erkannte.

»Hast du mich erschreckt!« Asmodei zischte durch zusammengebissene Zähne und drückte sich eine Hand an die Brust. Eloise legte einen Finger an die Lippen und sah sich um. Ihre blauen Augen waren weit aufgerissen und mit Schrecken sah Asmodei, dass ihrer Zofe und besten Freundin Tränen in den Augen standen.

»Hast du es nicht gehört?«, fragte sie leise und bohrte ihre Finger fester in Asmodeis Arm.

»Was habe ich nicht gehört?«, raunte Asmodei. Eloise war mit der schwarzen Dienstuniform und der dazugehörigen gebleichten Schürze gekleidet, wie alle weiblichen Bediensteten in ihrem Haus. Ihr blondes Haar trug sie in einem geflochtenen Knoten unter ihrer Haube. Automatisch suchte sie ihre Freundin nach Verletzungen ab. Heute Morgen war noch alles wie immer gewesen. Sie hatte Asmodei geweckt, ihr beim Ankleiden und Frisieren geholfen, sie hatten gelacht und sich ausgemalt, was es heute Abend zu essen geben würde. Was hatte sich seitdem verändert? Der Ausdruck in ihren blauen Augen war so intensiv, dass Asmodei spürte, wie sich ihr Magen verkrampfte. Hier ging es nicht um Eloise. Ihre Freundin war besorgt um Asmodei.

»Was ist los?«

»Deine Eltern. Ich habe sie gehört, als sie über heute Abend geredet haben.« Ihr brach die Stimme und Asmodei bereitete sich auf das Schlimmste vor; schottete sich von ihren Gefühlen ab, um das zu schützen, was in ihr noch nicht zerbrochen war.

»Sag es mir, El.« Eine dunkle Vorahnung breitete sich wie Rauch in ihren Gedanken aus.

Eloise holte zittrig Luft. »Sie haben dich verlobt.«

»Mit wem?« Eloise schluchzte und Asmodei packte sie an beiden Oberarmen, zwang sie, ihren Blick zu erwidern. Ihr Gesicht fühlte sich an wie erstarrt. Eine Maske, wie aus Stein, um ihr Herz zu schützen. Etwas, das ein Mensch nur perfektionierte, wenn er von seinen Eltern nicht geliebt und mit dem Namen eines Dämons gekennzeichnet worden war. Eine Warnung für ihr Umfeld, damit jeder wusste, dass Asmodei die Brut des Teufels war. Unrein. Eine Mörderin. Nur deshalb war sie mit bereits neunzehn Jahren noch nicht verheiratet. Das einzige Geschenk, das ihr das Leben je gemacht hatte. Und doch hatten ihre Eltern jemanden gefunden, dem all das Unglück, das ihr anhaftete, egal zu sein schien. Oder schlimmer: Der davon fasziniert war, was man sich über sie erzählte. Ihr wurde schlecht und sie kämpfte darum, Haltung zu wahren. Eloise biss sich auf die Lippe, als könnte sie so die Antwort in ihrer Kehle einsperren, bevor sie sich einen Weg durch ihre Barriere bahnen konnte. Schließlich gab sie ihre malträtierte Unterlippe und die eingesperrten Worte frei.

»Mit dem Grafen von Brandew Forrest.«

13. September 2024

Tate

Tate strich mit dem Daumen geistesabwesend über die Kante des schweren Papiers, während Bäume und Felder an ihm vorbei zogen. Es war Jahre her, seit er zuletzt von ihr gehört hatte. *Deliah,* hatte sie sich genannt. *Love, Asmodei* stand jetzt als Absender unter der Einladung, die eher einer Drohung gleichkam und keinen Zweifel daran ließ, dass es sich bei Asmodei um seine Deliah handelte. Ein Wochenende sollte er ihr Gast sein. Eine Frau, ebenso mysteriös wie sonderbar, und jetzt kam er nach einem einzigen Brief sofort angelaufen. Sie war aus dem Nichts in seinem Heimatdorf aufgetaucht, hatte sein Leben auf den Kopf gestellt und unendlich viele Fragen hinterlassen. *»Manchmal, wenn wir uns etwas von ganzem Herzen wünschen, wird es wahr. Und manchmal bekommen wir so eine zweite Chance, das Leben zu leben, nachdem wir uns so sehr sehnen«,* hatte sie gesagt, als Tate sie fragte, ob sie ein Engel sei. Kein Engel. Aber sie würde ihm seinen Wunsch erfüllen: Anonymität. Ein Leben außerhalb des Rampenlichts, dass das Leben als Kinderstar mit sich brachte und ihn um.

Über ein Jahrzehnt hatte er nichts von ihr gehört. Bis die Einladung kam. Er wollte Antworten und Beweise, dass Deliah - Asmodei - oder wie auch immer sie sich nennen wollte, real war.

Es war bereits nachmittags. Tate runzelte die Stirn, als die Bäume immer dichter wurden. Wann hatte er zuletzt eine Stadt gesehen? Vor einer Stunde? Er legte den Kopf in den Nacken und schnaubte. Ein einsamer Wald irgendwo im Nirgendwo. Wie viele Filme kannte er, die so begannen? Wenn er in wenigen Stunden tot unter einem der Bäume begraben lag, war das allein seine Schuld. Trotzdem wusste er, dass er ihren Worten immer Folge leisten würde. So wie eine Motte vom Licht angezogen wurde, so wurde er von dem Mysterium, das Asmodei umgab, angelockt. Während er sich mit einer Hand durch die Haare fuhr, griff er mit der anderen nach seinem iPhone. Kein Netz. Weit konnte es nicht mehr sein, sonst wäre er andersherum um die Welt schneller gewesen. Er entsperrte und sperrte das Display wieder und wieder. Nach dem dreiundzwanzigsten Mal - er hatte gezählt - wurde die Straße zunehmend holpriger. Aus der ebenen Landstraße wurde ein Feldweg, der kurz darauf in Kopfsteinpflaster überging. Tate lehnte sich in die Mitte des Taxis, um besser sehen zu können. Der Schotterweg endete vor einem Eisentor, hinter dem eine riesige viktorianische Villa thronte. Das Gebäude sah alt aus und war teilweise so mit Efeu überwuchert, dass die Einlassung der Fenster nicht zu erkennen war. Es sah aus wie in einem Märchen.

Eine Hand glitt durch dunkle Strähnen und braune Augen blickten ihm im Rückspiegel entgegen. Das Tattoo der Katzenaugen auf seinem Hals verzog sich leicht bei jeder seiner Bewegungen. Tate stieß einen Schwall angehaltene Luft aus und wappnete sich für das Treffen mit Asmodei.

30. November 1864

Asmodei

Asmodei hatten Spiegel schon immer fasziniert. Sie hatte keine Geschwister und war als Kind oft allein in ihr Zimmer eingesperrt worden, also war sie selbst alles, was sie hatte. Oft hatte sie sich vorgestellt, ihr Spiegelbild sei nicht sie, sondern eine Zwillingsschwester. Jemand, mit dem sie reden konnte und der sie verstand wie niemand anderes. Ein Abbild ihrer selbst, das jede ihrer Bewegungen nachahmte, aber doch nicht sie. Manchmal hatte Asmodei das Gefühl, dass ihr Spiegelbild verzögert reagierte. Selbstständig. Sie nannte sie Amariel.

Als Asmodei elf war, beging sie den Fehler, ihrer Mutter davon zu erzählen.

»Das ist Amariel!«, hatte Asmodei stolz vor dem großen Standspiegel in ihrem Zimmer erklärt. »Sie ist mein Zwilling, deswegen sehen wir gleich aus!«

Ausdruckslos hatte ihre Mutter sie angestarrt und beobachtet, wie ihre Tochter sich vor dem Spiegel drehte. Dann war sie nach vorne gestürzt und Asmodei war erschrocken zur Seite gesprungen. Ihre Mutter hatte den Spiegel zerschlagen und war, mit einer Scherbe so lang wie ihr Unterarm und aufgeschlitzten Händen, auf Asmodei losgegangen. Das Gesicht ihrer Mutter war zu einer wütenden Fratze verzerrt.

»Du hast sie umgebracht! Du hast sie umgebracht! Sie war perfekt, so perfekt!«, hatte sie gekreischt, während Asmodei sich

blitzschnell unter ihrem Bett verkroch, so weit an die Wand mit den bunten Blumen gedrückt, dass kein Erwachsener sie erreichen konnte. Die Hände auf die Ohren gepresst, und mit donnerndem Herzen wartete sie, bis es vorbei war. Bis ihr Vater ihre Mutter an den Haaren aus dem Raum geschleift und die Bediensteten die Scherben aus ihrem Zimmer entsorgt hatten. Sie fand eine letzte unter ihrer Kommode, groß genug, dass sie ihr Gesicht – Amariels Gesicht – betrachten konnte.

Damals hatte sie nicht verstanden, warum ihre Mutter sie nicht liebte oder was sie falsch gemacht hatte. Sie hatte es nicht gewusst. Wie dumm sie gewesen war, es nicht früher zu begreifen. Wie naiv.

Asmodei bekam drei Jahre lang keinen Spiegel zu Gesicht. Ihre Mutter ließ jeden einzelnen im Haus entfernen, selbst den großen im Badezimmer mit dem verschnörkelten Rahmen. Die Scherbe war ihr Geheimnis, ihr Schatz und der Blick in die grauen Augen, die ihren so ähnlich waren, alles, was ihr geblieben war.

Kurz nach ihrem zwölften Geburtstag zog Eloise mit ihrer Mutter als neue Bedienstete ein und plötzlich war Asmodei nicht mehr allein. Ihre neue Zofe verbrachte gerne Zeit mit ihr und Asmodei genoss ihre Gesellschaft und die neue Konstante in ihrem Leben. Solange Eloise für ihre Eltern arbeitete, musste sie nie wieder einsam sein. Niemand würde sie heiraten wollen, dafür hatten ihre Eltern mit ihrer Namenswahl - *Asmodei*, eine Abwandlung von *Asmodeus,* einer dämonischen Schreckgestalt aus zahlreichen Geschichten - gesorgt. Ihre Mutter hatte es ihr oft genug vorgehalten: *Niemand will eine Missgeburt heiraten. Du wirst alt und ohne Nachkommen sterben.*

Für Asmodei hieß das, sie würde für immer hier bleiben, gemeinsam mit ihrer besten Freundin, ohne sich um einen Mann zu scheren, der sie nicht liebte. Mit anderen Worten: ihr persönliches Paradies.

»Nein, nein, nein, nein.« Asmodeis Ohren rauschten und sie spürte ihre Fingerspitzen kribbeln.

Mit dem Grafen von Brandew Forrest. Mit dem Grafen von Brandew Forrest. Mit dem Grafen von Brandew Forrest. Wenn sie vorher nur geahnt hatte, dass ihre Eltern sie nicht liebten, so wusste sie jetzt mit Gewissheit, dass sie sie aus tiefstem Herzen verabscheuten. Asmodei drehte sich von Eloise weg und übergab sich auf den perfekt polierten Fußboden.

13. September 2024

Ava

Das Erste, was Ava ins Auge stach, als sie die Brandew Mansion betrat, war sie selbst. Der Eingangsbereich, der Flur und der Salon, in dem sie jetzt saß, war voll von Spiegeln. Sie hingen zwischen den Gemälden, an jeder Wand in allen Formen und Größen und so sah sie ihren blauen Bob aus jedem Winkel. Die kunstvoll verzierten Rahmen in Gold, Silber und Bronze waren wunderschön und erinnerten sie an die TikToks, die davor gewarnt hatten, Spiegel einander gegenüber aufzuhängen.

Das Zweite, was ihr auffiel, war die andere Frau ihr gegenüber, nachdem der Butler Ava wie ein Paket in dem Raum abgestellt hatte und ohne ein Wort wieder gegangen war. Die Frau war groß, saß auf ihrem Stuhl, als wäre er ihr persönlicher Thron und würdigte Ava keines Blickes. Ihr goldblondes Haar fiel ihr in üppigen Wellen über die Schultern auf einen königsblauen Blazer. Unbehaglich sah Ava sich um und setzte sich schließlich auf einen Stuhl hinter ihr. Das einzige Geräusch, ein Ticken, kam von der hohen Standuhr an der Wand und dem Knarzen des Stuhls, sobald Ava ihr Gewicht minimal verlagerte. Sie kämpfte gegen den Impuls, ihr Handy aus der Tasche zu ziehen und Fotos für ihre Social Media Accounts zu machen. Und der Raum wäre eine tolle Kulisse für ein neues Tanz-Cover. Ava bezweifelte, dass Layl- *Asmodei* etwas dagegen hätte. Immerhin war sie es, der Ava ihre Karriere als Social Media Star verdankte. Und die sie ihr genauso schnell wieder nehmen konnte. Das hatte Asmodei in ihrer Einladung so beiläufig erwähnt, als würde es um Avas Lieblingssong gehen und nicht um ihr Leben. Bis zu diesem Tag war sie sich nicht sicher gewesen, ob die Frau, die ihr ihren Wunsch nach Ruhm gewährt hatte, real war. Nur ein Hirngespinst, um ihr Glück zu erklären, das sie über Nacht berühmt gemacht und ihr ein neues Leben geschenkt hatte.

In einem der Spiegel zupfte sie sich zum hundertsten Mal ihre blaue Perücke zurecht und verkniff sich das überforderte Lachen, das aus ihr herausprudeln wollte. Nach weiteren unerträglichen Sekunden, in denen die andere Frau sich nicht rührte (Ava war sich nicht sicher, ob sie überhaupt blinzelte), räusperte Ava sich schließlich. *Der Klügere gibt nach*, hatte ihre Mutter früher immer gesagt.

»Hey, ich bin Av-« Die große Flügeltür, durch die sie selbst den Raum betreten hatte, flog auf, und der Butler - Roydinant, wenn sie sich richtig erinnerte - betrat den Raum, einen jungen Mann im Schlepptau. Das Paar Katzenaugen auf seinem Hals, zog Avas Aufmerksamkeit sofort auf sich. Ein ungewöhnliches Tattoo, das sie auf Anhieb liebte.

»Herrschaften, wir sind vollständig. Wenn Sie mir bitte in den kleinen Saal folgen würden?« Ava richtete ihre Frisur ein letztes Mal und folgte den drei anderen aus dem Raum.

30. November 1864

Asmodei

Asmodei hatte den Grafen von Brandew Forest ein einziges Mal persönlich getroffen. Er war ein Freund ihres Vaters und sie hatte den Mann mit den schwarzen Augen, buschigen Brauen und der wulstigen Narbe auf der Wange vom ersten Augenblick an gehasst. Damals war sie noch ein Kind gewesen und hatte sich fast den ganzen Abend hinter den Röcken ihrer Mutter versteckt. Als sie älter wurde, hörte sie den Tratsch, den man sich hinter vorgehaltener Hand erzählte. Der Graf war bereits vierfach verwitwet und keine seiner Ehen hielt länger als drei Jahre. Offiziell starben seine Frauen alle bei Unfällen oder an

Krankheiten und es gab niemanden, der das Gegenteil beweisen konnte, denn er war Arzt und wichtiger: wohlhabend und einflussreich. Aber egal, wie klein das Personal und wie groß das Schweigegeld, irgendwer redete immer. Und so gab es Gerüchte über die Schreie, die man nachts hörte, und das Flehen der Frauen, das folgte. Es war ein offenes Geheimnis, wie der Graf seine Frauen behandelte. Sie waren seine Versuchsobjekte. Zumindest wenn man den Gerüchten Glauben schenkte.

Wenig elegant wischte sich Asmodei mit dem Ärmel über den Mund und wandte sich wieder ihrer besten Freundin zu.

»Wir müssen hier weg, Eloise.« Aber noch während sie die Worte aussprach, wusste sie, dass das keine Option war. Es war Winter, die Straßen bitterkalt und sie hatte keinen Ort, an den sie gehen konnte oder Freunde, die ihr helfen würden. Vielleicht, wenn sie mehr Zeit hätte, dann könnte sie sich und Eloise besser auf die Flucht vorbereiten. Vielleicht hätten sie dann eine Chance.

»Und wenn du mit ihnen redest?«, fragte Eloise und sah ihr forschend ins Gesicht. Eloise' Haut war vom Weinen ganz rot und fleckig geworden und ihre blauen Augen stachen noch deutlicher hervor als sonst.

»Mit meinen Eltern?« Asmodei lachte humorlos auf. »Glaubst du wirklich, sie interessieren sich einen Dreck dafür, was mit mir passiert, wenn sie mich an dieses Monster verkaufen?«

Eloise schwieg und ihre Unterlippe zitterte. Asmodei seufzte schwer.

»Ich werde um ein Gespräch bitten.« Die Hoffnung im Blick ihrer besten Freundin schnürte ihr die Kehle zu.

14. September 2024

Cam

Cam wollte vieles, aber am Arsch der Welt mit fremden Menschen in einer viktorianischen Villa rumzuhängen, stand nicht auf ihrer Bucket List. Als die Einladung ankam, unterzeichnet mit *Love, Asmodei*, hatte sie geschnaubt und das schwere Stück Karton inklusive Umschlag in Richtung ihres frisch geleerten Papierkorbs geworfen. Dabei war ein Foto herausgefallen, das sie seit dem Tag, an dem das Bild aufgenommen wurde, nicht mehr gesehen hatte. Es zeigte Cam zusammen mit ihrer Ex-Freundin Raven nach einer Party, kurz bevor diese ebenso schnell aus ihrem Leben verschwunden war, wie sie aufgetaucht war. Ganz allein deshalb hatte Cam die violettfarbene Karte, auf der verschnörkelt das Wort *Einladung* geschrieben stand, aufgehoben und noch einmal aufgeklappt. Diesmal hatte sie sich den Text darin *wirklich* angesehen.

Raven wollte, dass Cam in wenigen Wochen ihr Anwesen besuchen kam und erwähnte nebenbei, dass sie jetzt - oder schon immer - Asmodei hieß. Trotzdem wollte Cam nicht annehmen. Neugierde hin oder her. Ihr Gefühl riet ihr davon ab, der Einladung nachzukommen und Cam vertraute darauf. Stattdessen hatte sie erneut geschnaubt und die Karte schließlich doch weggeworfen. Nur das

Foto hatte sie behalten. Drei Tage später war der Aktienkurs ihres Unternehmens ohne erkennbaren Grund abgestürzt. Eines Unternehmens, dessen Erfolg auf harter Arbeit, einer Nacht mit zu viel Gin, Raven, und dem Wunsch nach Erfolg aufbaute.

Eine Woche später folgte ein Brief und aus der ursprünglichen *Einladung* wurde eine *Aufforderung mit Konsequenzen*, sollte sie nicht erscheinen. Cam war stur, aber nicht dumm genug, die Drohung nicht ernst zu nehmen.

Der Butler hatte sie tiefer in das Anwesen geführt, vorbei an verschnörkelten Tapeten und den Spiegeln, die darüber hingen, zu einer weiteren Flügeltür. Dahinter hörte sie Geigenmusik und leises Gemurmel. Nichts hätte sie auf den Anblick, der sich ihr bot, nachdem Roydinant die Türen aufgestoßen hatte, vorbereiten können.

Asmodei sah noch genauso aus, wie Cam sie in Erinnerung hatte. Sie stand am Ende des Saals auf einem Podest, eine Geige unter das Kinn geklemmt und die Augen geschlossen. Ihr dunkelbraunes, fast schwarzes Haar schimmerte unter dem Licht der Kronleuchter und ein sanftes Lächeln lag auf ihren blutroten Lippen. Sie trug eine weite schwarze Bluse, die über den Ellbogen in fingerlosen Lederhandschuhen verschwand und einen ebenso schwarzen Rock, der von der Taille aus eng bis zu den Knöcheln fiel und von einem Schlitz am Oberschenkel geteilt wurde. Trotzdem schien irgendetwas, das Cam nicht richtig greifen konnte, seltsam.

Außer Cam und den zwei anderen, waren noch etwa vier Dutzend Menschen hier, die Asmodei mit einem

Champagnerglas in der Hand wie gebannt beim Geige-spielen bewunderten. An jeder Ecke des Saals führten kleine Wendeltreppen zu einer Empore, die einmal um den Saal reichte. Keinen der Anwesenden schien es zu in-teressieren, dass jemand den Raum betreten hatte, dabei nahm die Doppeltür gut ein Drittel der Wand ein. Sie fiel hinter ihnen mit einem Klacken ins Schloss und Asmodei ließ zeitgleich den Bogen ein letztes Mal über die Saiten fahren, um ihre Performance zu beenden. Cam blinzelte und straffte die Schultern. Alles in Cam wollte Asmodei packen und sie so lange schütteln, bis sie damit heraus-rückte, was zum Teufel hier los war und was für Spielchen sie trieb. Stattdessen starrte Cam sie wie hypnotisiert an.

Die Menschen, die im Raum verteilt standen, klatsch-ten höflich und Asmodei verbeugte sich mit einem Lä-cheln vor ihrem Publikum. Dann setzte wie von Geister-hand irgendwo klassische Musik ein.

»Was zum Teufel?!«, entwich es dem Mann, der als Letztes zu ihnen gestoßen war, und sprach damit aus, was Cam dachte.

»Was stand auf eurer Einladung, was das hier ist?«, fragte die Frau mit den blauen Haaren auf ihrer anderen Seite. Sie schien jung, wahrscheinlich Anfang zwanzig und sie war einen ganzen Kopf kleiner als Cam.

»Nichts. Nur Ort und Zeit«, erwiderte der Mann und die Frau nickte, die Stirn gerunzelt. Cam warf dem Typen einen Seitenblick zu, der seinen Mund öffnete und dann doch wieder schloss.

Die Blauhaarige schien nichts davon mitzubekommen. »Ich bin übrigens Ava.«

Asmodei legte ihre Geige in den Kasten und wie alles, was sie tat, wirkte es fast schon beängstigend anmutig.

»Ich bin Tate. In meiner Einladung stand nicht mal, dass noch andere Gäste geladen sind.« In Tates Stimme schwang eine Spur der Verbitterung und Wut mit, die Cam selbst jahrelang begleitet hatte.

»Und du bist … ?«, hakte Ava nach, nachdem Cam immer noch kein Wort gesagt hatte.

»Cam«, erwiderte sie knapp, ohne Ava anzusehen. Ihre Aufmerksamkeit lag immer noch auf Asmodei, die den Kopf hob, ihrem Blick begegnete und frech grinste. Cam hob herausfordernd eine Augenbraue. Asmodei drehte sich um, den Geigenkoffer unter einem Arm und bahnte sich einen Weg durch die Grüppchen an Menschen. Bevor sie die Klinke der Tür herunterdrückte, sah Asmodei sie noch mal an. Das reichte Cam als Aufforderung und sie folgte der anderen Frau, ohne ein weiteres Wort zu verlieren. Als sie die Tür erreichte, durch die Asmodei verschwunden war, traf es sie wie ein Blitz. Das war es gewesen, was sie an Asmodeis Anblick gestört hatte. Es war acht Jahre her, seit sie sich zuletzt gesehen hatten. Inzwischen war Cam neunundzwanzig, hatte sich verändert, sowohl innerlich als auch äußerlich. So wie es jeder Mensch tat. Im Gegensatz zu Asmodei, die genauso aussah wie damals und keinen Tag gealtert zu sein schien.

30. November 1864

Asmodei

Schon während Asmodei die Hand hob, um an der Tür ihrer Mutter zu klopfen, fühlte sie, wie Hoffnung und Angst in ihrem Magen wie wilde Hunde um den Sieg rangen. Wie ein Geschwür wucherte erstere durch ihre Nervenbahnen und vergiftete ihre Gedanken. Vielleicht sollte gar nicht *sie* mit dem Grafen verlobt werden, sondern der Graf *hatt*e sich bereits verlobt und ihre Eltern dachten ebenfalls darüber nach, sie zu verloben, aber ohne, dass beides miteinander in Zusammenhang stand. Oder alles, was Eloise erzählt hatte, war wahr. Ihre erhobene Hand war schwitzig und zitterte. Asmodei schluckte, dann trafen ihre Knöchel auf Holz.

»Wer stört?«, erklang die herrische Stimme ihrer Mutter.

»Ich bin es, Mutter.« Für einen Moment dachte sie, ihre Mutter würde sie einfach abweisen. Fast wünschte sie sich genau das.

»Herein.«

Sie schloss die Tür leise hinter sich und lehnte sich mit hinter dem Rücken verschränkten Händen an die Tür, um ihr Zittern zu verbergen. Auf einem Hocker neben dem Kamin saß ihre Mutter erhobenen Hauptes, ein aufgeschlagenes Buch auf dem Schoß.

»Tut mir leid, wenn ich störe. Ich wollte mit Euch über etwas sprechen.«

Ihre Mutter reagierte nicht, also sprach Asmodei weiter, bevor sie es sich anders überlegen konnte.

»Was ist der Anlass für die heutigen Feierlichkeiten? Ich hörte Gerüchte, aber wollte dem Tratsch und Klatsch keinen Glauben schenken.«

Ohne ein Wort zu erwidern, schnaubte ihre Mutter und legte das Buch auf den kleinen Tisch neben sich, erhob sich und ging weiter in den Raum hinein, auf einen dunklen Wandbehang zu.

»Komm her, ich möchte dir eine Geschichte erzählen.« Asmodei blinzelte irritiert, folgte ihr aber ohne Widerworte. Ihre Mutter griff nach einer Kordel, teilte den Vorhang und legte so einen Standspiegel frei, der Asmodei, jetzt, da sie bei ihrer Mutter stand, ganz zeigte.

»Sieh dich an, so hübsch.«

Scheu erwiderte Asmodei den Blick ihrer Mutter im Spiegel, die jetzt hinter sie trat und sie über ihre Schulter hinweg ansah. Sie war so nah, dass Asmodei ihren Atem unangenehm auf ihrer Schulter spürte.

»Asmodei, habe ich dir je erzählt, warum du ausgerechnet diesen Namen trägst? Mein hübsches, hübsches Mädchen, so verdorben.« Sie schnalzte mit der Zunge, als Asmodei kaum merklich den Kopf schüttelte.

»An dem Tag, an dem ich erfuhr, dass ich schwanger war, schien die Sonne. Dein Vater und ich waren so glücklich und wir waren uns sicher, dass es ein gutes Omen war. Mein Bauch schwoll rasch an und es dauerte nicht lang, bis er kaum noch zu verstecken war. Da äußerte der Arzt und Freund deines Vaters das erste Mal seinen Verdacht: Zwillinge.«

Asmodei fühlte sich, als würde die Welt um sie herum kippen.

Zwillinge. Instinktiv wusste sie, dass ihre Mutter die Wahrheit sagte. Sie wollte den Blick abwenden, vor den Worten und deren Bedeutung fliehen, aber ihre Mutter packte ihr Kinn und zwang ihre Aufmerksamkeit zurück auf den Spiegel, während sie ungerührt mit ihrer Erzählung fortfuhr.

»Wir wussten, die Geburt würde hart werden. Für die Babys und für mich, aber wir waren zuversichtlich. Gott hatte uns immerhin gleich zwei Geschenke gemacht. Zwei wunderschöne, perfekte Babys. Meine Engel.« Der Griff ihrer Mutter wurde fester, ihre Fingernägel bohrten sich in die Haut zwischen ihren Kieferknochen. Asmodei stiegen vor Schmerz Tränen in die Augen.

»Dann kam der Tag der Geburt. Es dauerte lang und ich dachte, ich würde es nicht schaffen. Aber da wart ihr. Alle beide. Und ich war so glücklich. Bis ich den Blick des Arztes sah. Bis ich *euch* sah.« Ihr schmerzhafter Griff löste sich und sie strich Asmodei zärtlich eine Strähne aus dem Gesicht. Sie musste sich zwingen, nicht vor der sanften Berührung zurückzuschrecken. Die Hand ihrer Mutter verweilte auf ihrer Wange.

»Du warst gesund und aufgeweckt, hast geschrien, wie es jedes Baby tun sollte. Aber deine Schwester …« Asmodeis Sicht verschwamm.

»Sie war etwas kleiner als du, so wunderschön und so, so still. Tot. Ermordet im Mutterleib. Der Arzt war sich sicher.« Ihre Mutter trat einen Schritt zurück, aber

Asmodei rührte sich nicht, obwohl ihr stumm Tränen über das Gesicht liefen.

»Du hast deine Schwester getötet. Deine Seele war befleckt, noch bevor du geboren wurdest. Du bist kein Geschenk Gottes, sondern ein Fluch.« Im Spiegel beobachtete Asmodei, wie ihre Mutter sich abrupt abwandte und zurück zu ihrem Platz am Kamin ging. Asmodeis Audienz war beendet.

Ihr Spiegelbild lächelte tröstend, aber zum ersten Mal ertrug Asmodei den Anblick Amariels kaum. Schmerzhaft bohrten sich ihre Nägel in ihr eigenes Fleisch.

Mit gestrafften Schultern drehte sie sich um und lief zur Tür; wollte ihrer Mutter nicht die Genugtuung geben, zu sehen, wie sehr ihre Worte sie trafen und durcheinander brachten. Kurz bevor sie die Tür erreicht hatte, sprach ihre Mutter ein weiteres Mal, ihre Stimme scharf wie Rasierklingen.

»Asmodei, du wirst den Grafen von Brandew Forest heiraten und das bisschen der Ehre bewahren, das dieser Familie seit deiner Geburt geblieben ist. Habe ich mich klar ausgedrückt?«

13. September 2024

Ava

Als Ava sie im Sommer 2017 das erste Mal getroffen hatte, nannte sie sich Layla. Eine brünette Frau, die sie Mitte zwanzig schätzte und ihren Bubbletea mit Schuss bestellte.

»Wie bitte?« Ava lehnte sich ein Stück über den Tresen und sah die Frau ungläubig an. Den ganzen Tag über hatte die Glühbirne über dem Tresen geflackert und Ava um den Verstand und ihre Aufmerksamkeit gebracht. Sie musste sich verhört haben. Die Fremde hatte den Laden betreten, hübsch wie ein Model und elegant wie eine Prinzessin, war zielstrebig auf Ava zugegangen, um dann - ohne einen Blick auf die Karte zu werfen - zu bestellen.

Den Kopf in den Nacken gelegt, lachte die Frau. Dabei blitzten ihre Zähne im Kontrast zu ihren blutroten Lippen im Licht der LED-Lichterkette hell auf. *Ist das ein Traum?* Blinzelnd versuchte Ava das Auftreten der Frau einzuordnen. Alles an ihr wirkte fehl am Platz. Angefangen bei ihrem weinroten Hosenanzug bis zu den schwarzen Pumps inmitten des kleinen und zugegebenermaßen schäbigen Bubbletea Ladens.

Mit gerunzelter Stirn trat Ava von einem Bein aufs andere, während die Frau mit der Zunge schnalzte und ihr direkt in die Augen, nein, in die Seele starrte. Ein Schauer lief über Avas Rücken und sie erwiderte den Blick, bis die Intensität so groß wurde, dass sie nach unten sah.

Woher kam das Gefühl, als wäre Ava ein Insekt, kurz bevor man es auf ein Stück Papier spießte?

»Einen Pfirsich-Bubbletea mit einem Schuss Wodka«, wiederholte sie schließlich.

Ava verschränkte die Arme vor der Brust. »Tut mir leid, aber wir verkaufen keine alkoholischen Getränke.«

Die Frau seufzte und schüttelte enttäuscht ihren Kopf. »Eine gigantische Marktlücke, wenn man mich fragt.«

Das Gefühl, eine Prüfung nicht bestanden zu haben, machte sich in Avas Magen breit und der Wunsch, dieser Frau zu gefallen.

Dasselbe Gefühl hielt Ava jetzt dazu an, Cam zu folgen, die dabei war, Asmodei hinterherzulaufen. Aus dem Augenwinkel nahm sie wahr, wie Tate sich ebenfalls in Bewegung setzte und sie beeilten sich, Cam einzuholen.

Das Mansion kam ihr vor wie ein Labyrinth. Ava erschreckte sich mehrmals vor ihrem eigenen Spiegelbild, das überall zu sein schien, selbst an der Decke. Die Gänge luden durch die unzähligen Spiegel geradezu dazu ein, die Orientierung zu verlieren und der alte Holzfußboden knarrte bei jedem Schritt. Endlich schloss sie zu Cam auf und erhaschte einen Blick auf Asmodei, die gerade am Ende des Gangs um eine weitere Ecke bog. Als sie die Biegung erreichten, hielten sie abrupt inne.

»Verdammt noch mal«, fluchte Cam und presste sich Daumen und Zeigefinger gegen die Nasenwurzel. Sie standen vor einem riesigen Wandspiegel, von Asmodei keine Spur.

»Wie macht sie das immer?«, murmelte Tate resigniert und inspizierte den großen Spiegel, als könnte er all ihre

Fragen beantworten. »Kein Mechanismus oder zumindest keinen, den ich erkennen kann.«

»Und jetzt?« Ava verschränkte die Arme vor der Brust.

»Jetzt gehen wir zurück. Sie hat uns eingeladen und wird sich nicht ewig vor uns verstecken«, verkündete Cam, als wäre das die einzig logische Möglichkeit und machte auf dem Absatz kehrt. Irgendwie erinnerte sie Ava an eine Löwin.

»Kommt ihr?«, rief Cam, die bereits vorausgegangen war.

Den ganzen Weg zurück versuchte Ava, nicht in die Spiegel zu sehen. Sie schienen sie zu beobachten, geradezu zu verhöhnen.

Die bekannte Flügeltür kam nach wenigen Biegungen zum Vorschein und Ava stieß einen Schwall angehaltener Luft aus. Die Tatsache, dass auf der anderen Seite andere Menschen waren, beruhigte einen Urinstinkt in ihr. Cam bremste so plötzlich ab, dass Ava in sie hinein lief.

»Sorry«, murmelte sie. Mit einer Handbewegung bedeutete Cam ihr, leise zu sein. Nach einigen Sekunden des Schweigens und verwirrten Blickwechseln, sagte Tate das Offensichtliche: »Ich höre nichts.«

»Genau das ist ja das Problem«, erwiderte Cam, griff nach den Türklinken und stieß die Türflügel mit Schwung auf.

»Heilige Scheiße«, stieß Ava aus, während sie mehrere Schritte in den Saal hinein machte. Sie blinzelte mehrmals, aber das Bild blieb dasselbe. Der Raum war leer, die Lichter gedimmt. Nichts deutete auf das hin, was hier noch vor wenigen Minuten in vollem Gang gewesen war. Selbst die Tische mit den Champagnergläsern waren spurlos verschwunden. Stattdessen waren die Möbel abgedeckt, als wären sie sehr lange nicht mehr benutzt worden. Ihr Magen krampfte sich zusammen und Ava kämpfte gegen die zunehmende Angst, die sich immer weiter an die Oberfläche drängte.

»Herzlich Willkommen im Brandew Mansion«, durchschnitt eine kristallklare Stimme die Stille. Avas Blick zuckte nach oben zur Empore und fand Asmodei am Kopf der nächsten Wendeltreppe. Gemächlich schritt sie die Stufen nach unten und schlenderte dann mit einem schiefen Grinsen auf den Lippen auf sie zu. Ihre Augen funkelten belustigt und ihr dunkles Haar fiel ihr locker über die Schultern. Die behandschuhten Hände lässig hinter dem Rücken verschränkt, blieb sie stehen und verlagerte ihr Gewicht auf eine Seite. Die Zeit, nein, das ganze Universum schien stillzustehen nur, um ihren nächsten Worten zu lauschen.

»Ich habe euch alle so schrecklich vermisst.«

30. November 1864

Asmodei

»Asmodei? Was hat deine Mutter gesagt?« Eloise wartete in ihrem Zimmer auf sie, aber Asmodei antwortete nicht. Ihr Kopf schien wie in Watte gepackt und sie nahm nur am Rande wahr, dass Eloise sie zu einem Stuhl führte. Es sickerte langsam in ihr Bewusstsein. Alles, was ihre Mutter ihr erzählt hatte. Asmodei hatte Theorien aufgestellt, warum ihre Eltern sie hassten, aber die Wahrheit war so viel schlimmer. Und Asmodei spürte, dass es das war. Die Wahrheit. Hieß das, Amariel war real? Galle stieg in ihr hoch, als sie an den Tag zurück dachte, an dem sie ihrer Mutter Amariel vorgestellt hatte. *"Sie ist mein Zwilling, deswegen sehen wir gleich aus!"*, hatte sie gesagt, bevor ihre Mutter ausgerastet war. Wie dumm sie gewesen war. Asmodei packte Eloise' Hände, die besorgt vor ihr in die Hocke gegangen war und begriff, dass sie die Einzige war, der Asmodei wirklich etwas bedeutete. Es kam vor, dass Frauen aus guten Häusern ihre Zofe mit in ihren neuen Haushalt brachten, auch wenn es nicht üblich war. Die Angst, Eloise zu verlieren, schnürte ihr die Brust zu. Ihre Hände umfassten Eloise' Gesicht sanft und Asmodei blinzelte die Tränen aus ihrem Sichtfeld. Sie sollte nicht fragen; konnte und durfte das nicht von Eloise verlangen. Dennoch glitten die Worte schicksalsverändernd, wie eine Prophezeiung, über ihre Lippen.

Keine Frage. Ein Flehen.

»Bitte. Bitte, lass mich nicht allein.«

13. September 2024

Tate

Vom Kopf des dunklen Esstischs aus musterte Asmodei die kleine Gruppe mit Raubtieraugen und unverkennbarer Belustigung. Sie saß zu Tates Rechten und während ein Teil von ihm so viel Abstand wie möglich zwischen sie bringen wollte, konnte der andere ihr gar nicht nah genug sein. Wie eine Droge. Nur eine Armlänge entfernt, stieg ihm ihr vertrauter Duft nach Rosen in die Nase. Er schluckte angestrengt.

»Habt ihr das Sprechen verlernt? Gerade wart ihr noch ganz erpicht darauf, mit mir zu reden.« Asmodei schnalzte ungeduldig mit der Zunge und nippte an ihrem Rotweinglas.

Niemand schien zu wissen, was er oder sie sagen sollte und da, wo Tate eben noch tausend Fragen durch den Kopf geschossen waren, war jetzt ein Abgrund aus Überforderung, Verwirrung und Angst. Asmodei gab ihm das Gefühl, wieder der Teenager von damals zu sein. Klein, verängstigt und einsam. Gleichzeitig sehnte er sich nach ihrer Aufmerksamkeit und Anerkennung. Sie hatte noch immer die Macht, ihm das Gefühl zu geben, der König der Welt zu sein.

Tates Blick streifte den von Cam, die ihm gegenüber saß, ihr Gesicht eine unbewegte Maske. Nichts verriet, ob Asmodei eine ähnliche Wirkung auf sie hatte. Links von ihm rutschte Ava unruhig hin und her. Das tat sie, seit

Asmodei sie in den Speisesaal geführt hatte, der nicht so riesig war, wie der Name vermuten ließ. Im Gegenteil, das warme Orange der Tapeten und der Kamin machten das Zimmer geradezu gemütlich, trotz der Spiegel, die auch hier wie Schimmel die Wände überzogen.

»Wo sind die Leute aus dem Saal?«, brach Ava die Stille und Tate runzelte die Stirn. Mit hochgezogener Augenbraue lehnte sich Asmodei ein Stück nach vorn.

»Ich weiß nicht, wovon du redest. Wir sind die Einzigen in diesem Haus.« Das Kinn auf ihre verschränkten Hände gestützt, beobachtete sie Ava mit schief gelegtem Kopf.

»Verarsch uns nicht. Wir haben die Leute gesehen«, fuhr Cam sie mit zusammengekniffenen Augen an.

»Das tue ich nicht. Wenn du mir nicht glaubst, kannst du dich gern umsehen.« Ihre Mundwinkel zuckten verräterisch. Sie genoss das hier.

»Nicht wahr, Tate?«

Er räusperte sich und schenkte Ava und Cam einen kurzen Blick. Das Gefühl, in eine Falle getappt zu sein, machte sich in seinem Magen breit. Kurz dachte er darüber nach, zu lügen. Einfach aus Prinzip. Aber wozu? Tate kannte Cam und Ava kaum und People Pleasing hatte er sich abgewöhnt.

»Da war niemand. Ich habe bis auf euch und den Butler noch keine Menschenseele in diesem Haus gesehen.« Das anerkennende Nicken, das Asmodei ihm schenkte, trieb ihm sofort die Hitze den Hals hinauf. Der leere Teller vor ihm erschien plötzlich sehr interessant und er zählte drei Reihen an verschiedenen Gabeln, die stechenden Blicke von Ava und Cam ganz bewusst ausblendend. *Da sind keine Menschen gewesen.* Tate war sich sicher. Nur ihre eigenen Spiegelbilder an den Wänden und Asmodei, die Geige spielte. Warum sollten Ava und Cam etwas anderes behaupten? Warum sollte er lügen?

Der Butler öffnete die Tür und fuhr einen kleinen Servierwagen herein. Der betörende Geruch nach Tomaten und Käse flutete den Raum und Tate verschluckte sich fast bei dem Versuch, ein ungläubiges Lachen zu unterdrücken. Pizza! Asmodei sah aus, als hätte sie sich für ein Bankett schick gemacht und das ganze Besteck neben seinem Teller schrie förmlich »Mehrgänge-Menü«, aber natürlich gab es Pizza.

Niemand rührte das Essen an. Und nachdem Roydinant die Tür hinter sich geschlossen hatte, platzte Ava endlich mit der Frage heraus, die auch in ihm brannte, seit er die Einladung von Asmodei erhalten hatte.

»Was soll das hier, *Asmodei*?« Sie spuckte ihren Namen aus wie einen Fluch. »Warum die Einladung? Warum die Spielchen? Warum die verschiedenen Namen? *Was zum Teufel tun wir hier?*« Asmodei nahm einen Schluck des Rotweins. Erst dann schenkte sie Ava ihre Aufmerksamkeit.

»Mhh… Langeweile? Oder vielleicht habe ich euch auch einfach vermisst?« Sie lachte und schwenkte das Glas gedankenverloren hin und her.

Cam schnaubte und ihr Blick schien Funken zu sprühen. »Lass die Show. Wir haben keine Angst vor dir.« Tate wünschte sich, dass Cams Worte ihn mit einschließen würden.

Asmodei stellte das Glas mit einem Knall zurück auf den Tisch. Ihr Blick war eisig geworden und bohrte sich in Cams. Automatisch senkte Tate den Kopf und biss wütend die Zähne zusammen. Cam schien von Asmodei vollkommen unbeeindruckt und er saß hier wie ein getretener Welpe.

»Du vergisst, mit wem du redest, *Cam*.«

Mit hochgezogenen Augenbrauen lehnte Cam sich im Stuhl zurück und verschränkte die Arme. Ein spöttisches Lachen verließ ihren Mund.

»Genau das ist der Punkt. Mit wem rede ich denn? Hast du dir für jeden von uns eine andere Identität ausgedacht, Asmodei? Oder ist dieser Name auch erfunden?«

Asmodei stieß zischend die Luft aus und einen Moment lang sah es aus, als würde sie die Zähne fletschen. Ihre Fingernägel gruben sich wie Krallen in das Holz.

Und dann war es vorbei. Asmodeis Lächeln war zurück, der glühende Zorn aus ihren Augen verschwunden, als hätte sie einen Schalter umgelegt. Die Gänsehaut auf Tates Körper war so stark, dass es schmerzte.

»Du hast recht. Ich war nicht ehrlich zu euch.« Asmodei lehnte sich in ihrem Stuhl zurück, schwang ein Bein über eine der Armlehnen und sah sie alle nacheinander an, während ihre roten Fingernägel langsam auf den Tisch trommelten. »Mein Name *ist* Asmodei und ihr seid dieses Wochenende hier, weil ich euch allen ein neues Leben geschenkt habe.« Sie nahm einen Schluck Wein und sah sie unter halb geschlossenen Lidern an. Ein Puma, der wusste, dass er die Jagd schon gewonnen hatte.

»Und weil einer von euch nach all den Jahren endlich den Preis dafür zahlen wird.«

13. September 2024

Cam

Mit ihrer Handy-Taschenlampe bewaffnet, trat Cam aus ihrem Zimmer in den Flur. Nach langem Kopfzerbrechen hatte sie beschlossen, dass sie mit den anderen reden musste, ohne dass Asmodei dabei war. *»Alles zu seiner Zeit«*, war alles gewesen, was sie auf ihre Flut an Fragen erwidert hatte.

Mit gestrafften Schultern lief sie los. Avas Zimmer lag am Ende des Gangs. Der Flur wurde nur durch das Licht ihrer Handy-Taschenlampe beleuchtet, hundertfach von den Spiegeln reflektiert. Jedes unerwartete Knarzen trieb ihren Puls weiter nach oben, der den Rhythmus ihrer Angst widerzuspiegeln schien. Der Gang schien endlos, geradezu kafkaesk. Sie hielt inne, nahm sich die Zeit, tief ein und aus zu atmen. *Das ist nur ein dunkler Gang in einem alten Haus. Holz arbeitet. Das ist ganz normal.* Ihre Schritte wurden zunehmend schneller, während sie den Blick auf das Ende des Flurs gerichtet hielt. Noch wenige Meter und sie hatte die Tür zu Avas Zimmer erreicht.

Ihr Körper reagierte, bevor es ihr Verstand tat. Cam blieb wie paralysiert stehen und Gänsehaut machte sich wie Feuer, das auf eine Öllache traf, auf ihrem Körper breit.

In ihrem Augenwinkel bewegte sich etwas. Ihre Hand verkrampfte sich um ihr Handy, während sie sich langsam, ganz langsam, umdrehte. Sie starrte in ein Gesicht. Ihre Hand landete so schnell auf ihren Lippen, dass es weh tat. Es dauerte eine Sekunde, bis sie begriff.

Ihr Spiegelbild. Sie sah sich selbst.

Cam wartete darauf, dass ein Lachen in ihr hochstieg und die Anspannung löste, wie es in solchen Situationen immer passierte. Aber es kam nicht.

Vorsichtig ging sie einen Schritt auf den Wandspiegel zu. Die Augen weit aufgerissen, tat Spiegelbild-Cam es ihr gleich. Vorsichtig hob sie eine zittrige Hand und winkte sich selbst zu. Sie tippte mit ihrem Zeigefinger gegen das Glas und berührte dann mit ihrer ganzen Handinnenseite die kühle Oberfläche. Es war ein ganz normaler Spiegel, wie all die anderen. Endlich blubberte das Lachen aus ihr heraus und mit ihm die Erleichterung. Sie schnaubte. *Es war nur ihr eigenes Spiegelbild.* Eiskalte Finger glitten zwischen ihre eigenen. Die Berührung war sanft, als ihre Hand sich mit der ihres Spiegelbilds verschränkte. Es blieb keine Zeit zu schreien, als sie in den Spiegel gezogen wurde und …

… sich wachsam umsah. Asmodei sollte nicht hier sein. Der Graf hatte ihr verboten, diesen Teil des Anwesens zu betreten. Zwei Wochen hatte sie es ausgehalten. Zwei Wochen, in denen sie es nicht gewagt hatte, auch nur zu laut zu atmen. Aber nichts war geschehen. Der Graf schien sich seit der Hochzeit regelrecht von ihr fernzuhalten. Natürlich war sie nicht so naiv, sich in falscher Sicherheit zu wiegen. Sie musste herausfinden, ob etwas an den Gerüchten über seine früheren Frauen dran war, bevor sie selbst zum Opfer wurde.

Deshalb schlich sie jetzt nur mit ihrem Nachtgewand bekleidet und eine Kerze fest umklammernd dorthin, wo sie das Arbeitszimmer des Grafen vermutete. Asmodei hoffte inständig, dass sie keinen Bediensteten begegnete, oder schlimmer: dem Grafen selbst. Auf leisen Sohlen bog sie in den Flur und blieb abrupt stehen. Schnell blies sie die Kerze aus. Die Tür stand einen Spalt breit offen und ein Streifen gedämmtes Licht fiel auf den Teppich. Das Herz schlug ihr bis zum Hals, als sie sich zwang, dennoch weiter auf die Tür zuzugehen. Es war mucksmäuschenstill. Nichts außer dem warmen Lichtschein deutete darauf hin, dass sich jemand im Zimmer aufhielt und so wagte sie es, mit angehaltenem Atem einen Blick in den Raum zu werfen.

Das Licht kam von einer Öllampe auf einem großen Schreibtisch, auf dem sie Bücher und Papier erkennen konnte, sowie die ersten Reihen einiger Regale.

Sie sollte verschwinden, in ihr Schlafzimmer zurückkehren und so tun, als wäre sie nie hier gewesen. Es war dumm, das Risiko einzugehen, erwischt zu werden. Warum also konnte sie sich nicht von der Tür abwenden? Etwas in ihr schien sie förmlich dazu zu drängen, das Arbeitszimmer zu betreten. Wahrscheinlich war der Graf gar nicht da und hatte einfach vergessen, das Licht auszumachen.

Asmodei nahm einen tiefen Atemzug und schob sich vorsichtig durch den Spalt. Das Zimmer war größer, als sie erwartet hatte und die Regalreihen zogen sich so weit, dass eine einzelne Tischlampe keine Chance gegen die Dunkelheit am anderen Ende des Raums hatte. Kurz dachte sie daran, sich den Schreibtisch anzusehen, aber sollte der Graf zurückkommen, stünde sie wie auf dem Präsentierteller. Auf Zehenspitzen schlich sie zwischen die ersten beiden Regale. Bücher über Pflanzenkunde und Titel wie *»Die moderne Medizin«* reihten sich aneinander und Asmodei überflog die Buchrücken grob; machte sich nicht die Mühe, bis in den dunklen Teil des Raums zu gehen. Die nächsten Reihen standen voll mit ausgestopften Tieren und sie verzog angewidert das Gesicht. Schließlich erreichte Asmodei die letzten Reihen. Wieder Bücher. Diesmal mit Titeln wie: *»Die Heilung der Hysterie«.*

Dann tauchte das erste Glas auf. Es sah aus wie ein Einmachglas und stand wie eine Buchstütze zwischen zwei Bänden. Die Stirn gerunzelt, beugte sie sich näher an das Glas heran. Eine gelbliche Flüssigkeit mit mehreren Kugeln schwappte darin hin und her, als sie den Behälter umdrehte. Es dauerte einen Moment, bis ihr Gehirn begriff, was sie da sah. Es waren Augen. Asmodei schlug sich eine Hand vor den Mund, erstickte jeden Laut, der sie verraten konnte. *Vielleicht ist das normal für einen Arzt?*

Langsam beruhigte sie sich von dem Schrecken und straffte die Schultern. Ein Blick am Regal entlang zeigte weitere Gläser unterschiedlicher Größen und so sehr sie sich auch gruselte, so war ein Teil von ihr ebenso fasziniert. Noch nie hatte sie echte menschliche Organe gesehen.

Sie wagte es dennoch nicht, die Hand von ihrem Mund zu lösen, während sie dem Regal weiter folgte. Die meisten unförmigen Inhalte konnte sie unmöglich zuordnen, zu fremd schienen sie ohne den Rest des Körpers. Dazu kam, dass die Regale mit jedem Schritt weiter von der Lampe entfernt lagen. Ein Gedanke schob sich in ihr Bewusstsein und überschattete alle anderen. War das alles, was von seinen früheren Frauen übrig war? Würde sie ebenso enden?

Ein besonders großes Glas erweckte ihre Aufmerksamkeit. Es stand tiefer im Regal als die anderen, verborgen in den Schatten der verstaubten Buchbände. Zögerlich griff sie nach dem schweren Behältnis und ignorierte die Gänsehaut, die sich von ihren Fingerspitzen bis zu ihren Zehen zog. Vorsichtig rückte sie das Glas nach vorn und damit in den schwachen Lichtschein. Asmodei biss sich auf die Hand, um nicht zu schreien, als pures Entsetzen über sie hereinbrach.

»Ich habe mich schon gefragt, wann du hier auftauchen würdest.« Die Stimme des Grafen war tief und ruhig, als er langsam aus der Dunkelheit auf sie zukam.

»Du hast mich wirklich zum Zweifeln gebracht. Fast hätte ich meine Hypothese verworfen. Welche Verschwendung das gewesen wäre, an dir zu experimentieren, als wärst du wie die anderen.« Er stieß einen missbilligenden Laut aus. »Zwanzig Jahre habe ich auf dich gewartet; darauf, meine Theorie zu testen. Deine Eltern waren so ungeduldig und konnten gar nicht erwarten dich loszuwerden, aber ich wusste, es war noch nicht die rechte Zeit.«

Asmodei rührte sich nicht, als der Graf sich hinter sie schob und sein Kinn auf ihre Schulter legte. Wie betäubt und mit Tränen verschleierten Blick starrte sie auf das *Ding* im Glas; verstand die Worte des Grafen kaum. Der setzte seinen Monolog im Plauderton ungerührt fort.

»Ich sehe mich mehr als Forscher denn als Arzt, aber natürlich war ich dennoch bereit, deiner Mutter bei ihrer Schwangerschaft zu helfen. Und dann auch noch Zwillinge! Ich hatte nie die Gelegenheit, diese Besonderheit zu studieren. Die besondere Verbindung, die sie teilen. Du kannst dir nicht vorstellen, wie entsetzt ich darüber war, als deine Schwester leblos zur Welt kam. Aber dann hat deine Mutter mir Jahre später von *»Amariel«* erzählt. Ich war begeistert! Ein Band so stark, dass es selbst den Tod überwindet. Und du hast meine Theorie gerade ein weiteres Mal bestätigt, indem du sie trotz allem gefunden hast.« Der Graf packte Asmodei an der Taille und schob sie noch näher an das Glas heran. Sein Griff war so fest, dass er schmerzte. Aber das war egal. Alles war egal. Sie wünschte, sie hätte ihr Zimmer nie verlassen.

»Begrüße deine Zwillingsschwester, Asmodei. Ich bin mir sicher, sie hat dich schrecklich vermisst.«

Cam schnappte nach Luft, sah sich hektisch um. Dunkelblaue Tapeten mit Blumenmuster und ein Kronleuchter über dem Bett. Das war das Gästezimmer, das Asmodei ihr überlassen hatte. Ein Albtraum. Es war nur ein Traum gewesen. Mit zittrigen Händen wischte sie sich über die nassen Wangen.

Es war nur ein Traum, wiederholte sie gedanklich, bis sie aufhörte zu zittern.

Nur ein Traum, bis ihr Herzschlag sich beruhigte.

Nur ein Traum, bis ihr Atem tief und ruhig war.

Nur ein Traum, wiederholte sie, bis sie es selbst glaubte.

14. September 2024

Ava

Es war der siebte Albtraum, der Ava dazu brachte, ihr Bett endgültig zu verlassen, obwohl es erst kurz nach sechs war. Bilder aus einer anderen Zeit waberten wie Rauchschwaden durch ihr Gedächtnis, zeigten Asmodei in einem Herrenhaus, nein, *diesem* Herrenhaus. Heftig schüttelte Ava den Kopf, bevor sie die pastellrosafarbene Perücke aus ihrem Koffer nahm. Ihre täglich wechselnde Haarfarbe war bereits am Anfang ihrer Social Media Karriere ihr Markenzeichen geworden. Eine Karriere, die das erste Mal in all den Jahren stillstand. Handynetz, geschweige denn Internet, gab es hier nicht.

Mit schnellen Schritten betrat sie den Speisesaal. Ein kleines Frühstücksbuffet war bereits angerichtet und Cam saß allein am Tisch. Bei Avas Eintreten hob sie den Kopf und murmelte etwas, das als Begrüßung durchgehen konnte. Das Lächeln, das sich auf Avas Lippen zwang, erstarrte. Panik. Eine Welle, wie ein Tsunami drohte sie zu überwältigen. Plötzlich stand Ava vor Cam, packte ihre Schultern, die Augen aufgerissen. *Weg. Sie mussten hier weg, bevor der Graf reagieren konnte.*

»Ava?«

Wer musste weg? Warum? Wer war der Graf?

Ava blinzelte. Einmal. Zweimal. Bis die Welt vor ihr wieder klar war und die Panik erfolgreich unterdrückt.

Sie hatte sich nicht bewegt, befand sich immer noch dort, wo sie stand, seit sie den Raum betreten hatte. Cam sah sie an, eine Augenbraue hochgezogen.

Und da begriff sie, erinnerte sich.

Das war nur ein weiterer Traum. Ein Traum, in den sie sich nicht tiefer gleiten lassen durfte, denn dort erwartete sie Schmerz, der nicht ihr eigener war. Also ging Ava zum Frühstücksbuffet, nahm das Brotschneidemesser und rammte sich die Klinge mit einem Schrei in die Magengrube.

Ihr Herz donnerte in ihrer Brust und Ava schnappte wie ein Fisch auf dem Trockenen nach Luft. *Es war nur ein Traum. Nur ein verdammter Albtraum.* Zittrig schob sie die Bettdecke zurück, zog sich um und ihre pastellrosafarbene Perücke aus dem Koffer. Weiterschlafen war unmöglich.

Mit schnellen Schritten betrat sie den Speisesaal. Ein kleines Frühstücksbuffet war bereits angerichtet und Cam saß allein am Tisch. Bei Avas Eintreten hob sie den Kopf und murmelte etwas, das als Begrüßung durchgehen konnte. Diesmal kam die Realisation vor der Panik. Sie träumte wieder und würde wahrscheinlich noch eine lange

Zeit träumen. Das hier war nicht normal. Ava steckte fest. Wieder und wieder erlebte sie die Szene vor sich. Mit der Erkenntnis kam auch die Erinnerung an alles, was sie die letzten Male bereits versucht hatte. Immer hatte sie sich gewehrt oder war geflohen.

Als die Panik sie dieses Mal übermannte und mitnehmen wollte, war sie bereit.

Ava ließ sich davontragen, in eine andere Zeit, ein anderes Leben, zu einem anderen Menschen.

Nachdem sie Eloise in die Geschehnisse im Arbeitszimmer des Grafen der vorherigen Nacht eingeweiht hatte, war es beschlossene Sache. Gemeinsam fliehen und sich irgendwo ein neues Leben aufbauen. Sie wussten, dass die Chancen schlecht standen. Draußen war es nachts immer noch eiskalt und um das Anwesen herum gab es nichts als Wald. Aber Asmodei sah keinen anderen Ausweg.

Sie hielt die Scherbe mit Amariel fest in ihrer Hand, als sie sich aus dem Haus schlichen. Sie hatten es nicht mal bis zum Tor geschafft.

Jetzt war Asmodei an einen Stuhl gekettet. Ihr rechtes Auge war blau, geschwollen und wollte gar nicht mehr aufhören zu tränen. Einer ihrer Knöchel war seltsam verdreht und ihre Rippen schienen bei jedem Atemzug ihre Lunge zu durchbohren. Aber sie hatte es verdient, denn Asmodei wusste, was auch immer der Graf Eloise antun würde, ihre Verletzungen waren nichts dagegen. Ihre beste Freundin saß am anderen Ende des kleinen Raums, ebenfalls an einen Stuhl gekettet. Im Gegensatz zu Asmodei war aber selbst ihr Kopf mit einem breiten Lederriemen ruhig gestellt worden und man hatte sie mit einem Stück Stoff geknebelt. Nur ihre Haare, die ihr im tränennassen Gesicht klebten, zeugten von ihrem erbitterten Kampf. *Es tut mir leid,* wollte Asmodei sagen. Ein klägliches Wimmern verließ ihren Mund stattdessen. Die Tür flog auf. Eloise begann heftig durch die Nase ein- und auszuatmen. Mit all ihrer Kraft riss Asmodei an ihren Fesseln. Der eiserne Ring um ihr Fußgelenk presste sich gegen ihren gebrochenen Knöchel und Knochensplitter schrammten übereinander. Ihre Welt explodierte in reinem Schmerz. Blinzelnd sah sie auf. Sie erinnerte sich nicht, wann sie ihre Lider geschlossen hatte. Die Szenerie hatte sich nicht geändert, also konnte sie höchstens ein paar Minuten ohnmächtig gewesen sein. Angestrengt schluckte sie.

»Bitte«, zwang sie ihre wunde Kehle hervorzuwürgen. Das Schreien und Flehen um Eloise' Leben, während der Graf sie zusammengeschlagen hatte, hatten ihren Tribut gefordert. Ihr Herz zappelte hektisch in ihrer Brust; ein Tier, das in der Falle saß und um sein Überleben kämpfte. Der Graf zog die Augenbrauen hoch.

»Weißt du, meine liebe Asmodei, du überraschst mich immer wieder mit deiner Grausamkeit. Deine Zwillingsschwester hier zurückzulassen … Du musst sie wirklich hassen.« Am liebsten hätte sie ihm ins Gesicht gespuckt. Sie hatte Amariel nie verlassen oder eher: Amariel hatte *sie* nie verlassen. »Aber ich habe einen Faktor übersehen. Wie stark dein Band zu dieser jungen Frau ist.« Langsam strich einer seiner Finger über Eloise' Wangen, die leise wimmerte. Fauchend warf Asmodei ihren Oberkörper nach vorn, ignorierte den Schmerz und die schwarzen Punkte in ihrem Blickfeld. »Keine Sorge, meine Liebe. Ich werde sie nicht töten. Aber du musst verstehen, dass ich als dein Ehemann nicht einfach zusehen kann, wie sie meine Forschung der letzten zwanzig Jahre zunichte macht. Sie beeinflusst meine Studien und deinen Charakter.« Eine Hand fuhr durch seinen dunklen Bart, bevor er Asmodei ein Lächeln schenkte. Es war das erste Mal, dass sie eine andere Emotion als Gleichgültigkeit an ihm sah. Sie beschloss, dass sie es nie wieder sehen wollte.

»Weißt du, was eine Lobotomie ist? Ich möchte dich wirklich nicht mit unnötigem Fachjargon langweilen.« Widerwillig schüttelte Asmodei den Kopf.

»Wundervoll!« Er klatschte in die Hände und die beiden Frauen zuckten synchron zusammen.

»Keine Sorge. Es ist nur ein kleiner Eingriff und danach ist deine Eloise praktisch wie neu.«

Der Graf öffnete einen Schrank, der neben der Tür an der Wand hing und nahm einen in Stoff eingeschlagenen Gegenstand heraus.

»Unter der Augenbraue, knapp neben dem Auge ist es leicht, mit einem dünnen Gegenstand das Gehirn zu erreichen. Ein sanfter und präziser Stoß und es ist getan. Zugegeben, die genauen Folgen sind etwas unvorhersehbar, aber werden ohne Zweifel zur Lösung unserer Situation beitragen. Die Chancen, dass sie dich danach weiterhin erkennt, stehen ebenfalls gut. Und wir werden uns selbstverständlich gut um sie kümmern.«

Eloise atmete so hektisch, dass Asmodei Angst hatte, sie würde ersticken. Fast hoffte sie, sie täte es, bevor der Graf sein grausames Spiel mit ihr spielen konnte.

»Bitte«, flehte Asmodei ein weiteres Mal, aber der Graf beachtete sie gar nicht mehr. Er wickelte den Gegenstand aus und säuberte ihn. Lang und dünn. Wie eine der großen Haarnadeln, die ihre Mutter manchmal getragen hatte. Er krempelte die Ärmel seines weißen Hemdes hoch und stellte sich neben Eloise. Asmodei wollte wegsehen, wollte - feige wie sie war - die Augen schließen. Doch sie zwang sich, Eloise' Blick aufzufangen; versuchte, ihr zu sagen, dass es ihr leidtat, dass sie nicht allein war und nie sein würde; dass sie sie liebte und immer lieben würde. Einen Hammer in der einen Hand und die dicke Nadel in der anderen, positionierte er sich schräg vor Eloise, darauf bedacht, dass Asmodei alles sehen konnte. Eloise' blaue Augen zuckten wild hin und her, die Nadel immer im Blick. Ihr Wimmern und Schluchzen stahl sich mit wachsender Lautstärke zunehmend an ihrem Knebel vorbei und zerriss Asmodei das Herz.

Sie schrie, weil Eloise es nicht konnte, als der Graf das Stück Metall mit einem Lächeln auf den Lippen durch die Augenhöhle in das Gehirn stieß.

Sie schlug um sich und brüllte. Am Rande ihres Bewusstseins spürte sie, wie sie jemand gepackt hatte, sie festhielt. Ihr ganzer Körper hatte in den Überlebensmodus geschaltet und rationale Gedanken existierten nicht mehr.

Es dauerte, bis Avas Widerstand erstarb; bis sie wusste, dass sie Ava war, nicht Asmodei; bis sie zurückblieb, reduziert auf eine schluchzende Hülle. Cam hielt sie, verankerte sie wieder in der Realität. Als Ava sprach, fühlten sich ihre Stimmbänder an wie Schmirgelpapier.

»Was ist passiert?«, flüsterte sie und Cam ließ sie langsam los.

»Ich-« Cam räusperte sich und Ava bemerkte erst jetzt, wie erschüttert sie wirkte. »Ich weiß es nicht. Ich hab' dich im Speisesaal gefunden. Schreiend.«

Ava fuhr sich durch ihre kurzen Haare. Die Perücke musste sich von ihrem Kopf gelöst haben.

»Hier trink einen Schluck.« Ava nahm das Glas Orangensaft dankbar entgegen. Die Säure brannte in ihrem Hals.

Cam setzte sich neben sie auf den Teppich und beobachtete Ava aufmerksam.

»Was hast du gesehen?«, fragte Cam schließlich.

Kopfschüttelnd holte Ava mehrmals tief Luft.

»Asmodei«, krächzte sie. »Ich glaube, das war eine Erinnerung. Von Asmodei.«

15. September 2024

Cam

Cam fand Asmodei, indem sie den sanften Tönen der Geige folgte. Die Klänge hatten sie bis an das andere Ende der Villa in einen der Türme geführt. Asmodei stand dort, in einer kleinen Bibliothek, mit dem Rücken zu ihr vor einem Fenster. Hätte sie sich nicht bewegt, hätte die

Szenerie einem Gemälde entsprungen sein können. Das hautenge, schwarze Kleid lief in einer Schleppe aus und der Rückenausschnitt endete knapp über ihrem Steißbein. Asmodei ließ die Melodie in einem dramatischen Crescendo anschwellen, bevor die letzten Takte im Raum verklangen. Mit einem Gesichtsausdruck, den Cam nicht deuten konnte, drehte sie sich zu ihr um und drapierte die Geige vorsichtig im offenen Koffer.

»Du warst immer anders als die anderen, weißt du?«, durchbrach Asmodei die Stille, ohne sie anzusehen. Mit bedachten Schritten kam Cam näher und versuchte, den Kloß in ihrem Hals herunterzuschlucken.

»Es ist wegen ihr, oder? Eloise?« Cams Worte klangen selbst in ihren Ohren verbittert. Asmodei legte den Kopf schief und wartete, dass sie weiter sprach.

»Weil ich ihr ähnlich sehe?« Blaue Augen, blonde Locken und auch, wenn sie definitiv keine Zwillinge waren, so könnten sie dem Aussehen nach dennoch Schwestern sein, ohne dass es jemand hinterfragen würde. Asmodei lehnte sich an den Tisch mit dem Geigenkoffer und lächelte sanft. Ihr Blick war offen, ehrlich, menschlich. *Augen wie zerbrochene Spiegel*, hatte sie früher immer gedacht. Der Blick durch Asmodeis Fassade auf ihre *Raven* traf sie unerwartet heftig.

»Denkst du das wirklich?«, erwiderte Asmodei schließlich. Ihr Lächeln war innerhalb eines Wimpernschlags verschwunden. Cam trat noch näher heran, bis zwischen ihr und Asmodei nur noch wenige Meter waren.

»Ich weiß nicht mehr, was ich denken oder glauben soll.«

»Ich habe dich bis auf die Sache mit meinem Namen nie angelogen. Kein einziges Mal.« Asmodei verschränkte die Arme und erwiderte den Blickkontakt ruhig. »Du bist mir deshalb aufgefallen, ja. Aber deshalb war ich nicht mit dir zusammen. Unsere Beziehung war keine Lüge.«

»Und trotzdem bist du einfach verschwunden. Wie-« Cam brach ab. *Wie ein Geist,* hatte sie sagen wollen.

»Glaubst du mir, wenn ich dir sage, dass ich keine Wahl hatte?« Eine Aufforderung schwang in den Worten mit. *Frag,* schien sie zu sagen. *Frag mich warum.*

Stattdessen hob Cam das Kinn und sprach aus, was sie sich bisher nie zu fragen getraut hatte.

»Asmodei, was bist du?«

Asmodeis Mundwinkel zuckten. »Komm her.« Sie sah auf etwas hinab, das neben dem Geigenkasten auf dem Tisch lag. Ohne Asmodei aus den Augen zu lassen, stellte sich Cam neben sie. Es war eine Spiegelscherbe. Asmodei griff danach, behutsam, als könnte sie bei der kleinsten Berührung zu Staub zerfallen und hielt sie vor sich.

»Spiegelbilder sind die Zeugen unseres Lebens. Sie sehen zu, ohne uns zu beobachten; sehen, wie wir von Kindern zu Erwachsenen werden; wie wir lachen und weinen und sterben. Aber sie greifen nicht ein. Niemals.« So leise, dass Cam es kaum verstehen konnte, ergänzte sie: »Bis sie es doch tun.«

Asmodei kippte die Scherbe, die immer neue Regalreihen und Buchrücken zeigte. Für einen kurzen Moment sah Cam sich selbst, dann wieder die Bücher. Cam blinzelte.

Asmodei hat kein Spiegelbild.

»Manchmal, wenn wir uns etwas von ganzem Herzen wünschen, wird es wahr. Und manchmal bekommen wir so eine zweite Chance, das Leben zu leben, nachdem wir uns so sehr sehnen.« Cam sah sich selbst in der Spiegelung der Scherbe und beobachtete, wie ihr Spiegelbild sie selbstständig anlächelte und eine Hand hob. Reflexartig stolperte sie zurück, ihr Herz raste. Asmodei drehte sich zu ihr um, ihre Miene, die bekannte Maske aus amüsierter Arroganz.

»Du hast gefragt, was ich bin. Bist du sicher, dass du die Antwort ertragen kannst?«

»Sag es mir«, zischte Cam, die darum kämpfte, Herrin ihrer Gefühle zu bleiben. Lächelnd beobachtete Asmodei sie wie ein Raubtier auf der Jagd, das jede Bewegung seiner Beute analysiert, um den richtigen Moment zum Angriff abzupassen.

»Ich bin die Erinnerung an mich selbst, aus dem Wunsch nach Rache und einem neuen Leben geboren.« Sie kicherte leise.

»Nicht die Antwort, die du erwartet hast, mh?« Asmodei schnalzte mit der Zunge und trat an das Fenster, die Hände hinter dem Rücken verschränkt. »Vielleicht stellst du die falschen Fragen?« Stille breitete sich wie eine Decke zwischen ihnen aus und gab Cam Zeit, ihre Gedanken zu sortieren.

»Hast du sie bekommen?« Genugtuung stieg in ihr auf, warm und süß, als Asmodei sich zu ihr umdrehte und ihre Fassade für einen Moment der Überraschung wich.

»Deine Rache. Hast du sie bekommen?«

Asmodeis Mundwinkel zuckten und dann breitete sich ein echtes Lächeln auf ihrem Gesicht aus.

»Ja. Sie sagten meinen Namen wie einen Fluch, also habe ich ihn zum Gebet gemacht. Und wie sie gebetet haben.«

Cam erwiderte ihr Lächeln. »Gut.«

Die Abreise war unspektakulär. Alle warteten unruhig im Salon auf ihren Fahrer, dass Asmodei endlich mit der Sprache rausrückte oder, dass sie sie einfach gleich alle umbringen würde.

»Was, wenn wir den Preis dadurch, dass wir ihre Erinnerungen durchlebt haben, bereits gezahlt haben?«, hatte Ava sie auf dem Weg nach unten gefragt.

»Ja, vielleicht«, hatte Cam gemurmelt. Tate hatte mit gerunzelter Stirn geschwiegen. Asmodei hatte explizit von einer Person gesprochen. Es wäre naiv, zu glauben, sie hätte ihre Meinung geändert.

In das Licht der Sonne blinzelnd, warf Cam einen letzten Blick auf die Villa. Dunkel und verlassen lag sie mitten im Wald, wie ein Körper ohne Seele. Cam fragte sich, ob dieses Wochenende mehr Fragen geklärt oder aufgeworfen hatte. Mit gerunzelter Stirn stieg sie in das Auto und zurück in ihr altes neues Leben, für das sie so sehr gekämpft hatte.

15. September 2024

Asmodei

Eine Hand glitt durch dunkle Strähnen und braune Augen blickten ihr im Rückspiegel entgegen. Das Tattoo der Katzenaugen auf ihrem Hals verzog sich leicht bei jeder ihrer Bewegungen. Unbekannt und doch so vertraut.

Die Entscheidung war Asmodei überraschend leicht gefallen. Trotz der vielen Jahre, in denen sie in den Spiegeln gewartet und beobachtet hatte. Sie hatte ihnen ein neues Leben geschenkt, wie sie es sich selbst so sehr gewünscht hatte, mit dem Wissen, dass eines davon ihr gehören würde. Dass sie endlich eine zweite Chance bekommen würde. Asmodei drehte sich um und sah auf das Haus zurück, in dem ihr so viel Leid zugefügt worden war, bis es hinter den Baumreihen verschwand. Das erste Mal seit über einem Jahrhundert war sie nicht mehr gezwungen, dorthin zurückzukehren. Das erste Mal, seit sie existierte, war sie frei.

Ihre Wahl war bereits am ersten Abend gefallen. Tate, so willenlos wie ein Haustier, hatte sie noch in dieser Nacht aufgesucht, bereit zu tun, was nötig war, um glimpflich aus der Sache herauszukommen. Sie hatte ihm die Illusion gelassen. Asmodei griff in ihre - Tates - Hosentasche und zog die Scherbe heraus. Kühl und glatt lag sie in ihrer Hand. Bedächtig kippte Asmodei sie hin und her, bis der kleine Spiegel Tate zeigte. Seine Augen brannten vor Wut und Hass, während er auf die Barriere vor sich einschlug und stumm schrie. Tate hatte es gesehen. Kurz bevor sie ihm sein Leben genommen hatte; es auf einen Spiegel ohne körperliche Form reduziert hatte, damit Asmodei endlich ihr eigenes leben konnte. Sie hatte es ihm gezeigt. Den Anfang vom Ende.

Bitte, hatte Asmodei gefleht. *Bitte, hilf mir. Ich kann das nicht allein.*

Wie oft hatte sie sich ausgemalt, wie es wäre, ein anderes Leben zu leben. Wie oft hatte sie Eloise davon erzählt, selbst als sie sich nicht mehr daran erinnern konnte, wer Asmodei war.

Amariel, bitte. Wenn du da bist, bitte hilf mir.

Befreie mich.

BEFREIE MICH.

Und das hatte Amariel getan. Manchmal, wenn wir uns etwas von ganzem Herzen wünschen, wird es wahr. Manchmal bekommen wir so eine zweite Chance, das Leben zu leben, nachdem wir uns so sehr sehnen. Und manchmal wartet es nur darauf, bis wir endlich bereit sind, den Preis dafür zu zahlen.

Asmodei lachte, als sie das Fenster des Autos öffnete, ihre Hand nach draußen streckte und die Scherbe fallen ließ.

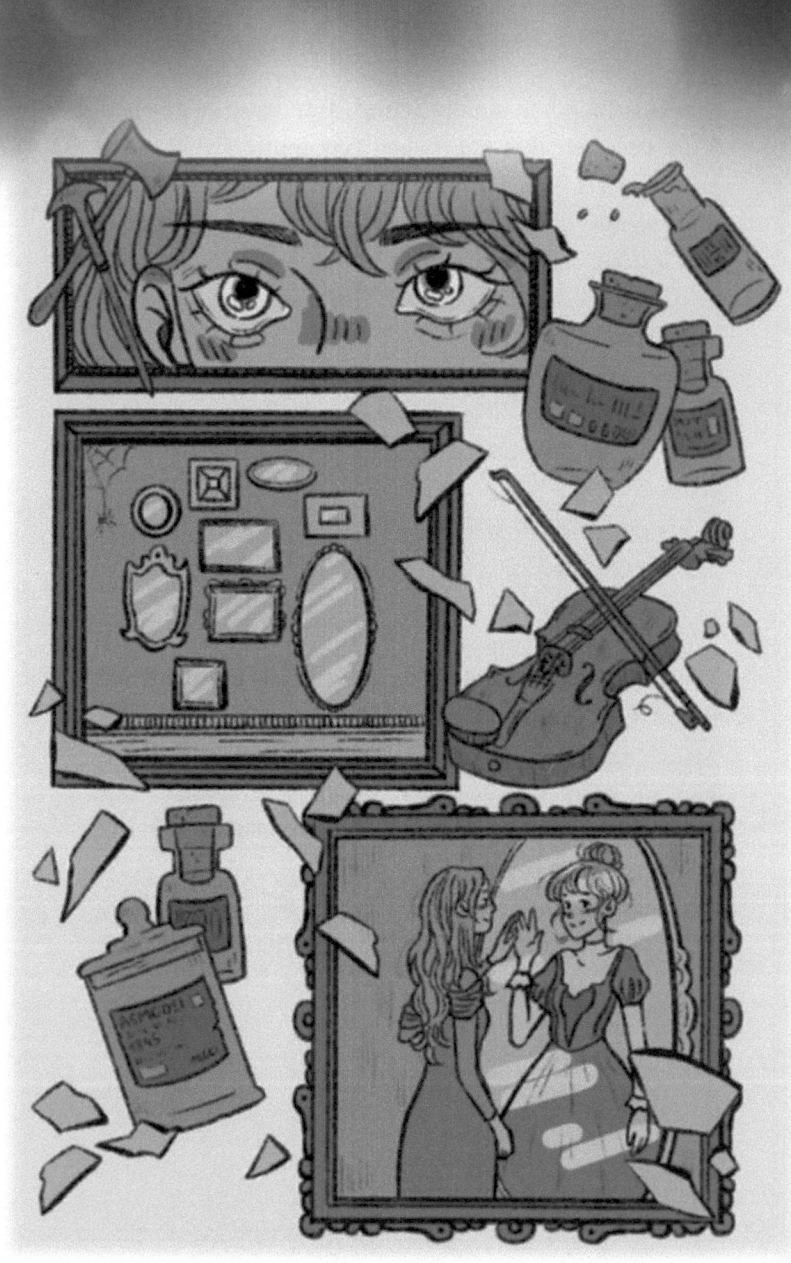

Ihr Lachen brannte sich tief in mein Gedächtnis. Sie ist glücklich – war das mein Ziel? Nein, natürlich nicht. Dennoch war da keine Spur von Reue. Ich beobachtete, wie sie in ihrem Zimmer des Herrenhauses schlief. Ihr Gesicht geschwollen und in wunderschönen Farben von lila bis grün getaucht, war selbst im Schlaf schmerzverzerrt. Dennoch klammerten sich ihre geschundenen und teils gebrochenen Glieder an Eloise fest, die wie tot neben ihr lag. Vielleicht wäre es besser gewesen, sie wäre am Tag der Lobotomie tatsächlich gestorben.

Ich hatte Asmodei einen Blick in ihre Zukunft gezeigt. In das, was sein könnte, wenn sie die richtigen Entscheidungen traf.

Ich drehte mich zum Spiegel um, der gegenüber des Betts an der Wand hing. Amariels Blick verfolgte jede meiner Bewegungen aufmerksam. Im Gegensatz zu ihrer Schwester sah sie mich.

Aus einem inneren Impuls heraus trat ich näher an den Spiegel, der weiterhin nur Amariels Umrisse zeigte. "Wirst du ihr helfen, wenn sie dich darum bittet?", fragte ich sie und suchte in dem schönen Gesicht nach einer Antwort. "Du weißt, dass sie das zu einem Geschöpf zwischen den Welten machen wird; einem Geschöpf, wie wir es sind."

Sie verzog ihre Lippen zu einem traurigen Lächeln. "Du hast ihr nur einen möglichen Weg gezeigt, aber ob sie ihn geht, bleibt ihre Entscheidung. Wenn sie mich darum bittet, werde ich ihr helfen. Auch wenn es sie zu einer Gefangenen der Spiegel dieses Hauses machen wird.

Asmodei ist bereit, den Preis zu zahlen."

Ich gab einen brummenden Laut zur Zustimmung von mir. Normalerweise ließ ich mich nicht auf Gespräche mit Wesen wie Amariel ein. Sie war ein Geist, der sich im Spiegelbild ihrer Zwillingsschwester eingenistet hatte. Wie ein Parasit war sie langsam damit verschmolzen, bis sie eins geworden waren. Wenn sie das Spiegelreich verließ so würde Asmodei ihr Spiegelbild ebenfalls verlieren und Amariel

kurz darauf im

Nichts verschwinden. Ich wusste zu diesem Zeitpunkt bereits, dass es genauso kommen würde. Asmodei würde selbst zu einem Leben zwischen den Welten verdammt sein, unfähig länger als ein paar wenige Wochen ohne einen Wirt außerhalb der Villa zu leben. Weder Spiegelbild noch Mensch, weder tot noch lebendig. Bis sie bereit wäre ein Leben zu stehlen.

Manchmal sind Menschen zu durchaus interessanten Entscheidungen fähig.

Teil 6

Heimkehr

Thomas Haimerl

Von allen Träumen sind mir diejenigen am liebsten, die ich frei von Zeitdruck gestalten kann. Dafür gibt es einen Raum zwischen der Existenz und dem Tod, der keinem Gesetz der Physik gehorcht und sich trotzdem so intensiv anfühlt wie die Realität. In manch einer Tiefschlafphase besucht ihr diese Welt ganz kurz, flüchtig werft ihr einen Blick auf sie, aber nicht lange genug, als dass ich euch dort halten könnte. Für euch Menschen gibt es nur eine Möglichkeit, länger in dieser Zwischenwelt zu verbringen: ein Koma. Die schiere Unendlichkeit an Konstellationen lässt sich durch einen komatösen Zustand bis ins letzte Detail auskosten. Dabei ist es unerheblich, ob ein tatsächlicher Ausfall des Bewusstseins vorliegt oder ob ihr in ein künstliches Koma versetzt werdet. Wichtig ist nur, dass eure Grundfunktionen nicht mehr von euch selbst, sondern von Maschinen gesteuert werden. In diesem Zustand ist eure Seele befreit, bereit in eine neue Welt vorzudringen, aber dennoch an die Erde und euer Fleisch gefesselt. Perfekte Voraussetzungen, um euch in die Abgründe meiner Albträume zu zerren, tief in meine Dunkelheit hinein. Alle Träume in diesem Zustand werden von einem starken Gefühl des Ausgeliefertseins gekennzeichnet – einem kaum definierbaren Gefühl, dass etwas Schreckliches passieren wird.

Meine Anwesenheit ist für menschliche Gehirne jedoch kaum begreifbar und wird oft als kaltes Unwohlsein beschrieben.

Ich beschreibe euren hilflosen Seelen gerne den Klassiker: Ihr seht euch selbst allein im Krankenbett liegen, gezwungen, all das zu erleben, was ich mir für euch ausgedacht habe. Ihr könnt weder aufwachen noch wegsehen. Während ihr unter meiner Kontrolle steht, könnt ihr euren echten Körper nicht fühlen, nicht bewegen, und doch empfindet ihr alles, als wäre es real. Dabei begleitet euch eine nie zuvor empfundene Schwäche, die euch niederdrückt. Ihr habt keine Möglichkeit, der Situation zu entfliehen. Ihr müsst sie erdulden. Und alles an diesem Ort zwischen Leben und Tod wirkt wie ein unendlich langer Film – eine unerträgliche tiefgehende Qual ...

Aus einem tiefen Schlaf aufgeschreckt, fand sich Tabby in einem weißen Raum wieder. Mit wackeligen Knien stand sie auf. Sie wunderte sich, wie sie hier gelandet war, doch ihre Erinnerungen waren nicht mehr als ein verschwommener Filmriss. Der Raum war relativ geräumig, leer und kahl. Als sie ihren Kopf in den Nacken legte und über die Wände hinwegblickte, konnte sie keine Decke über sich erkennen, nur eine weiße Unendlichkeit. Die Wände und der Boden schienen aus beleuchteten Glasplatten zu bestehen. Als sie gegen diese klopfte, fühlten sie sich wie kalter, undurchdringlicher Stein an.

»Tabby, hab keine Angst.«

Trotz des sanften Klangs der Stimme zuckte Tabby vor Schreck auf. Hastig drehte sie ihren Kopf, konnte den Urheber der Stimme aber nicht finden. Es machte fast den Anschein, als seien die Worte ihren eigenen Gedanken entsprungen.

»Ich werde dir helfen, dich zu befreien. Du wirst dich schwer tun, mir zu vertrauen, aber du hast keine andere Wahl. Nimm den Hammer neben dir.«

Tabby drehte ihren Kopf zur Seite und fand das erwähnte Werkzeug neben sich, so als hätte es gerade erst zu existieren begonnen. Durch seinen lichtverschlingenden Schwarzton hob er sich so sehr vom restlichen Weiß des Raums ab, dass Tabby ihn zuvor unmöglich hätte übersehen können. Sie streifte sich ihre schwitzigen Hände an ihrem Kleid ab, nahm ihn und drehte ihn hin und her. Der Übergang zwischen Griff und Kopf war fließend, so dass es aussah, als wäre der Gegenstand aus einem einzigen großen Kristall geschlagen worden. Während sie ihn inspizierte, sagte Tabby:

»Wer bist du? Wo bin ich?«

»Das spielt keine Rolle. Du musst mir zuhören, wir haben nicht viel Zeit. Lege deine Hand auf die Wand, nimm den Hammer und schlage mit all deiner Kraft zu. Du wirst keinen Schaden davontragen, versprochen.«

»Wie soll ich dir das glauben?«

»Du musst.«

Damit ließ die Stimme Tabby wieder in der eindringlichen Stille des weißen Raumes zurück. Einen Moment lang blickte sie ins Leere und atmete bewusst ein und aus. Atmete ihre Ängste und Sorgen weg. So wie sie es sich als Kind beigebracht hatte. Damals, als ihr Vater verschwand. Dann traf sie den Entschluss, aufzustehen und die Wand vor ihr abzuklopfen. Ihre Hoffnung auf hohle Stellen zu treffen war vergebens. Trotzdem versuchte sie es weiter und tat schließlich ihr Bestes, mit kräftigen Schlägen die Wand zu bekämpfen. Nicht ein einziger Splitter löste sich. Vor ihrem inneren Auge visualisierte sie, wie es sich anfühlen würde, wenn der Hammer auf ihre Hand auftreffen würde. Allein bei dem Gedanken daran zogen sich ihre Eingeweide zusammen.

Als sie sich nach einiger Zeit erschöpft und verschwitzt zu Boden fallen ließ, beobachtete sie das endlose Weiß über ihr. Die Farblosigkeit hypnotisierte sie und ließ ihre Lider schwer und schwerer werden, bis diese schließlich zufielen und sie wieder einschlief.

Als sie wach wurde, sah sie eine züngelnde kleine Echse neben sich am Boden sitzen. Tabby blieb ganz ruhig und studierte das Tier. Wie eine starre grüne Glasfigur stand das Tier da. Erstaunt hob Tabby ihre Augenbrauen, als sie das kleine Herzchen in seinem Inneren pochen sah. Vorsichtig richtete sie sich auf, woraufhin die Echse sofort die zimmerhohe Wand hinauf und über diese hinweg flitzte.

»Hallo, Stimme ohne Namen? Noch da?«

Keine Antwort. Die Echse hatte ihr die offensichtliche Antwort auf die Frage *»Wie komme ich hier raus?«* beantwortet. Sie tat nun ihr Bestes, um an den oberen Rand der Wand zu springen und gab bei jedem Versuch nochmal mehr Schwung als beim letzten. Dann, indem sie von der Wand absprang, schaffte sie es letztlich, indem sie sich mit letzter Kraft mit dem Hammer an der Mauer einhakte und hinaufzog. Sie setzte sich auf den Rand der Mauer, atmete durch und blinzelte erschöpft. Bis zum Horizont reihte sich Raum an Raum, ohne Aussicht auf ein Ende. Bei diesem Anblick wurde ihr schwindelig. Sie begann zu rutschen und als sie sich nicht mehr halten konnte, kippte sie nach vorne. Begleitet von dem lauten Aufprall ihrer Schuhsohlen, erreichte sie den weiß leuchtenden Untergrund. Sie konnte eine erschreckende Ähnlichkeit zu dem Ort erkennen, von dem sie hergekommen war. Der einzige makabere Unterschied war die halb skelettierte Leiche einer Frau. Diese trug das gleiche rote Sommerkleid wie Tabby und hatte den gleichen gelben Haarreif auf den Überresten ihres Schopf stecken. Tabby unterdrückte einen Schrei, schloss reflexartig ihre Augen und atmete tief durch. »Das kann nicht echt sein«, wiederholte sie mehrmals, bevor sie ihre Lider wieder öffnete, nur um wieder vom selben Bild begrüßt zu werden. Schleichend ging sie auf die Überreste zu und begutachtete diese genauer. Suchte nach einem Trick, der ihr vorgespielt wurde. Gerade, als sie eine leere Tasche neben der Leiche entdeckt hatte, fingen die purpurfarbenen Lippen der Frau an, sich zu bewegen. Tabbys Gedanken verstummten, ihre Augen weiteten sich. Sie rechnete jeden Moment damit, die

Stimme einer Toten zu hören. Doch dann drückte sich etwas zwischen den Lippen der Leiche hindurch. Wie eine Schlangenzunge wand es sich heraus. Es war eine Eidechse. Dieselbe von vorhin, doch ihre Haut war übersät mit einer undefinierbaren, fettig glänzenden Grütze. Tabby fing unkontrolliert an zu schreien, warf den Hammer nach dem Tier, welches in schnellen Bewegungen auf sie zu krabbelte. Unbeirrt huschte es zwischen Tabbys Beinen hindurch, bis diese sich umgedreht hatte, war es schon wieder über eine Mauer hinweg verschwunden.

Aufgewühlt sah Tabby in den Himmel und hob ihre Arme. »Okay, du hast gewonnen, ich werde mitspielen!«

Nachdem sie die leere Tasche geprüft hatte und diese an sich nahm, legte sie ihre Hand behutsam auf eine der Wände und hob den Hammer. Kurz bevor dessen Kopf auf der beleuchteten Glasplatte auftraf, bremste sie abrupt ab. Sie atmete tief ein, gab einen wilden Schrei von sich und ließ das Werkzeug mit aller Kraft auf ihre Finger sausen. Wie versprochen, kein Schmerz. Mit einem tiefen Blubbergeräusch tauchte ihr Arm durch die nun dickflüssige Wand hindurch. Gerade so konnte sie noch ihr Gleichgewicht halten, um nicht hineinzustürzen. Einen Moment hielt sie inne und blickte nochmal in die leeren Höhlen, die im Gesicht der am Boden Liegenden ruhten, dann trat sie durch die Wand ins Ungewisse.

Das Erste, was sie nach dem Durchschreiten wahrnehmen konnte, war der frische Duft von Gras. Vor ihr befand sich eine Wiese, die denselben Farbton wie der Himmel und die Sonne über ihr hatte. Dasselbe matte Weiß des Raums, aus dem sie kam, strahlte ihr entgegen.

Ein markerschütternder Knall hinter ihr ließ sie zusammenzucken. Verschreckt wandte Tabby sich hin und her. Anstatt den Ursprung des Geräusches ausfindig zu machen, stellte sie fest, dass das Gefängnis, dem sie entflohen war, nicht mehr existierte, und sie stattdessen nun inmitten einer endlosen Weide stand. In dieser graste eine Gruppe grüner Kristall-Rehe. Da ertönte schon ein weiterer Knall. Keines der Tiere reagierte, bis auf ein Junges, das zusammenbrach und vom hohen Gras verschlungen wurde. *Wird hier gejagt? Woher kommt das nur?* Vor ihr im Gras blitzte etwas auf. Es war ein Jäger in scharlachroter Uniform, der auf dem Bauch lag. Er spannte eben den Hahn seiner Flinte erneut. Bevor sich Tabby wundern konnte, wie sie ihn zuvor hatte übersehen können, sagte er:

»Junge Dame, aus dem Weg, sie verscheuchen noch die Tiere.«

Er machte sich keine Umstände, aufzuschauen, wodurch Tabby nur mit seiner Hutkrempe reden konnte.

»Wer sind Sie?«, fragte Tabby mit gerunzelter Stirn.

»Woher soll ich das wissen? Kennen Sie Ihren Namen etwa?«

»Natürlich kenne ich meinen Namen. Ich heiße Tabby.«

Das war dem Mann Grund genug, seinen Kopf zu heben und ein Gesicht aus glänzend weißem Kristall zu präsentieren.

Blutgefäße schimmerten durch die grob geschliffene Oberfläche. Er sah wenig menschlich aus, aber etwas an der Struktur seines Gesichts kam Tabby bekannt vor. Es gelang ihr jedoch nicht, einen klaren Gedanken zu fassen, der ihr bei der Identifizierung der Person geholfen hätte.

»Das ist doch kein Name«, entgegnete der Jäger.

»Es ist eine Abkürzung für Tabea.«

Sie verschränkte die Arme vor der Brust und kniff die Augen zusammen, als würde ihr das helfen, sich zu erinnern.

»Kennen wir uns?«

»Auch *Tabea* ist für mich kein Name und ich kann mit Sicherheit sagen, dass ich Sie und Ihren seltsamen Namen nicht kenne. Das Einzige, was ich kenne, ist die Jagd. Und jetzt gehen Sie mir aus dem Schussfeld.«

»Bevor ich gehe, sagen Sie mir doch bitte, wie ich hier rauskomme.«

»Raus? Weiter raus wird es nicht mehr gehen, Sie können nur weiter reingehen. Aber Sie machen mir nicht den Eindruck, als könnten Sie das.«

Tabby sah den Mann prüfend an und schüttelte ihren Kopf.

»Wissen Sie, ich gehöre hier nicht her, ich verstehe kein Wort von dem, was Sie mir vermitteln wollen. Entweder Sie erklären mir jetzt, was das alles zu bedeuten hat oder ich bleibe hier stehen.«

Der Mann richtete sich auf und drückte mit der Mündung seiner Flinte gegen Tabbys Brust.

»Ich habe Ihnen gar nichts zu erklären. Außer, dass ich abdrücken werde, wenn Sie mich nicht in Ruhe lassen.«

»Das ist hoffentlich nicht Ihr Ernst? Nein, das würden Sie nicht wagen!« Sie wurde lauter »Sie drohen, mich zu erschießen, nur weil ich-«

Der Knall der Flinte erschrak Tabby so sehr, dass sie den Stich, der durch ihre Brust fuhr, kaum bemerkte. *Wie kann ich noch stehen? Vielleicht hat er nicht ernst gemacht*, dachte sie und blickte an sich herab. Ein unschuldig scheinendes Loch ruhte in ihrer Brust. Vorsichtig, nur um sicher zu gehen, ob es wirklich da war, berührte sie dessen Rand. Da brach sie zusammen und starb.

Mit einem heftigen Atemzug und feuchten Augen wurde Tabby wach. *Ich habe geträumt,* dachte sie und glaubte es für den Bruchteil einer Sekunde. Zitternd schaute sie neben sich und fand die Tasche mit dem Hammer. *Nein, ich habe nicht geträumt,* korrigierte sie, die Wände um sich betrachtend. Sie wischte sich ihre Nase mit einem Ärmel ab, nahm das Werkzeug in die Hand und schlug sich mit einem verzweifelten Schrei durch die Wand. Auf der Wiese angekommen, sah sie den Jäger seiner Arbeit nachgehen. Mittlerweile standen nur noch zwei Rehe. Mit großen Schritten machte sie sich auf den Weg zu dem Fremden.Wut und Verwirrung teilten sich den Raum ihrer Emotionen. Sie packte den Jäger am Kragen und zog mit einem solchen Ruck an diesem, dass der Mann rückwärts ins Gras fiel und sein Gewehr verlor. Sie hob den Hammer über ihren Kopf und schrie: »Was zur Hölle passiert hier!?«

Alarmiert blickten die Rehe auf und sprangen verschreckt davon.

»Du hast mich getötet, du Schwein! Nur, weil ich im Weg gestanden bin?«

Sie wischte sich mit der freien Hand Tränen aus dem Gesicht und fing dabei etwas Störendes aus dem Augenwinkel auf. Etwas, das nicht zwischen die weiß strahlenden Grashalmen passen mochte. Es war ihre eigene Leiche. Das unschuldige Loch war mittlerweile zum Zentrum eines großen, nassen Kreises aus Blut geworden. Jegliche Kraft fuhr aus Tabbys Knien und sie ließ sich neben den Mann fallen.

»Ich bin wahnsinnig, es muss so sein«, brachte sie zwischen zwei Schluchzern hervor.

Nachdem sie sich beruhigt hatte und mit ihren Augen die Leere vor sich studierte, schwiegen beide noch eine Zeit lang. Irgendwann setzte sich der Mann auf, richtete seinen Hut, nahm seine Flinte in die Hand und fing an, von ihr fort zu gehen.

»Wo denkst du, dass du hingehst?«

»Jagen«, antwortete er, ohne innezuhalten.

Tabby hoffte auf Empathie, auf eine Entschuldigung, auf irgendetwas, damit sie sich nicht mehr so verloren fühlen musste. Sie sah ihren Hammer an und überlegte mit einer tiefen Ernsthaftigkeit, den Mann zu erschlagen. *Ganz ruhig, ich weiß nicht, was real ist, und was nicht. Theoretisch könnte ich gerade eine Psychose haben. Vielleicht würde ich dann außerhalb dieser Einbildung einen unschuldigen Menschen erschlagen.* Also blieb sie sitzen und konzentrierte sich auf jeden

Atemzug, tat sich dabei aber schwer. Zu heftig stockten diese durch ihre Aufregung.

Da ertönte die Stimme: »Geh mit ihm. Zeig ihm, dass es auch etwas anderes gibt als seine wilde Jagd.«

»Was genau meinst du damit?«

Keine Antwort.

»Natürlich bekomme ich keine Antwort. Mir reichts mit dieser kryptischen Scheiße!«

Weiterhin Stille.

Tabby mühte sich auf und rannte dem Mann hinterher.

»Ich will dich nicht bei mir haben«, sagte der Jäger, ohne stehen zu bleiben oder sich zu ihr umzudrehen.

»Ich-«, Tabby hielt kurz inne. »Ich werd aber trotzdem mitkommen.«

»Meinetwegen, solange du mir das Wild nicht verschreckst.«

·······•·) ❭ ❭ ● ❬ ❬ (·•·······

Sie reisten lange Zeit zusammen, auch wenn es unmöglich war, festzustellen, wie lange genau. Es wurde nie Nacht, Tabby wurde nie müde und konnte auch nicht schlafen, wenn sie es versuchte. Auch Hunger oder Durst empfand sie nicht. Vermutlich war das der Grund, warum der Jäger sich nie die Mühe machte, das Wild zu zerlegen. Tabby stellte ihn mit dieser Beobachtung zur Rede und fragte zusätzlich, wieso er denn überhaupt jagen würde.

Darauf antwortete er: »Was sonst gibt es denn, außer der Jagd?«

Irgendwann wurde die Anzahl der toten Rehe zu ihrer Zeiteinheit. Vierzehn ausgelöschte Herden.

Sieben Tiere pro Herde. Dazwischen viel Zeit, bis sie neue Tiere fanden. In dieser redete Tabby ständig mit dem Jäger. Seine Antworten immer kurz und undurchsichtig. Trotzdem erwischte sich Tabby irgendwann dabei, den Jäger anzulächeln. *Was tue ich da nur,* wunderte sie sich, *dieser Mann, wenn es denn überhaupt einer ist, hat mir in die Brust geschossen.* Als sie Herde Nummer fünfzehn erwartete, konnte Tabby etwas am Horizont ausmachen, das in die bisherigen, sich immer wiederholenden Szenen nicht reinpassen wollte.

»Jäger, schau dort!« Sie deutete mit einem Finger gen Himmel.

Der Mann kippte seinen Hut über die Stirn und kratzte sich am Kopf. »Was ist das denn, sowas habe ich ja noch nie gesehn.«

»Sieh doch, der Kirchturm, das muss ein Dorf sein, vielleicht sogar eine Stadt!«

Tabby fing an zu lachen, nahm den Jäger bei den Händen und tanzte mit ihm im Kreis. Sein Gesicht aus Kristall blieb stoisch.

»Ich versteh das alles nicht. Geh nur, ich werde allein weiterziehn.«

»Tu mir den Gefallen, komm mit mir. Bitte! Wenn es dir nicht zusagt, kannst du immer noch wieder zurück zur Jagd.«

Ablehnend schüttelte der Jäger den Kopf. Wohlwissend, was die Stimme gesagt hatte, ging Tabby alleine zur Stadt. Als sie die ersten Schritte auf deren Kopfsteinpflaster gesetzt und die ersten Häuser passiert hatte, folgte der Jäger ihr.

Die Stadt schien alt zu sein, wirkte aber nicht im Geringsten marode. Was Tabby aus der Ferne als Kirchturm ausgemacht hatte, war der Glockenturm des Stadttors. Der Boden war an keiner Stelle asphaltiert und die dicken eingelassenen Steine glänzten, als wären sie von unzähligen schweren Wagenrädern poliert worden. An jedem der bunten, spitz zulaufenden Häuser hingen goldene, mit Schnörkel verzierte Geschäftsschilder. Tabby ging über die Hauptstraße hinweg und konnte sich ein Lächeln nicht verkneifen, als sie nach so langer Zeit endlich zurück in der Zivilisation war. Sie wagte sogar, zu hoffen, dass ihr Albtraum bald vorbei sein würde.

Nach einer Weile erreichte sie einen kleinen Marktplatz. Geschlossene Obst- und Gemüsestände standen rings um einen Springbrunnen. *Ich kenne diesen Brunnen,* dachte Tabby, *nicht nur das, mir kommt diese ganze Stadt so vertraut vor, aber trotzdem fühlt sich alles fremd an.* Gedankenverloren setzte sie sich auf eine Bank und studierte den trockenen Brunnen. Eine Säule bäumte sich in der Mitte des Beckens auf. Aus dieser sprossen riesige, durch Grünspan verfärbte Blätter, die mit ebenso verfärbten Fröschen besetzt waren. An ihren gespitzten Mäulern war zu erkennen, dass sie eigentlich Wasser spuckten. Tabbys Augen weiteten sich. Sie erkannte den Brunnen wieder. Derselbe stand in der Ortschaft, in der sie aufwuchs.

Tabby stand auf und betrachtete den Brunnen aus nächster Nähe. Sie suchte nach dem Frosch, den sie als Kind immer fürchtete, doch dieser fehlte. Vage konnte sie sich an dessen Grimasse erinnern. *Ich muss mich täuschen,* dachte sie. *Es muss bestimmt viele Brunnen dieser Art geben. Und trotzdem ist eines der Blätter leer.* Sie ließ den Brunnen Brunnen sein und setzte ihren Weg durch die verwinkelten Straßen fort. Ihr fielen immer mehr Details aus ihrer Kindheit auf. Geschäfte, Spielplätze, alles Orte, die sie als modernere Versionen in ihrer Erinnerung hielt. *Diese Stadt ist zweifellos mein Geburtsort, Stenningheim. Aber die Gebäude scheinen so viel altertümlicher zu sein, als sie es in meiner Kindheit waren. So als wäre ich in der Zeit zurückgereist. Ich kann mich kaum erinnern, wo ich mit meiner Familie damals gelebt habe. Ich bin mit Mama kurz vor meinem, ich glaube, zwölften Geburtstag weggezogen. Aber ich werde es trotzdem versuchen, mein Elternhaus zu finden. Wohin sollte ich sonst?*

Auf ihrem Weg traf sie keinen einzigen Menschen, hörte weder Vogelgezwitscher noch Treiben in den Straßen. Alles blieb totenstill und kalt und auf eine ganz eigene Art farblos, wie es der Raum und die Wiesen gewesen waren. Beim Vorbeigehen prüfte Tabby die Schaufenster, aber die Läden waren leer und dunkel. Auf den Ausstellungsvitrinen fand sie nichts als dicke Staubfladen. Oft kam sie sich beobachtet vor, konnte in den unzähligen Fenstern um sich herum aber nie jemanden entdecken. Gerade, als sie eine weitere Kreuzung erreicht hatte, erweckte eine vertraute Seitengasse ihre Aufmerksamkeit. Mit der Zuversicht, sie würde gleich vor ihrem Ziel stehen, bog sie kurzentschlossen in diese ein. Stattdessen versperrte eine Ziegelmauer ihr den Weg. Als sie um sich blickte, sah sie jemanden über einen Dachfirst auf sie herunterschielen. Doch einen Wimpernschlag später war das

Gesicht wieder verschwunden. Dafür hörte sie ein Klatschen, als hätte jemand einen nassen Sack auf die Straße geworfen. Es war das Gesicht vom Dach und es hüpfte in ihre Straße. *Der fehlende Frosch.*

»Tabby, schön, dass du mich mit deiner Anwesenheit beehrst. Dein Vater ist verzogen, Adresse unbekannt, aber folge mir doch, sei so lieb.«

Angewidert und verängstigt ging sie mit jedem Satz, den der Frosch auf sie zusprang, einen Schritt zurück, bis sie mit dem Rücken an die raue Wand gepresst war, die sich hinter ihr erhob.

»Hau ab, lass mich in Ruhe!«

Mittlerweile war er ihr so nah gekommen, dass Tabby das Grauen des fleischgewordenen Gesichts der ehemaligen Skulptur in jedem Detail erkennen konnte. Ein übergroßes Menschengesicht auf dem Körper eines Frosches. Das Lächeln unpassend zu den müden Augen, deren dicke Tränensäcke die Wangenknochen verdeckten.

»Wenn ich dich in Ruhe lasse, wirst du hier für immer rumirren, Schätzchen. Komm, ich bring dich zu deinen Freunden, die warten schon.«

Tabby atmete tief durch. Sie wusste wieder, warum sie als Kind so viel Angst vor diesem Wesen gehabt hatte. Sie fühlte dieselbe Anspannung wie damals, eine Anspannung, von der sie im Erwachsenenalter vergessen hatte, sie je besessen zu haben. *Einatmen, Ausatmen*

»Ich komme schon zurecht.« Sie sammelte ihre Gedanken. »Ich glaube dir weder, dass einer meiner Freunde hier irgendwo sein könnte, noch, dass du auch nur ein winziges Detail über meinen Vater weißt. Er ist tot.«

Rasselnd lachte der Frosch durch sein geschlossenes Gebiss und hopste davon. Immer ihren Abstand wahrend, folgte sie ihm, sodass er ihr nicht in einem unachtsamen Moment ins Gesicht springen konnte.

»Mein kleiner Schmetterling.«

»Wie bitte?«

»Du denkst, dein Vater ist tot? Du täuschst dich, bist zu sehr in deiner eigenen kleinen Welt gewesen, als das zu erkennen.«

»Unmöglich«, sagte sie, während sie ihm folgte. »Er und mein Onkel starben bei einem Flugzeugabsturz, als sie nach Tansania reisten. Er lebte bereits nicht mehr, als ich mit meiner Mutter weggezogen war. Wir sind von hier weg, weil sie es nicht mehr ausgehalten hat, in einer Umgebung voller Erinnerungen zu leben.«

Die einzige Antwort, die sie darauf bekam, war ein weiterer Lacher.

Aber was, wenn es doch stimmt? Ist Papa womöglich die Stimme, die mich leitet?

Ich kann deine Gedanken hören, sagte die Stimme daraufhin. *Hinterfrage nicht und tu nur das, was ich dir sage. Du kommst vom Weg ab, denke an den Jäger.*

Der Jäger ist weg, wenn du das noch nicht gemerkt hast. Sag mir nur, bist du es? Papa? Wieder erhielt sie keine Antwort. Zornig schlug sie die Hände zusammen und gab ein genervtes Seufzen von sich.

Der Frosch blieb stehen. »Ist etwas?« Tabby hielt ebenso inne.

»Ja, es ist etwas.«

Abwartend lugte das Geschöpf vom Boden aus in Tabbys Augen. Diese holte Luft:

»Alles hier. Sieh dich um, sieh dich selbst an.«

Der Frosch senkte seinen Blick und setzte sich wieder in Bewegung. Tabby strich sich mit dem Handrücken über die Stirn und folgte ihm. Kurve um Kurve wurde der Frosch schneller, bis Tabby laufen musste, um ihm hinterherzukommen. Straße für Straße, Gasse um Gasse, bis sie schließlich in einer engen Biegung ausrutschte und unsanft zu Boden ging. Sie biss die Zähne zusammen und richtete sich auf. Vor ihr befand sich ein Tanzlokal, dicke Glühbirnen umrahmten ein Schild mit der Aufschrift „Tanzlokal Stenningheim: Heute und für immer, ein Tanz für die Ewigkeit". Der Frosch drehte sich zu ihr und blinzelte abwechselnd mit seinen großen, trüben Augen.

»Da wären wir also. Nun rein mit dir, bevor ich dir Beine machen muss.«

Sein Ton war aggressiver als zuvor.

»Was erwartet mich dort drinnen? Meine Freunde? Wen meinst du damit?«

»Hast du mich nicht richtig verstanden? Rein mit dir!«

Er sprang Tabby entgegen und biss nach ihren Waden. Hektisch, von Furcht getrieben, stürmte sie zum Gebäude und durch den Eingang ins Innere.

Die Türe knallte hinter ihr zu. Sie fand sich in einem rauchverhangenen, in gedimmtes Licht gekleideten Vorraum wieder. Zu ihrem Schrecken zog sich eine Blutspur über den bernsteinfarbenen Teppich bis hinter den Tresen der Garderobe. Als sie diese untersuchen wollte, flogen die Doppeltüren vor ihr auf. Laute Musik, getragen von schwerem Bass und Synthesizer-Klängen fluteten den Raum. Eine Frau aus Kristall stolperte auf sie zu.

»Tabby, da bist du ja! Wir haben uns total gesorgt. Wir sind alle auf der Tanzfläche. Nun komm schon!«

Tabby war perplex, sie erkannte die Stimme, Sandra oder Sarah? Sie war eine der Menschen, mit denen sie als Jugendliche um die Häuser gezogen war. Damals, nachdem sie die Stadt gewechselt hatte und noch niemanden gekannt hatte. Sie waren nie wirklich ihre Freundinnen gewesen. Sie hatte nur dazugehören wollen.

Die Frau griff Tabby an der Hand und zog sie mit sich, bis sie sich vor der Tanzfläche von ihr befreien konnte. Dann tanzte sie davon und gliederte sich wieder in das Rudel der restlichen sechs ein. Das Lichterspiel zur Musik fand ausschließlich in der Mitte des Raumes statt, die restlichen Räumlichkeiten waren so düster, dass Tabby die Gestalten, die sich in den Sitzecken tummelten, nur als dunkle Schemen mit glimmend weißen Augen wahrnehmen konnte. *Wie Wölfe, die ihrer Beute auflauern*, dachte sie sich. Als Tabby einen Schritt zurücktaumelte, stieß sie gegen etwas Kaltes, Hartes.

»Junge Dame, aus dem Weg, sie verscheuchen noch die Tiere.«

Tabby spürte, wie sich ihre Armhaare aufstellten. Sie drehte sich um und blickte in die Kristallvisage des Jägers, der nun direkt vor ihr stand. Durch die wirbelnde

Lichterflut konnte sie zum ersten Mal die ihr bekannten Gesichtszüge glänzen sehen. Es war ihr Onkel.

»Robert?«

Der Jäger senkte den Lauf. »Der Name sagt mir etwas.«

Tabby fing an zu lächeln. »Du bist es, ich freue mich so sehr! Wie bist du hier gelandet? Wie sind *wir* hier gelandet?«

»Wir sind über die Wiese gegangen, haben gejagt, das weißt du doch.«

Er hob seine Waffe wieder und Tabbys Mundwinkel senkten sich.

»Und jetzt aus dem Weg.«

Tabby trat einen Schritt zur Seite und versuchte, ihm die Waffe aus den Händen zu reißen. Aber mit wenig Erfolg. Sie konnte den Jäger durch ihren Angriff keinen Millimeter bewegen. Es war, als würde sie gegen eine Statue kämpfen. Dann fiel ein Schuss.

»Nein!«

Tabby wandte sich um und sah, wie einer ihrer Freunde zusammenbrach. Der Jäger zog den Bolzen zum Laden. Wieder fiel ein Schuss. Kristalle und Blut glitzerten in der Luft des Lichtermeers und die gläsernen Bodenplatten färbten sich rot. Anfangs tat Tabby ihr Bestes, um ihren Onkel aufzuhalten, doch irgendwann hatte sie all ihre Kraft verbraucht. Ab da stand sie nur noch wie erstarrt da, mit Tränen in ihren fassungslos aufgerissenen Augen. *Einatmen, Ausatmen.* Als die Letzte ihrer Freundinnen zu Boden fiel, gingen auf einen Schlag die Lichter aus und auch die Musik stoppte. Bis auf leuchtende Augen in der

Dunkelheit, die sich ihr langsam näherten, konnte Tabby nichts mehr sehen.

»Heute und für immer«, raunten die Schatten im Einklang. »Heute und für immer.«

Tabby versuchte auszumachen, aus welcher Richtung sie hereingekommen war und stürmte durch die Dunkelheit. Hände streiften über ihr Gesicht, ihren Körper, über Stellen, die ihr unangenehm waren. Dann griffen sie nach ihr und zogen an ihrem Haar. Aber sie schaffte es, sie konnte sich herauswinden. Damit rechnend, sie würde gleich gegen eine Wand laufen, flog sie durch die Türen und stürzte zu Boden. Da sie am Gebäudeeingang den Frosch erwartete, rappelte sie sich auf und eilte hinter den Tresen der Garderobe, stolperte dabei allerdings über die Quelle der Blutspur und fiel erneut zu Boden. Ihre eigenen Augen blickten in ein Gesicht. Ihr Gesicht. Tabby robbte rückwärts. Vor ihr entpuppte sich das Gesamtbild dessen, was vor ihr lag. Es war eine weitere Leiche ihrer Selbst. In einer Wade eine enorme Bissspur, so groß, als hätte jemand von einem Apfel abgebissen.

Bedeutet das, dass ich auch hier schon einmal war? Sie rieb sich die Schläfen. *Warum weiß ich das nicht mehr, wie lange bin ich schon hier?* In der Leichenhand sah Tabby etwas glänzen. Das Knacken von ausgedörrten Ästen, das beim Aufbiegen der Finger ertönte, ließ sie erschaudern. Sie legte einen Schlüssel aus schwarzem Kristall frei, größer als ihre Hand. *Was hatte ich damit vor?* Sie erspähte eine von Jacken verhangene Tür und kroch auf diese zu. Der zuerst unscheinbar wirkende Eingang, der mit dem Wort „Privat" ausgeschildert war, hatte ein ungewöhnlich großes

Schloss. Der Türbeschlag war aus einem raffinierten goldenen Material. An jeder möglichen Ecke waren geschmeidig wirkende Windungen. Ohne lange zu überlegen, steckte sie den Schlüssel hinein und drehte ihn. *Klick.* Mit einem Knarzen enthüllte sich der Raum vor ihr. Tabby kroch hinein und schloss hinter sich sofort wieder ab. Die einzige Lichtquelle, ein gemauerter Kamin, lag am anderen Ende des Raumes und knisterte vor sich her. Als sich ihre Augen an die Dunkelheit gewohnten, erkannte Tabby links und rechts davon altmodische Ohrensessel stehen. Als sie die ersten Schritte tat, hörte sie vom Rechten der beiden jemanden sprechen.

»Setz dich.«

Als sie vortrat, konnte sie ihren Augen kaum glauben. Es war ihr Vater. Aus Fleisch und Blut.

»Mein Schmetterling, mir ist bewusst, dass du überrascht sein musst. Vielleicht freust du dich sogar, mich zu sehen. Zumindest hätte ich mir das sehr gewünscht.«

Er lächelte sie in trauriger Erwartung an. »Aber bitte, setz dich, setz dich. Du musst bestimmt viele Fragen haben.«

Ihr stockte die Luft in der Kehle und sie spürte, wie sich ihre Augen mit Tränen füllten. Vergebens versuchte sie, diese wegzublinzeln. Erst nach ein paar Sekunden fand sie wieder zu ihrem Atem, zu dem Werkzeug, um ihre Gefühle auszuschalten. *Einatmen. Ausatmen.* Langsam, aber sicher wurde ihre Sicht wieder klarer. Stumm setzte Tabby sich auf den zweiten Sessel. *Was tu ich? Ich sollte ihn umarmen, ich habe ihn so vermisst*, dachte sie. Aber *was, wenn er gar nicht wirklich hier ist? Wenn er nur eine Illusion ist?* Ihre Gedanken überschlugen sich.

»Oder nicht?«, ertönte seine Stimme.

»Entschuldige, ich habe nicht zugehört, ich kann es einfach nicht glauben!«

»Ich sagte, du wirst bestimmt viele Fragen haben, die ich dir nur zu gerne beantworten werde.«

»Ja, die habe ich.« Sie erwischte sich, wie sie fast wieder in ihrem inneren Monolog verloren ging.

»Erwarte dir aber nicht zu viel.«

Er nahm einen Holzscheit aus einem Korb an seiner Seite und warf ihn ins knisternde Feuer.

»Ich verstehe auch nicht alles, was hier passiert.«

»Wie sind wir hier gelandet? Was ist das hier?«, fragte Tabby.

»Als ich mit Robert damals nach Afrika fliegen wollte, weil er mich ja unbedingt zu einem seiner Großwildausflüge mitnehmen wollte, sind wir abgestürzt. So viel wirst du bestimmt wissen. Aber anstatt im Ozean zu zerschellen, landeten wir an diesem Ort. In einem weißen Raum. Wir fanden einen Weg hinaus und kämpften uns durch so etwas wie Bühnenbilder unserer Erinnerung. Lange dachte ich, es würde keine Zeit vergehen. Ich war mir sicher, wir wären tot, aber das stimmte nicht.«

Er warf einen weiteren Holzscheit und die Flammen loderten auf.

»Wie kommst du darauf, wenn es doch weder Tag noch Nacht gibt?«

»Schau doch Schmetterling, das Holz, es verbrennt fortschreitend.« Er lächelte.

»Also muss es Zeit geben. Und wenn es Zeit gibt, muss es auch diesen Ort geben. Das bedeutet, man muss ihn auch wieder verlassen können.«

»Das beruhigt mich-«, sie zögerte, »-zumindest ein wenig. Ich war mir sicher, ich würde den Verstand verlieren.« Tabby wischte sich mit den Händen über ihr Gesicht. »Der Mann, mit dem ich umhergezogen bin. Das ist Robert, wusstest du das? Wie bringe ich ihn von der Jagd ab?«

»Du hast meinen Bruder gesehen? Und er jagt immer noch? Das ist nicht gut. Halte dich fern von ihm!« Seine Miene verfinsterte sich.

Zweifel überkamen Tabby, ob die Stimme in ihrem Kopf auch wirklich ihr Vater gewesen ist.

»Äh, ja, er ist ganz aus Kristall.«

»Das ist nicht gut.« Sein Blick verlor sich im Feuer. »Weißt du, es sind nicht viele Menschen hier. Ich bin mir nicht einmal sicher, ob neben uns überhaupt noch jemand anderes hier ist. Die anderen sind so verloren, dass sie ständig ihre Gestalt wechseln, aber vielleicht wollen sie das. Sich-«

Seine Stimme wurde immer leiser, bis das Knistern der Flammen ihn gänzlich übertönte.

»Wollen was?«, hakte Tabby nach.

»Entschuldigung, ich habe über Robert nachgedacht. Was ich sagen will: Je länger wir hier sind, desto mehr verändern wir uns. Wir werden zu einer Manifestation von dem, was uns am wichtigsten im Leben war. Ob man sich dessen bewusst sein mag oder nicht. Auch diese Welt verändert sich, sie nährt sich von deinen Erinnerungen.

Nie darfst du davon ausgehen, dass etwas real ist, merk dir das.«

»Aber … wieso hast du dich dann nicht verändert?«

»Ich habe Bücher gefunden, die von diesem Zimmer erzählt haben. Sie beschrieben es als eine Art sicheren Hafen. Sobald ich raus gehe, merke ich, wie meine Haut wieder härter wird.«

»Und haben diese Bücher auch einen Hinweis gegeben, wie wir hier rauskommen?«

»Ja, nimm das.« Er reichte ihr einen Pinienzapfen, dessen Spitzen mit hellblauer Farbe bestrichen waren.

Tabby strahlte. »Die haben wir doch zusammen gemacht, als ich noch ganz klein war!«

»Das stimmt, und damit sind sie eine Verbindung zwischen uns. Und diese Verbindung wollen wir stärken, sodass wir ein Ritual durchführen können, das uns frei sein lässt. Wo warst du, bevor du diesen Raum betreten hast?«

»In einer Art Tanzclub. In dessen Innersten ist eine Diskothek, die ich immer besucht habe, nachdem ich mit Mama weggezogen bin.«

»Ich verstehe. Das hilft uns aber nicht weiter.« Er faltete seine Hände. »Du musst nach etwas suchen, was uns beide verbindet. Das Theater zum Beispiel. Dir haben die Aufführungen mit dem Ferkelchen, das jeden Beruf ausübte, immer so gefallen. Nachdem du es gefunden hast, geh in sein Innerstes und pflanze den Zapfen.«

»Ich erinnere mich.«

»Ziehe umher, früher oder später wird sich diese Erinnerung manifestieren.

Aber solltest du dich verändern, versteinern, komme so schnell du kannst zurück. Oder dir blüht dasselbe Schicksal wie deinem Onkel.«

Wer bist du, Stimme? Sprich doch zu mir, ich weiß nicht, ob ich das Richtige tue.

Von Erinnerungen geleitet, erreichte sie das Gebäude, über dessen steile Treppe in plumpen, dicken Lettern „Stadttheater" geschrieben stand. Sie stieg hinauf und ging durch eine der vielen Drehtüren.

Derart überfallend stieg ihr ein strenger Geruch in die Nase, dass sie sich am liebsten wieder rückwärts hinausgewunden hätte. Aber die Türe blockierte. *Ich weiß, was dieser Geruch bedeutet. Mehr Tod.* Der Eingangsbereich wirkte schick und gepflegt. Keine Leichen, keine Blutspuren. Die Doppeltüren zum Theatersaal waren fest verschlossen. Ein Schild wies darauf hin, dass man sich vor Eintritt an der Rezeption zu melden hatte. Also trat sie an den Tresen der marmornen Rezeption und betätigte die Tischglocke. Ein irisierendes Klingeln drang durch ihren Kopf. Die Lichter flackerten und mit jeder Woge der Glocke veränderte sich der Raum. Die rote Tapete schälte sich von den Wänden und entblößte nackten Beton, der sich in rasender Geschwindigkeit schwarz vor Schimmel färbte. Dann fiel die Beleuchtung komplett aus. Nur das Tageslicht, das durch eine Kuppel über ihr und den Drehtüren einfiel, beleuchtete die Eingangshalle noch. Der Tresen war nun mit einer dicken Staubschicht bedeckt,

Platten der Deckenverkleidung lagen am Boden verteilt oder hingen halb aus ihren Löchern heraus, sodass man die gelbliche Isolierung und nackte Rohre durchscheinen sah. Als Tabby sich entfernen wollte, hörte sie ein Schlurfen aus einer offenen Tür neben der Rezeption. Eine sich schwerfällig bewegende Person erreichte den Türstock. Sie machte im dunklen Licht zuerst den Eindruck, sie wäre eine einfache alte Frau, die einen gelähmten Fuß hinter sich herzog. Als sie jedoch näher trat und die Spiegelung der Eingangsfront ihr Gesicht erhellten, konnte Tabby das Grauen erkennen. Dort, wo ihre Augen und Nase hätten sein sollen, spannte glatte, mit Narben übersäte Haut, die nicht vermuten ließ, dass jemals Augenhöhlen oder Nasenlöcher darauf existiert hatten. Zwar saß ein Mund im Gesicht, aber die Lippen fehlten gänzlich. Sie erreichte eine dicke rote Rolle und riss ein Ticket davon ab, zauberte einen Klipser hervor und stanzte ein Muster aus Löchern hindurch. Sie bewegte ihre Finger mit dem Stück Papier in Richtung Tabby, zuckte dann aber zurück und hielt stattdessen eine offene Hand mit langen blutverkrusteten Nägeln auf.

»Der Preis. Der Preis muss bezahlt sein«, sagte sie mit einer Stimme, als würde sie während des Sprechens einatmen.

Der Anblick verstörte Tabby zu sehr, als dass sie das Anliegen verinnerlichen konnte. Sie wandte sich ab und suchte einen Weg, der sie so schnell wie möglich von der Dame wegbrachte. Dabei sah sie einen dunklen Haufen am Boden liegen. Bevor sie ganz an diesen herantrat, drehte sie sich nochmal zur Raummitte. Immer noch stand die Frau mit offener Hand da. Das war ihr Bestätigung genug, dass sie ihr keinesfalls zu nahe kommen würde. Dort angekommen, entpuppte sich der Haufen als eine weitere ihrer Leichen. *Auch hier muss ich schon gewesen sein. So ungern ich es auch will, ich muss herausfinden, was ich hier gemacht habe. Ich habe keine andere Wahl, nur mir selbst kann ich vertrauen.* Bevor sie die auf dem Bauch liegende Tabby berühren konnte, bemerkte sie, wie stark sie zitterte. Sie hatte ihren Arm kaum noch unter Kontrolle. *Ich muss mich entspannen, so schrecklich das alles hier auch ist, ich muss stoisch bleiben und die Dinge hinnehmen, egal wie schrecklich sie sein mögen. Einatmen. Ausatmen.*

Als ihr Arm langsam wieder ruhig wurde, drehte sie die Tote vor sich um. Strenger Geruch stieg ihr in die Nase, der sie zum lautstarken Würgen zwang. Von sich selbst erschrocken, drehte sie wieder ihren Kopf, die Frau am Tresen stand immer noch unbewegt da. Tabby blickte ihren Überresten ins Gesicht. Übersät von matten, gelblichen Maden konnte sie nur die ihr entgegenspringenden, freigelegten Augäpfel erkennen, die sie erwartungsvoll anstarrten. Tabby schrie auf und wandte ihren Blick ab. Mit geschlossenen Augen durchsuchte sie die Umhängetasche, die am Bauch der Toten klebte und wurde bald fündig. Ein Springmesser aus demselben schwarzen Stein, aus dem auch ihr Hammer gefertigt war, sowie ein welliges, gefaltetes Plakat. Sie vermutete, dass es von einer Litfaßsäule geschnitten worden war. Ausgerollt begrüßte sie darauf ein in einen Blaumann gekleidetes Puppenkisten-Schwein. „Ferkelchen Klecks geht Arbeiten", 15 Euro und 10 Cent Eintritt. 20:05 Uhr Beginn.

Noch bevor sie die Zahlen richtig gelesen hatte, erkannte sie in ihnen ihr Geburtsdatum. *Der 15. Oktober 2005, kann das ein Zufall sein? Allerdings war da kein Geld in ihrer Tasche für ein Ticket.* Das Messer sprang in ihrer Hand auf. *Vielleicht ist das ja meine Chance. Ich möchte niemanden verletzen, aber das ist kein Mensch.* Sie studierte die Klinge, dann die tote Tabby, und schließlich die Narben im Gesicht der Frau hinter dem Tresen. *Vielleicht aber habe ich mir dasselbe schon einmal gedacht und das war keine so gute Idee. Sollte dieser Ort aber an meine Erinnerungen geknüpft sein, kann es keine Zufälle geben.* Als Tabby wieder vor die Frau trat, rupfte sich diese gerade ganze Haarsträhnen vom Kopf, streckte ihr ihre Hand aber immer noch pflichtbewusst entgegen.

»Hallo, ich würde gerne die Vorstellung *"Ferkelchen Klecks geht arbeiten"* ansehen, aber mein Papa, der das Geld hat, musste weg. Er ist Arzt, wissen Sie, und hat gerade einen Notfall. Bitte, ich habe doch heute Geburtstag.« Sie versetzte sich so sehr in ihr Selbst als Kind, dass sich Tränen in ihren Augen bildeten. Die Frau hörte ihr Nesteln auf und ging um die Rezeption auf Tabby zu. Diese ballte ihre Hände zu Fäusten und versuchte, ihren Atem zu kontrollieren. Als die Frau sie erreicht hatte, legte sie ihre ausgedörrten, ledrigen Arme um sie.

»Du armes Ding.«

Der nach Verwesung stinkende Atem beförderte Tröpfchen in Tabbys Gesicht. Während sie sich abwischte und mit ihrem Würgereiz kämpfte, fragte sie sich, ob alleine diese Frau für den Gestank in dem Gebäude verantwortlich war. Nicht einmal ihre Leiche gab einen solchen Duft von sich.

Als sie losließ, steckte sie ihr das Ticket zu und ging zurück an ihren Platz, um sich wortlos wieder ihrem Skalp zuzuwenden. Tabby trat wieder vor die Theatertüren und diese sprangen nun förmlich auf. Der Teppich, in dem langen fensterlosen Gang, den sie betrat, war abgetreten und in der stickigen Luft flatterten tanzende Staubpartikel. *Wer war diese Stimme, wenn nicht mein Vater? Wenn ich nur wüsste, wie ich mit ihr nochmal reden könnte. Gibt es wirklich eine Möglichkeit, meinen Onkel zu retten? Lügt mein Vater oder weiß er es nicht besser? So viele Fragen, aber ich kann nicht einfach abwarten, bis mir eine Antwort in den Schoß fällt.* Als sie das Ende des Flurs erreicht hatte und die Türe öffnete, fand sie dahinter nicht den erwarteten Theatersaal, sondern eine Leichenhalle. Sofort wurde ihr klar, dass das die Quelle des Gestanks sein musste. Gerade so konnte sie sich davon abhalten, sich zu übergeben. Alles schien steril, weiße Fließen und blanker Stahl. Bis auf einen Seziertisch und einen Gerätewagen mit Werkzeugen war der Raum leer. Auffällig beunruhigend fand Tabby, dass eine der Wände alles Licht schluckte. Da sie damit rechnete, sie könne in ein endloses Loch fallen, hielt sie sich davon zurück, die absolute Dunkelheit zu untersuchen. Die restlichen Wände waren übersät mit Leichenzellen. Wahllos ging Tabby zu einer von diesen und fürchtete sich vor den verwesten Überresten, die darin verborgen sein mochten. *Ich habe keine Wahl, irgendetwas muss mir hier den Weg zum Theatersaal weisen können.* Sie legte ihre Hand um den Stahlgriff, öffnete das Fach und zog die Schublade heraus. Warme feuchte Luft stieß ihr ins Gesicht. Gefolgt von einem unerträglichen eitrig süßlichen Duft. Vor ihr lag eine Person, verdeckt durch ein weißes Leichentuch. Kurz hielt sie inne, deckte dann aber das Gesicht mit einem Ruck frei. Glasige, erschrockene Augen blickten sie an. Wieder ihre eigenen. Trotz des strengen Geruchs sah sie fast so aus, als wäre sie noch am Leben. Das einzige, was sie verunstaltete, war der dichte gelbe Schaum, der aus ihrem Mund quoll. Tabby trat einen Schritt zurück, atmete so tief es ging durch ihren Ärmel ein und öffnete das nächste Fach. Wieder sie, der Anblick derselbe wie zuvor, nur, dass die Augen in Richtung des Loches verdreht waren, aus dem sie gekommen waren. Aber derselbe bauschaumähnliche Stoff drückte sich aus ihrem Rachen. Sie zog die nächste und die nächste Schublade heraus, ohne sich an den Anblick gewöhnen zu können, bis jedes Fach in den Raum hineinstand. Jedes Mal dasselbe, doch das letzte Fach war leer. Hinter sich hörte sie plötzlich, wie ein Mann zu sprechen begann.

»Todeszeitpunkt circa 02:30 nachts. Unfall, bzw. Selbstmord, durch Überdosis, Substanz muss noch geklärt werden.«

Als Tabby sich umdrehte, sah sie einen Mann in Kittel, über einen ihrer Körper gebeugt, am Seziertisch stehen. Als er sich zu ihr drehte, konnte sie kaum übersehen, dass seine dunklen Knopfaugen seltsam animalisch aussahen und eine unnatürliche Wölbung seine medizinische Maske spannte.

»Ah, Tabea, ich möchte, dass du kurz zu mir kommst. Ich möchte dir etwas zeigen.«

Seine Stimme hatte einen beruhigenden, vertrauten Klang.

Mit jedem Schritt, den sie auf den Mann zuging, schlossen sich ihre Finger fester um den Griff des Springmessers. Als sie bei ihm angekommen war, griff er in seinen Kittel und zog etwas hervor.

»Weißt du, du musst das hier nicht machen. Du kannst auch einfach vergessen. Nimm.« In der transparenten Dose in seiner Hand fanden sich unzählige ebenso durchsichtige Pillen, die mit gelbem Pulver gefüllt waren.

»Ich will nicht vergessen, ich will Erlösung.«

»Das eine wird auch das andere mit sich bringen. Komm, nimm.«

Zögernd nahm sie die Dose an sich.

»Tut es weh?«

»Nein, keine Sorge.«

Als er diese Worte aussprach, deckte der Mann das verkrampfte Gesicht der Toten neben sich zu. Tabby nutzte diesen Moment, die Pillen in ihre überfüllte Tasche zu stopfen. Nur mit Anstrengung schloss der Druckknopfverschluss.

»Was ist denn nun?«, sagte der Mann, »Es wird Zeit, dass du deine Medizin nimmst.«

»Ach, ich heb sie mir für später auf«, erwiderte Tabby. Der Mann griff nach einer unangenehm bauchigen Spritze auf dem Instrumententablett und zog sie mit einer gelben Flüssigkeit auf, die er aus seiner Kitteltasche zog.

»Das kann aber nicht warten.«

Die tropfende Spritze haltend, sah er streng zu ihr auf. Da stürmte Tabby mit gezücktem Messer auf ihn zu. Er strauchelte und riss Tabby mit zu Boden.

Die beiden trafen auf den kalten, harten Fliesenboden auf. Er stieß ihr den Arm so in die Höhe, dass sie mit dem Messer am Rand seines Gesichtes entlang schnitt. Daraufhin rissen die Halterungen um sein Ohr und die Maske sprang ihm vom Gesicht. Eine tollwütige Schweinefratze starrte sie an. *Ferkelchen Klecks.* Sie wirbelte ihren Arm umher und stieß zu. Zu ihrem Erschrecken rutschte das Messer bis zum Griff in die Brust des aufgrunzenden, quiekenden Wesens, bevor es seinen Arm und damit auch die Spritze fallen ließ. Schallender Applaus erhob sich aus der Dunkelheit. So dröhnend laut, dass Tabby Angst hatte, ihr könnten die Trommelfelle platzen. Unzählige Rosen flogen aus der fehlenden Wand. Und dann … Stille. Ein schwerer roter Vorhang fiel. *Das ist der Theatersaal, ich stehe auf der Bühne.* Vom Blut befleckt, erhob sie sich und griff in ihre Tasche. Griff nach dem Pinienzapfen und legte ihn auf den Boden. Sie wusste nicht, ob sie etwas zu erwarten hatte. Das Gefühl, etwas falsch gemacht zu haben, überkam sie. Doch dann fiel der Zapfen um und rollte wie magnetisiert in Richtung des toten Klecks, erklomm dessen Brust und schlug Wurzeln in dessen Fleisch. In rasender Geschwindigkeit zehrte die wachsende Pflanze von der Leiche, bis sie grau und ausgetrocknet verblasst war. Eine junge Pinie mit rot schimmernder Rinde stand nun in der Mitte der Leichenhalle. Wäre die Art und Weise, wie sie gewachsen war, nicht gewesen, hätte Tabby Gefallen an ihr gefunden.

»Wirf die Pillen weg!«

Es war die Stimme, aber sie hörte sie nicht in ihrem Kopf. Sie kam aus dem Raum.

»Hallo?«

»Es muss aufhören«, forderte die Stimme.

Da griff eine Hand nach Tabbys Kleid. Mit wild schlagendem Herzen wirbelte sie herum und sah, wie die Leiche vom Seziertisch auf sie einredete, mit Zähnen, gelb vom Schaum. Sie schrie auf und riss sich los, da klatschte ihr nacktes Ebenbild auf die Fliesen.

Gerade als sie sich einen Reim auf die Sache machen wollte, setzten sich, wie auf ein stilles Kommando, alle in den Schubläden liegenden Frauen gleichzeitig auf und sprachen in perfekter Synchronität auf sie ein.

»Tu, was ich dir gesagt habe, erkenne, was deinem Onkel fehlt. Familie. Zeig ihm, was Familie bedeutet. Höre nicht auf deinen Vater. Er ist viel weiter weg als du dir vorstellen kannst. Viel weiter als er es selbst für möglich halten möchte. Nimmst du die Pille, entscheidest du dich für die Ewigkeit im Nebel.«

»Sag mir, wieso ich dir glauben sollte.«

»Weil du viele Male anders entschieden hast. Du siehst es doch selbst. Viele Male hast du alles vergessen. Aber meine Kraft schwindet, es bleibt nicht viel Zeit. Danach ist alles verloren.«

Und mit diesen Worten brachen die Frauen wieder leblos zusammen.

Tabby öffnete die Tasche und warf die Pillen zu Boden. Das Döschen platzte auf und der Inhalt kullerte über den Boden, bis er im Blut von Klecks zu liegen kam.

Nachdem sie das Theater verlassen hatte, lief sie mit dem Entschluss durch die Straßen, ihren Onkel zu finden. Doch vor dem Eingang des Tanzhauses saß nun der Frosch. Er war enorm gewachsen, so sehr, dass er nun den gesamten Eingang versperrte. Gerade noch mit gespitzten Lippen da sitzend, bleckte er seine Zähne und zog seine Mundwinkel krampfhaft seine Wangen hinauf.

»Oh, Tabby, da bist du ja. Ich sehe, du hast ohne meine Erlaubnis die Tanzfläche verlassen. Dabei ist es doch noch gar nicht Zapfenstreich. Oder kann es sein, dass du deinen bereits hattest? Dort im Theater?«

Rasselnd lachte er durch sein Gebiss.

Sie hoffte, das Wesen würde schwerfällig auf sie zuspringen, sodass sie um es herumrennen konnte, aber es bewegte sich keinen Zentimeter von der Eingangstüre weg.

»Ich möchte dir doch nichts Böses, komm zu mir.«

Bilder der zerbissenen Waden blitzten vor ihrem geistigen Auge auf. Tabby atmete sie weg.

»Ach, lieber Frosch, das weiß ich doch«, sagte sie. Jeder Muskel ihres Körpers war angespannt und bereit zu fliehen. »Du willst nur mein Bestes.«

Unauffällig ließ sie ihre Hand in ihre Tasche gleiten, während sie auf ihn zuging. Kurz vor den wenigen Stufen hoch zu ihm begann sie zu laufen. Mit aller Wucht schlug ihr Hammer gegen die unterarmlangen Zähne des Frosches. Doch anders als von ihr erwartet, zerbarsten sie nicht, sondern wandelten sich zu Suppe und Tabby fiel durch sie hindurch in den Schlund des Monsters. Sie landete auf etwas Weichem, etwas Feuchtem.

Alles um sie herum hatte die Farben und das Licht des Zimmers vom Anfang ihrer Reise. Weiß und hell, aber mit Unterschieden. Die Zähne des Monsters vor ihr hatten mittlerweile jeweils die Größe eines Scheunentors. Sie selbst saß auf der klebrigen Zunge, die allerdings in keinen Schlund führte. Um Tabby lagen gesplittert und zerstreut, die Gebeine von mehreren Toten. *Das hier ist ein Gefängnis. Ich kann mir gut vorstellen, wem diese Knochen einst gehört haben. Mir.* Sie zog den Hammer aus der Tasche, legte ihre Hand auf einen der Zähne und schlug zu. Aber anstatt wieder hindurchzugleiten, blitzte Schmerz durch sie hindurch. Sie riss ihre Hand fort. Eine unnatürlich weiß verfärbte Delle, in der sich langsam, aber stetig Blut zu sammeln begann, ruhte auf der Stelle des Aufschlags.

»Verdammt!«

Sie hielt sich die Hand und spürte einen weiteren Stich, der bis unter die Achsel ausstrahlte. Vor Schmerz und Verzweiflung schreiend, hob sie den Hammer und schwang ihn kraftlos links und rechts gegen die Mauer aus Zähnen. Nach vielen verzweifelten Schlägen ertönte ein dumpfer Knall. Sie hielt inne. Am Zahn vor ihr war keine Spur zu erkennen. Sie ließ sich zu Boden gleiten und begann zu schluchzen, während der Schmerz immer stärker wurde. Plötzlich hörte sie einen weiteren durchdringenden Knall und um sie herum wurde es dunkel.

Jetzt ist es so weit. Ich werde sterben. Und dann werde ich wieder im weißen Raum wach. Aber werde ich jemals wieder die Stadt finden? Oder werde ich auf ewig auf den Feldern umherirren? Ich wünschte, ich hätte die Pillen behalten, dann wüsste ich wenigstens

nicht, wie ausweglos es mir gehen wird, wenn ich wieder wach werde.
In meinem nächsten Leben.

Noch ein Knall. Licht erhellte Tabbys langsam an-
schwellende Hand. Sie drehte sie im Licht hin und her,
dann kroch sie zu dessen Quelle. Ein furchtbares, fleischi-
ges Reißen ertönte, gefolgt von mehr Licht. Da streckte
sich ihr ein Arm entgegen. Ganz ohne zu zögern, griff sie
nach diesem und wurde ins Helle gezogen. Was hatte sie
zu verlieren?

Vor ihr stand ihr Onkel. Er warf die Flinte zu Boden
und umarmte Tabby.

»Du lebst noch!«

Der Körper aus Kristall war dahin, er war nun wieder
er selbst. Sie drückte ihn so fest sie nur konnte, fühlte das
erste Mal, seit sie an diesem Ort wach geworden war, Nor-
malität. Dicke Tränen liefen über ihr Gesicht und der
Schmerz in ihrer Hand war, zumindest für den Moment,
vergessen, ersetzt durch eine warme Wonne.

»Tabby, ich kann es nicht fassen, dich zu sehen! Dein
Vater und ich, wir wurden an einem Ort wach. Es sah dort
aus wie in Afrika, aber alles war verdreht. Wir jagten nicht
das Wild, sondern das Wild jagte uns. Wir mussten fliehen,
doch in der weißen Sonne veränderten wir uns. Zuerst unsere Finger, dann breitete es sich über die Arme aus, bis
wir verschlungen waren von diesem schwarzen Stein. Zuerst traf es deinen Vater, dann mich. Ich weiß nicht, wie
ich wieder zurückkehren konnte, aber ich bin froh, zuhause zu sein«, sagte er. Tabby sah ihn bedauernd an.

»Du bist nicht zuhause, sieh in den Himmel.«

Robert sah auf ins matte Weiß und erstarrte.

»Aber wenn ich nicht zurück bin, warum bist du dann hier?«

»Ich weiß es nicht. Aber Papa hat einen Weg gefunden, wie wir hier rauskommen können. Ich weiß jedoch nicht, ob wir ihm trauen können. Nimm dein Gewehr!«

Er tat, wie sie sagte und zusammen betraten sie das Tanzhaus. Robert erschrak beim Anblick der Leiche neben dem Tresen.

»Mein Gott, was ist denn hier passiert?«

»Ich weiß es nicht mehr. Wenn ich sterbe, kehre ich zurück an diesen Ort. Ich habe aber keine Erinnerung an meine vorherigen Leben.«

Absichtlich enthielt sie ihm die Information über die gelben Pillen. Zu beschämt war sie darüber, diese je als Option angesehen zu haben.

Sie öffneten die „Privat"-Türe und betraten das Kaminzimmer.

»Ah, du bist zurück«, sprach ihr Vater sie vom Sessel aus an.

»Auch ich, Bruderherz.« Robert umrundete den Sessel, um seinen Bruder zu umarmen, wich aber zurück. »Deine Augen.« Er warf Tabby einen Blick zu, dann musterte er wieder seinen Bruder. »Sie sind nicht echt.«

Tabby trat zu ihm. Da saß ihr Vater und lächelte, doch anstelle seiner Augen steckten dunkel schimmernde Edelsteine in den Höhlen.

»Robert, mach dir keinen Kopf und lass dich umarmen.«

Er stand auf, um seinen Bruder in den Arm zu nehmen. Dieser erwiderte die Geste nicht, sondern wich zurück.

»Du hast Umarmungen gehasst. Nie hättest du mir eine von dir aus gegeben. Du meintest immer, dass auch ein Handschlag die Liebe zur Familie beweisen kann.«

»Ich dachte, ich würde dich nie wieder sehen, da ist es wohl mit mir durchgegangen.« Er lachte. »Glaub mir, ich bin es, nur verändere auch ich mich langsam in dieser seltsamen Welt. Wir müssen hier raus – und zwar so schnell wie möglich.«

Er sah zu Tabby.

»Du verstehst, wie wichtig die Verbindung zwischen uns ist, oder?«

Tabby nickte.

»Dann zeig mir, wie stark sie seit dem Theaterbesuch ist. Versuche, mit mir zu kommunizieren, ohne zu sprechen. Denke einfach nur daran.«

Tabby konzentrierte sich.

»*Du hast mich an meinem Geburtstag einfach stehen lassen. Damals, im Theater*«, dachte sie.

»*Ich weiß, aber die Verbindung ist da, auch wenn sie keine Gute ist.*«

Lange Zeit kam nichts mehr, doch dann: »*Kannst du mir verzeihen?*«

Tabby nickte ihrem Vater und dann Robert zu.

»Das tu ich.« Diese Worte sprach sie laut aus.

»Gut, dann lasst nun bitte alles hier liegen, was ihr in euren Taschen habt.«

Sie taten, was er sagte.

»Eure Kleidung könnt ihr anbehalten, darüber stand nichts in den Texten, die ich gefunden habe. Sie erzählten von einem Ritual, das euch von hier fortbringt.«

»Uns? Kommst du denn nicht mit?«, fragte Tabby in tiefster Verwunderung.

»Nein, es wird keinen Platz für drei Personen geben. Aber hör jetzt gut zu, du machst es sonst nur noch schwerer für mich! Die Flammen musste ich die letzten Jahre füttern, es hätte zwar auch eine Woche gereicht, aber was hätte ich hier sonst mit mir anfangen sollen? Und nun werden wir sie wieder löschen, und zwar mit unserer Bindung. Tabby, spucke in deine linke Handfläche. Ich werde dasselbe mit meiner tun. Wir werden uns die Hand reichen und mit einem weiteren Spucken das Feuer nicht nur löschen, sondern ein Tor öffnen, zu einem Ort, zu dem wir einen gemeinsamen Bezug haben. Einen Ort in unserer Welt. Robert sollte dann problemlos mit dir hindurchgehen können.«

Ihr Onkel nahm sie zur Seite.

»Das ist doch kompletter Irrsinn! Komm, wir suchen einen anderen Weg.«

»Nein, ich werde ihm vertrauen, also bitte ich dich, Robert, dasselbe zu tun. Ich sehe keine andere Möglichkeit und ich bin erschöpft. So erschöpft davon, mir diese kranke Welt vom Leib zu halten.«

Ohne auf eine Reaktion ihres Onkels zu warten, ging sie auf ihren Vater zu. Als sie dessen kalte, harte Hand in ihre legte, begann ihre Verletzung wieder zu schmerzen. Dort, wo sich der Speichel verband, spürte sie ein

Brennen, als steckte glühende Kohle zwischen ihren Handflächen. Sie spuckten in den Kamin. Zu Tabbys Erstaunen stach das Feuer kurz bis zur Decke und verschwand dann spurlos. Ein Torbogen aus grellem Licht nahm dessen Platz ein.

»Nun geht und lebt euer Leben!«

Schwerfällig ließ sich Tabbys Vater zurück in seinen Sessel fallen.

Robert trat an seinen Bruder heran.

»Ich mag dir zwar nicht vertrauen können«, flüsterte er ihm ins Ohr, während er ihn diesmal wirklich umarmte, »Aber Tabby tut es und das muss mir genügen.«

Aus Gewohnheit schaute er ihm dabei in die Augen und erschauderte, weil er durch den Kristall hindurch das rote Schimmern des Fleisches seines Schädels sehen konnte.

Sie traten durch die Pforte und gingen vom Licht geblendet, Schritt für Schritt, ins Unbekannte.

Unsicher blickte Tabby nochmal über ihre Schulter und dachte: *Warum hat er gesagt, dass "wir" hier raus müssen, als Robert ihn auf seine Veränderung angesprochen hat? Obwohl er nun doch zurückbleibt? Und meinte er nicht, dass er sich beim Kamin nicht verändern könne?*

Plötzlich fiel ein Schuss. Tabby riss ihre Augen auf. Robert war wenige Meter zurückgefallen, seine Brust verfärbte sich zu einem feuchten Rot. Er drehte sich zu ihr, wollte etwas sagen, aber anstatt von Worten floss Blut aus seinem Mund, bevor er zusammenbrach.

»Ich habe dir gesagt, er würde nicht mehr zu sich finden. Das war nicht mein Bruder, nicht dein Onkel.

Jetzt geh in deine Freiheit, mein Schmetterling, flieg!«, rief ihr Vater ihr aus der Ferne zu.

Tabby gab einen furchtbaren Schrei von sich und rannte zurück. Ihre Augen vom Licht geschwächt, konnten den Eingang kaum ausmachen. Sie rechnete damit, jeden Moment erschossen zu werden, doch es kümmerte sie nicht. *Ich werde wieder auferstehen und wiederkommen. Wieder und wieder, und ich werde dich jagen.* Doch der erwartete Schuss blieb aus. Sie stürzte sich auf ihren Vater und beide fielen auf den Dielenboden. Sie trommelte auf seine Brust und wiederholte immer und immer wieder »Warum?« Da bemerkte sie, dass er sich beim Sturz den Kopf gestoßen haben musste. Reglos lag er am Boden, atmete aber noch. Vor sich selbst erschrocken, rappelte sie sich auf.

»Nein … Was ist da nur mit mir durchgegangen? Kein Blut mehr, keine Toten!«

Sie trat einen Schritt vom Körper zurück.

Unverständlich murmelnd kehrte die Stimme zurück. Sie kam aus diesem Raum. Aus dem hintersten, dunkelsten Eck konnte Tabby durch das Licht der Pforte einen enormen Glaskasten an der Wand hängen sehen. Sie trat an diesen heran und konnte hinter der Reflektion die schemenhaften Bewegungen eines riesigen Insekts erkennen. *Der Schalter.* Sie drückte den großen, abgenutzten Schalter am unteren Rand des Rahmens. Ein kräftiges Klicken ertönte. Surrend flackerten Lichter auf und gaben den Blick auf den Schrecken vor Tabby frei. Eine Frau hing im Kasten, grässlich zugerichtet. Das drahtige Innenleben, das Tabby als das Nervensystem der Person identifizierte, ragte wie entfaltete Schmetterlingsflügel über die volle

Länge des Kastens. Eine brennende Lichterkette war darum gewickelt und verhalf dazu, die Frau in ein schreckliches Kunstwerk zu verwandeln. Ihr Kopf war durch Holzstöcke zum Himmel gerichtet und die Hände mit Draht so verknotet, als würde sie beten.

»Oh mein Gott, ich helfe dir, ich hol dich da raus!«

Händeringend fing Tabby an, nach etwas zu suchen, dass ihr dabei behilflich sein könnte.

Hör auf. Es hat keinen Zweck!, ertönte es in ihrem Kopf. *Ich bin dir eine Erklärung schuldig. Aber zuerst musst du deinen Vater töten, sonst war alles vergebens,* übermittelte die Frau. Ihr Gesicht war so sehr von Blut besudelt, dass das Weiß ihrer Augäpfel fast zu strahlen schien.

Tabby zögerte einen Moment, ging dann zur Flinte ihres Onkels und richtete sie auf ihren Vater. Im selben Moment begann dieser zu stöhnen. *Ich wollte kein Blut mehr vergießen,* dachte Tabby. *Wenn du kein Blut mehr vergießen willst, dann musst du es tun,* erwiderte die Stimme kompromisslos.

Tabby hielt inne, senkte die Waffe und sah die Frau im Kasten an. Es musste das Werk ihres Vaters gewesen sein. Sie zielte wieder, schloss ihre Augen und drückte dann ab. Nach dem Schuss hörte sie etwas klirren. Es waren Kristallaugen, die durch den Raum kullerten. Mit apathischer Miene trat sie wieder vor den Kasten. Sie spürte einen Kloß in ihrem Hals. Und hielt an diesem fest. Er war wie ein Stöpsel, der all ihre Emotionen zurückhielt. Würde sie ihn herausziehen, würde sie zusammenbrechen.

»Sprich!«

Tabby, klang es in ihrem Kopf.

»Ich stehe vor dir also, sprich!« Ihr Ton wurde fordernder.

Ich kann nicht. Er hat mir meine Zunge herausgeschnitten, als er merkte, dass ich mit dir kommunizieren kann.

Tabby zuckte zusammen. »Das… das tut mir leid.«

Du kannst nichts dafür. Wir können nichts dafür. Du siehst es mir wohl nicht mehr an, aber … Ich bin du, sieh genau hin.

Tabby prüfte das Gesicht und schauderte, als sie die vertrauten Züge darin wiedererkannte.

»Wie ist das möglich, ich bin doch hier?« sagte sie atemlos.

Nicht nur dein Vater hat die Bücher aus der Bibliothek gelesen, die in dieser Welt verborgen sind. Ich und damit auch du, taten dasselbe. Wir sind an einem magischen Ort, der irgendwo zwischen den Welten existiert. Es gibt kaum Regeln, nur die, die die Menschen, die sich hier verloren haben, mit sich gebracht haben. Du hast sie bereits gesehen, die Rehe, die Tänzer. Es sind immer dieselben, die Einzigen, die hier gefangen sind. Sie sind allerdings schon so weit weg, dass sie nichts weiter sind als Requisiten, die die Welt für uns Neuankömmlinge verwendet. Auch unser Vater war, seitdem wir hier herkamen, schon lange nicht mehr er selbst. Denn jeder wird hier, wie du weißt, zu seinem tiefsten Begehren. Für ihn war dies die Freiheit.

»Aber er wollte mich doch gehen lassen.«

Nein, das wollte er nie. Das Ritual, das du mit ihm durchgeführt hast, schafft zwar tatsächlich eine Pforte, die aus dieser Welt führt. Doch nur einer kann hindurchgehen. Im Körper eines anderen. Wärst du hindurchgegangen, hätte er in deinem Körper seine Freiheit genossen.

Tabby hielt sich eine Hand vor den Mund.

Ich habe gelernt, wie ich mich teilen kann, um mit mir selbst eine Verbindung herzustellen. Damit ich und du zwei Personen sind. Doch dann fand er mich in diesem Raum, kurz bevor wir fliehen konnten. Und du siehst, was das Monster mit seinem kleinen Schmetterling angestellt hat. Nie konnte ich frei mit dir sprechen, weil er mich ständig kontrolliert hat, und wann immer ich versucht hatte, mit dir oder einer deiner vielen vorherigen Versionen zu kommunizieren, folterte er mich weiter. Aber sterben lassen, konnte er mich nicht. Er meinte, ich würde dann wiederkommen. Er wusste jedoch nicht, dass das nicht passiert wäre. Ich habe diese Fähigkeit aufgegeben, indem ich dich geschaffen habe. Sie hustete. Dabei spritzte Blut gegen die Scheibe, sodass ihr Gesicht kaum noch zu erkennen war. *Es bleibt mir nicht viel Zeit, also hör gut zu! Vater wird wiederkommen. Flüchte, suche die Bibliothek. Du steckst hier fest, doch ich weiß, du wirst einen Weg finden. Egal was passiert, er darf nicht entkommen. Eine Kreatur aus dieser Welt darf unter keinen Umständen zurückkehren in die unsere. Vertraue mir und damit dir selbst, zumindest ein einziges Mal in deinem Leben!*

»Aber es gibt doch eine Möglichkeit! Wenn ich jetzt durch das Portal laufe, können wir dank unserer Bindung entkommen!«

Keine Antwort.

Tabby bewegte sich um die Blutspritzer am Glas und sah, dass die Frau dahinter sich nicht mehr bewegte. Der Kloß in ihrem Hals, der Stöpsel löste sich. Wilde Panik schoss in jede Ecke ihrer Selbst. *Ich muss handeln, solange sie noch lebt. Das tut sie doch noch, oder? Sie muss.*

Mit diesem Gedanken lief sie durch den Torbogen im Kamin. Wenige Sekunden nachdem sie im Licht verschwunden war, verblasste das Tor und der Raum füllte sich mit Dunkelheit.

Ob ihre Entscheidung, durch das Tor zu gehen, richtig war? Ich bezweifle es. Etwas Seltsames geschah in jenem Moment, in dem sie in die Dunkelheit stolperte. Zwar verließ sie wie geplant die Welt zwischen Leben und Tod und taumelte zurück in die Realität, doch ihre Seele fühlte sich beim Zurücktragen schwerer an als zuvor. Als wäre es eine andere … Aber vielleicht bildete ich mir das auch nur ein. Meine Arme sind schließlich nicht mehr die Jüngsten und auch wenn ihr in euren Träumen körperlos seid, muss ich euch trotzdem mit aller Gewalt in die Wirklichkeit zurückzerren. Das erfordert mehr Kraft, als man denkt.

Aus meinem Versteck heraus blicke ich noch einmal auf Tabbys Körper in der realen Welt zurück. Meine Sinne spürten eine veränderte Aura, ein anderes Wesen! Lächelnd schüttelte ich den Kopf. Da hat doch tatsächlich jemand versucht, mich auszutricksen. Süß, dass eine menschliche Seele denkt, sie könnte unbemerkt an mir vorbeihuschen. Doch da Tabbys Körper wach war, war die Seele in seinem Inneren vorerst unerreichbar für mich. Aber das macht nichts. Nächste Nacht werde ich wiederkommen. Sollte hier tatsächlich etwas oder jemand aus der Zwischenwelt geflohen sein, so werde ich dafür sorgen, dass es dorthin zurückkehrt. Obwohl … Irgendwie juckt es mir in den Fingern, ihm noch etwas Spielzeit zu schenken, um zu sehen, welches Chaos sich daraus entwickelt.

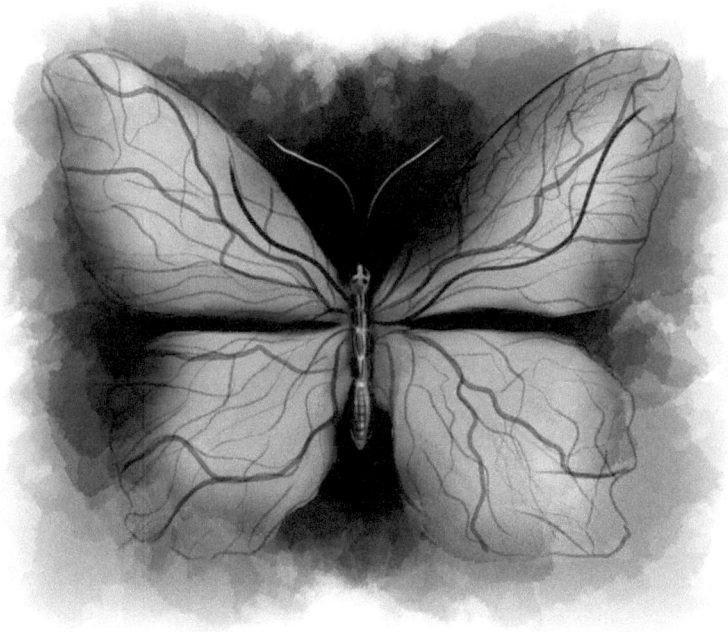

Epilog

Der Traumwächter

Ein Albtraum ist die Kunst des menschlichen Gehirns, selbst im Schlaf nicht zu ruhen.

Er kann Strafe, Ausweg, eine Spielwiese oder ein Blick in ein anderes Leben, vielleicht sogar eine andere Dimension sein. Ist es nicht faszinierend, dass sowohl Träume als auch die Realität von ein und demselben Organ wahrgenommen und differenziert werden? Wenn ihr etwas im Traum erlebt, bedeutet das wirklich, dass es nie geschehen ist? Der erste Impuls der meisten Menschen ist es vermutlich zu sagen: "Es war doch nur ein Traum!"

Wenn eure Seele mit neuen Wunden gezeichnet ist und sich neue Ideen in eurem Kopf breitmachen, wie kann das nicht real sein? Weil Träume inkonsistent sind? Verwirrend? Chaotisch? Aber ist es nicht das Gehirn, das im Wachzustand entscheidet, dass die Bilder der Nacht keinen Sinn ergeben, obwohl sie im Geschehen selbst keinen Grund für Zweifel offen gelassen haben?

Was definiert Realität? Ist ein Traum nicht viel eher eine Art andere Realität als keine Realität?

Ihr habt mich bis hierhin begleitet, habt euch angehört, was es bedeutet, ich zu sein, und in welchem Ausmaß meine Kunst euer Leben verändert.

Ihr habt gesehen, wie ich arbeite, und einen Eindruck bekommen, warum ich tue, was ich tue, und wie viele Abschnitte eures Lebens ich beeinflusse. Ihr seid nie allein. Niemals.

Ich bin es, der dich beobachtet, wenn du nachts zum Kühlschrank schleichst.

Ich bin es, der dich aus dem Spiegel heraus angrinst, wenn du versuchst, ihn im Dunkeln zu meiden.

Ich bin es, der dich anstarrt, während du wie gelähmt in deinem Bett liegst und dich nicht wehren kannst.

Ich bin es, der dich begleitet, wenn du versuchst, aus deinem Alltag in eine andere Dimension zu fliehen.

Wenn Träume eine andere Form der Realität sind, ist das Leben dann nichts weiter als eine andere Form des Traums?

Wenn ich hier bin, dich bei jedem Schritt begleite und lenke, steckst du dann nicht automatisch in einem meiner Albträume fest?

Und während du dich fragst, ob meine Worte einen Sinn ergeben, öffnet sie sich: Eine Tür in das Wesen deines Selbst.

Was hindurch kommt, bin ich, und was ich vor mir sehe, ist dein Geist, so roh und unangetastet wie eine leere Leinwand. Ich bemale sie in weinrot, tiefschwarz und dunkelviolett.

Ein Lachen entsteigt meiner Kehle, während ich beobachte, wie deine Augen immer und immer schneller über diese Zeilen fliegen.

Denn du dachtest, du liest nur ein Buch.

Dabei steckst du bereits mitten in einem meiner **wunderschönen Albträume**.

Danksagung

von der Herausgeberin an ihr Team

Danke an alle **Leserinnen** und **Leser** für
eure Zeit und euren Support.

Erst durch euch werden unsere Texte wertvoll.

Tausend Dank an **Nina S. Moineau** und **Chris J.
Betten**, für die tatkräftige Unterstützung bei der
Organisation und dem Marketing. Ihr habt aus
einem Traum, für den wir zusammen hart gekämpft
haben, Wirklichkeit gemacht. Danke für eure Treue
und Zuversicht in unser Buch.

Ein besonderer Dank geht auch an unsere wunder-
vollen zwei Lektorinnen:

Jace Moran und **Elize Ellison**

und an unsere Korrektorin: **Diane Spatz**

Ohne eure Liebe zum Detail, wären unsere Texte nur
halb so schön geworden.

Das größte Lob darf ich unserer Coverdesignerin **Elci J. Sagittarius** aussprechen, die aus meiner schnell zusammengebastelten Vorlage ein wortwörtlich traumhaftes Cover gestaltet hat.

Auch die Innengestaltung darf nicht vergessen werden: Danke, dass ihr mir bei den Illustrationen geholfen habt: **Michelle Oresic, Jace Moran**.

Für den Buchsatz möchte ich meinen eigenen Nerven danken, die ich definitiv bis ans Äußerste strapaziert habe.

Zu guter Letzt ein Dank an alle, die mit mir zusammen die Zeilen dieses Buches gefüllt haben:

Nina S. Moineau, Chris J. Betten, Jace Moran, Thomas Haimerl und Josephine Panster.

Danke für eure Worte, denn ohne sie würde **Our Beautiful Nightmares** nicht existieren.

gz. eine sehr dankbare Herausgeberin:

Nadine Koch

Content Notes

Die hier aufgelisteten Hinweise dienen nur zur Orientierung. Wir wissen, dass Trigger sehr vielseitig sind. Wenn ihr Fragen oder Anmerkungen zu den Inhalten habt, dann kontaktiert uns gerne über den beigefügten QR-Code.

ourbeautifulnightmares@gmail.com

Eine gegebenenfalls aktualisierte Liste getrennt nach Kapiteln findet ihr hier:

Die genannten Hinweise können Spoiler für das gesamte Buch enthalten:

- Psychische, physische und sexuelle Gewalt; Partnerschaftsgewalt, Folter und Vergewaltigung, Misogynie
- Tod, Totgeburt, Suizid; Mord/Totschlag
- Fehlende Gliedmaßen, Beschreibung von Leichen
- Blut und andere Körperflüssigkeiten, Emetophobie
- erzwungener medizinischer Eingriff (Lobotomie)
- Gangkriminalität und Bandenkrieg, Explosionen
- Substanzmissbrauch und -konsumstörung
- Verlusterlebnisse, Verrat, Mobbing
- Homophobie, posttraumatische Belastungsstörung, Albträume
- Toxische Beziehung, Gaslighting
- Spritzen, Verletzungen
- Insekten

Über Uns

Ein Buch zaubert sich nicht von selbst aus dem Hut.

Für **Our Beautiful Nightmares** haben sechs kreative Köpfe ihre Schreibkünste vereint und ihre Worte auf Papier gebracht.

Nadine Koch

Nina S. Moineau

Chris J. Betten

Jace Moran

Josephine Panster

Thomas Haimerl

Lernt sie auf den nächsten Seiten kennen.

Nadine Koch

Nadine Koch, geboren 1997, lebt in einem winzigen Dorf im tiefsten Niederbayern. Sie hat eine Schwäche für das Meer, gutes Essen, Sonnenblumen und natürlich Bücher. Ihre Leidenschaft für das Schreiben hat sie schon in jungen Jahren entdeckt und seitdem nie wieder losgelassen.

Mit ihren Geschichten entführt sie ihre Leser*innen in fesselnde magische Welten voller Abenteuer und Emotionen. Besonders in den Genre Fantasy und Romantasy fühlt sie sich wie zuhause. Nebenbei jongliert Nadine mit Alltagspflichten, zu vielen Hobbys und ihrem Instagram-Account **@nadine_koch_schreibt,** wo sie als Autorin, Bücherwurm und Podcasterin ihre Gedanken teilt.

Website: www.nadinekochautorin.de

Nina S. Moineau

Nina S. Moineau wurde 2001 in Bayern geboren und studiert angewandte Wirtschafts- und Medienpsychologie. Mit der Verfilmung ihrer Kurzgeschichte "Charlie's Angel" gewann sie 2023 den Kurzfilmpreis beim 35. Mittelfränkischen Jugendfilmfestival. Bereits seit ihrer Kindheit begeistert sie sich für fast alles Kreative und Musikalische, darunter Schreiben, Singen, Tanzen, Basteln und Kpop. Ihr findet sie auf Instagram unter @ninamondundsterne, wo sie über alles redet, was sie gerade bewegt.

Chris J. Betten

Chris J. Betten ist ein nicht binärer Autor, der zurzeit Chemie studiert und als geborener Ost-friese mitten im Ruhr-pott wohnt. Wenn er nicht gerade in der Uni etwas zum explodieren bringt, trainiert er für die nächste Cheerlea-ding Meisterschaft oder schreibt an seinen vielen unfertigen Buchprojek-ten weiter. Darüberhinaus liebt Chris Dinos, allen voran den Triceratops. Dazu bloggt er auf seinem Instagramac-count @_chrisreads_ leidenschaftlich über Bücher und setzt sich dort u.a. auch für die Rechte Queerer Menschen ein.

Jace Moran

Jace Moran wurde 2003 in München geboren. Das Schreiben stellt für sie gleichermaßen Bedürfnis wie Berufung dar; eine Möglichkeit, der Realität zu entfliehen und die Welt in den eigenen Farben erstrahlen zu lassen.

In ihren Geschichten schreibt Jace Moran über die dunkle Seite der Liebe. Über Schmerz und Obsession, Perfidie und den ewigen Schlaf. Seit 2020 veröffentlicht sie queere Kurzgeschichten aus den Genres Horror, Drama und Psychothriller in Anthologien.

Fantasie ist für die B.Sc. Psychologin und Kriminologiestudentin realer als die Wirklichkeit. Vielleicht liebt sie es deshalb so sehr, Welten zu erschaffen und für eine Weile in diesen zu leben.

Auf Socialmedia ist Jace Moran als @dunkelwelten aktiv.

Josephine Panster

Josephine Panster wurde 1998 in Norddeutschland geboren und fragte schon früh ihre Eltern immer nach neuen Büchern, die es zu verschlingen galt.

Kreativität spielt in ihrem Leben stets eine große Rolle und das führt dazu, dass sie viele verschiedene Interessen in dem Bereich entwickelt hat - sei es Kunst, Musik oder eben das Schreiben.

Seit einigen Jahren schreibt sie aktiv und hat bereits mehrere Kurzgeschichten, poetische Texte und eigene Bücher veröffentlicht. Auf Instagram ist sie unter @jo.booklove zu finden und bloggt dort über Bücher, das Schreiben und ihre eigenen Werke.

Thomas Haimerl

Thomas Haimerl, 1994 in Straubing geboren, faszinierten schon als Kind die Gruselgeschichten, die ihm sein Vater vor dem Schlafen gehen erzählt hatte.

Als Teenager schaute er mit seinen Freunden heimlich Horrorfilme und fand aber bald, dass der beste Weg Schrecken zu vermitteln Bücher sind.

Stephen King, H.P. Lovecraft und Clive Barker faszinieren ihn bis heute mit ihrer schauerlichen Fantasie und gelten als Wegweiser für seine eigenen Geschichten.

Außerhalb der literarischen Horrorwelt spielt er Gitarre, singt und schreibt seine eigenen Songs.

Weiterführende Links

Instagram

- @nadine_koch_schreibt
- @ninamondundsterne
- @_chrisreads_
- @dunkelwelten
- @jo.booklove
- @tomhaimswrites

Website

https://www.nadinekochautorin.de/